tredition®
www.tredition.de

Elise Lambert

Die Nacht der Katzengöttin

tredition®
www.tredition.de

Umschlag, Illustration: Coverfoto: "Kyla" von Andrea Riel

Verlag: tredition GmbH, Hamburg

ISBN
Paperback: 978-3-7345-0667-3
Hardcover: 978-3-7345-0668-0
e-Book: 978-3-7345-0669-7

Printed in Germany

Kapitel 1

Es regnete in Strömen. Aber das störte sie wenig. Lena fuhr mit ihrem Kleinwagen, der so aussah als ob er schon bessere Zeiten erlebt hätte, in mäßigem Tempo auf der Autobahn. Ohne ein Ziel. Nur weg wollte sie. Weit weg von all dem, was in der letzten Zeit passiert war. Unbewusst rannen ihr wieder Tränen über die Wangen als sie an das Geschehene dachte.

Wie kann man nur so naiv sein! Ausgerechnet sie fiel auf diese alberne Geschichte rein.

Die junge Frau zündete sich eine Zigarette an und sog tief den Rauch in ihre Lungen. Eigentlich hatte sie damit vor einem Jahr aufgehört. Aber jetzt waren ihre guten Vorsätze dahin.

Ihre fast hüftlangen, kastanienbraunen Haare, die sonst immer so gepflegt frisiert waren, lagen ihr jetzt wie ein struppiger Haufen undefinierbares Fell um die Schultern. Sie achtete nicht darauf. Die geheimnisvollen grünen Katzenaugen, um die sie von all ihren Freunden und Kollegen schon immer beneidet wurde, blickten heute nur stumpf durch die Windschutzscheibe. Sie lagen in tiefen Höhlen, eingerahmt von dunklen Ringen, zeugend von dem wenigen Schlaf und der vielen Tränen der letzten Tage.

Lena blinkte und fuhr die nächste Ausfahrt von der Autobahn ab. Ein menschliches Bedürfnis machte sich bemerkbar und außerdem war es an der Zeit ein bisschen frische Luft zu schnappen und sich die Beine zu vertreten. Sie fuhr noch etliche Kilometer auf der Landstraße entlang, bis sie einen geeigneten Platz zum Halten gefunden hatte. Es handelte sich um einen kleinen Rastplatz, lediglich mit einem hölzernen Tisch und zwei Bänken davor und einer total überfüllten Mülltonne. Der Abfall stapelte sich schon neben der Tonne. Ans Ausleeren dachte hier in dieser Gegend wohl keiner. Doch Lena achtete nicht weiter darauf. Da auch keine Toilette aufgestellt war, musste sie wohl oder übel mit ein paar Büschen vorlieb nehmen, die am Rande wuchsen. Bei dem Regen bestimmt nicht angenehm, aber mit dem Gedanken an eine übel riechende, verdreckte Rastplatztoilette war es Lena sogar lieber so. Da das Wetter in keinster Weise einladend war, verschob sie das Beine vertreten und setzte sich wieder hinter das Steuer ihres kleinen verrosteten Golfes. Sie nahm sich aus ihrem Rucksack ein paar Kekse und eine Flasche Limonade, alles was sie in der Eile ihrer Abreise, eigentlich war es schon fast eine Flucht, eingepackt hatte. Nach dem kleinen Imbiss fühlte sie sich keinesfalls besser, jedoch das dumpfe Gefühl in ihrer Magengegend verschwand ein wenig. Sie starrte vor sich hin. Von der Gegend, in der sie sich befand, nahm sie so gut wie nichts war. Sie war bereits über 600 km gefahren, aber ihr schien es immer noch nicht weit genug weg.

Weit weg genug von „Ihm“!

Angefangen hatte alles vor etwa sechs Monaten.

Sie trat gerade ihre neue Stelle als Krankenschwester an der Universitätsklinik von Hannover an. Alles schien perfekt zu laufen. Die Arbeit auf der Unfallstation gefiel ihr, die Kollegen waren alle sehr nett, ... und dann traf sie auf Stefan... Stefan war Oberarzt auf der Inneren Station. Sie traf ihn zum ersten Mal, als sie ein paar Patientenkarteien auf seine Station bringen sollte. Ihre Augen begegneten sich, und ihr wurde es heiß und kalt gleichzeitig.

Er sah so gut verdammt aus, mit seinem blonden, korrekt geschnittenen Haar, den stahlblauen Augen, den regelmäßigen, tief gebräunten Gesichtszügen. Den Gedanken, mit ihm etwas anzufangen, verwarf sie sofort. Solche Typen waren entweder vergeben oder schwul.

Abends, als sie mit einem Glas Rotwein in ihren Lieblingssessel gekuschelt vor dem Fernseher saß, sah sie diese Augen wieder vor sich. Diese große, schlanke Gestalt, die sie so freundlich anlächelte. Wie ein Stromschlag durchfuhr sie seine zufällige Berührung, als sie ihm die Karteien überreichte. Sie träumte mit offenen Augen. Das Telefon brachte sie wieder auf den Boden der Realität zurück. ... Behrend..., hörte sie am anderen Ende der Leitung.

Wer... , wie .., warum ..? Er rief sie an, ihre Gedanken schlugen Purzelbäume. Woher hatte er ihre Nummer?

„Hallo, sind sie noch dran?“

„Ja, ja, hallo, “ stammelte sie aufgeregt, „ich habe nur nicht damit gerechnet... „.

Ihr fehlten die Worte. Sie hätte sich ohrfeigen mögen. Sie benahm sich wie eine pubertierende Vierzehnjährige. Dabei war sie beinahe siebenundzwanzig.

„Ich wollte Sie fragen, ob ich Sie mal auf einen Kaffee einladen dürfte?“

Mann, der ging aber ran. Eigentlich hätte sie dabei schon hellhörig werden sollen. Diese Stimme klang nur so verflixt erotisch. Ohne lange zu zögern willigte sie ein.

Die nächsten Wochen und Monate vergingen wie im Traum. Sie verlebte eine wunderschöne Zeit mit Stefan.

Sie gingen ins Kino, zum Essen oder einfach nur Spazieren. Sie schliefen zusammen, redeten über die Zukunft.

Nein, genau genommen hatte nur sie über die Zukunft gesprochen. Er hatte dazu immer nur gelächelt. Aber weil er nicht widersprach, nahm sie an, dass er alles so akzeptierte wie sie es wollte. Im Krankenhaus wusste niemand darüber Bescheid. Stefan wollte nicht, dass man über sie tuschelte. Ihr war das nur recht. Als „die Neue“ wollte sie nicht gleich ins Gerede kommen.

Eines Morgens, es war am Samstag vor einer Woche, lag Lena noch im Bett. Stefan hatte bereits um sechs seinen Dienst angetreten. Sie befand sich in Stefans Wohnung. Es war eine riesige, exklusiv ausgestattete Penthauswohnung mitten in der Stadt. Das Schlafzimmer befand sich unter dem Dach. Man erreichte es über eine Wendeltreppe und konnte von einer Galerie aus die gesamte Wohnung überblicken. Lena döste so vor sich hin, ihr Dienst begann heute erst um zehn. Es war gerade mal acht Uhr. Sie hatte also noch etwas Zeit. Mit einem wohligen Schnurren dachte sie an die letzte Nacht. Stefan war ein guter Liebhaber.

Ein Geräusch schreckte sie hoch. Es sperrte an der Wohnungstür. Kam Stefan zurück? Aber er war doch schon lange in der Klinik. Lena schlüpfte in ein T-Shirt. Neugierig schlich sie zur Galerie und sah nach unten. Eine ihr unbekannte Frau, etwa in ihrem Alter, stand in der Diele. Sie trug ein silbergraues hautenges Seidenkostüm und die dazu passenden hochhackigen Pumps. Ein schwarzer Pannésamtbody unterstrich ihr aufregendes Dekolleté und ihre tadellose Figur. Die blond gefärbten Locken waren zu einer wilden Mähnenpracht gestylt. Alles in allem war sie eine aufregende Erscheinung.

Lena spürte, wie ihr Herz bis zum Hals schlug. Neben der Blondine standen unzählige Koffer. Wer um alles in der Welt war das? Wie auf ein Zeichen sah die Frau nach oben. Ihre Blicke trafen sich.

„Wer sind Sie? Was machen sie da oben in meinem Schlafzimmer?“

Die Stimme klang schroff.

„Das Gleiche könnte ich Sie fragen!“

Lena stotterte leicht vor Aufregung. In ihrem Gehirn begannen die Fragen alle gleichzeitig durcheinander zu wirbeln.

„Nun ja, .. mein Name ist Behrend, Sonja Behrend-von-Lausitz. Und das hier ist zufällig meine Wohnung. Jetzt sagen Sie mir aber doch bitte einmal, wer Sie sind und was Sie hier wollen.“ Sonja Behrend sah sie eindringlich an und rührte sich nicht von der Stelle.

Lena war wie vom Schlag getroffen. Ihre Wohnung? ... Behrend... war sie..., nein sie konnte den Gedanken nicht zu Ende denken. Langsam antwortete sie: „ Lena Hansen, ich dachte..., ich war der Meinung, Stefan lebt hier allein...!“

Tatsächlich war ihr nie der Gedanke gekommen, dass Stefan gebunden sei. In der ganzen Wohnung waren keinerlei Anzeichen einer weiblichen Hand, wie Lena einmal schmunzelnd feststellte. Für sie war das eine typische Junggesellenbude. Zugegeben, die eines reichen Junggesellen. Die Ausstattung war vom edelsten und hatte bestimmt Unsummen gekostet, aber es fehlte an dem gewissen weiblich Touch. Auch waren keinerlei Dinge zu finden wie Toilettenartikel, Kleidung etc., die eine Frau in der Regel so ihr Eigen nennt.

„Allein?“ Sonja lachte laut. „Glauben Sie wirklich ein Arzt in der Stellung von Stefan könnte sich so eine Luxuswohnung leisten? Dieses Penthouse war das Hochzeitsgeschenk meines Vaters, Professor Dr. Dr. Hubert von Lausitz für mich, seine einzige Tochter, weil ich keine Lust hatte, auf seinem verstaubten Landsitz zu hausen.“

Die Blondine kostete die letzten Worte genüsslich aus. Sie ließ es in keinster Weise an überheblicher Arroganz mangeln.

„Und Stefan ..., der darf hier wohnen, weil er mich geheiratet hat, und somit zum Oberarzt in der Klinik meines Vaters aufgestiegen ist. - Und Sie, meine Liebe sind wohl das derzeitige Flittchen, das er vögelt, und dem er süßen Honig ums kleine Mündchen schmiert!“

Lena wurde blass. Sie hatte das Gefühl, als ob sich alles um sie zu drehen begann.

Sonja war noch nicht fertig mit ihren Erklärungen.

„Nicht dass es mich stört, das er ständig andere Liebhaberinnen hat, wir führen eine offene Ehe, aber bisher hatte er sich wenigstens an die Spielregeln gehalten. Nicht in unserer gemeinsamen Wohnung! Ich finde es geschmacklos, wenn ich nach einem Jahr

Auslandsaufenthalt zurückkomme und dann eine seiner zahlreichen Konkubinen hier vorfinde."

Ihre letzte Bemerkung war reichlich herablassend. Lena wäre am liebsten in einem Mauseloch verschwunden, so elend war ihr zumute.

„Nun wird es aber Zeit, dass Sie Ihre Habseligkeiten zusammen suchen und hier verschwinden. Ich möchte nach der langen Reise baden."

Sonja ging bereits zur Tagesordnung über und begann einen Koffer zu öffnen, ohne sich weiter um Lena zu kümmern.

Wie in Trance zog sich Lena an. Tränen verschleierten ihren Blick. Wut stieg in ihr hoch. Wut auf sich selbst und vor allem auf Stefan.

Wie konnte ihr Stefan das nur antun. Deshalb wollte er nicht, dass man in der Klinik etwas von ihrer Beziehung wusste. Er war der Schwiegersohn vom Chef. Ausgerechnet Prof. Dr. von Lausitz, der gestrenge Herrscher, den alle fürchteten.

Sie packte gerade ihren Rucksack, als Sonja das Schlafzimmer betrat. Spöttisch musterte sie Lena. „Na, was er an Ihnen gefunden hat, würde mich mal interessieren! – Wohl besonders gut im Bett, was?"

Die Worte trafen Lena wie Peitschenhiebe. Wäre sie nicht so durcheinander gewesen, hätte sie die Eifersucht bemerkt, die in Sonjas Worten mitschwang.

War sie auch nicht so aufgedonnert wie Sonja, so konnte sie doch leicht mit deren Aussehen mithalten. Das glänzend gepflegte, kastanienbraune Haar umspielte ihre feinen Gesichtszüge, unterstrich die grünen Katzenaugen und fiel schließlich in langen, schweren Kaskaden bist fast zu ihren Hüften hinab. Sie trug ein leichtes, geblümtes Sommerkleid, dessen Stoff so dünn war, das er ihre wohlgeformten Rundungen erahnen ließ. Die flachen Lederslipper verliehen ihr etwas Mädchenhaftes. Alles in allem war sie eine wunderschöne natürliche Erscheinung, die in jedem Falle dem Vergleich mit Sonja Behrend standhalten konnte.

Ohne sie noch eines Blickes zu würdigen, lief Lena an Sonja vorbei die Treppe hinunter in Richtung Aufzug. Nur raus hier!

Trotz der frühen Morgenstunde versprach es, wieder ein sehr schöner heißer Sommertag zu werden. Doch Lena war das ziemlich egal. Sie fuhr mit ihrem Auto zu der kleinen Wohnung, die sie sich gemietet hatte, als sie nach Hannover zog und verschloss die Tür hinter sich. Dann warf sie sich auf ihr Bett und lies ihren Tränen freien Lauf. Es war eine hübsche, mit viel Liebe und Geschmack eingerichtete Wohnung. Die vielen Topfpflanzen, die stilvollen Bilder an den Wänden machten sie unheimlich gemütlich. Gut, sie befand sich nicht einem so vornehmen Stadtteil wie das Penthouse von Stefan, aber sie war nicht weit von der Klinik entfernt, so das Lena bei schönem Wetter mit dem Fahrrad zur Arbeit fahren konnte. Das alles bedeutete jetzt nichts mehr. Für Lena war eine Welt zusammengebrochen. Sie wollte von all dem nichts mehr hören und sehen. Die Arbeit, die Kollegen, Stefan wieder zu sehen, nein, das konnte sie nicht ertragen.

Hals über Kopf kündigte sie in der Klinik, ohne eine Begründung. Der Personalchef schüttelte mit dem Kopf, er wollte so eine fleißige, zuverlässige und von den Patienten so geschätzte Kraft nicht einfach gehen lassen. Doch Lena blieb stur, und so händigte er ihr schließlich ihre Papiere aus.

Zuhause saß sie dann brütend in einem Sessel und starrte nur stumpf vor sich hin. Als zum wiederholten Male Stefan anrief und auf den eingeschalteten Anrufbeantworter irgendein Gesülze von wegen, wir könnten uns doch auch weiterhin noch treffen, von sich gab, zog sie den Stecker aus der Leitung. Sie war empört. Langsam wich die Trauer in ihrem Herzen einem maßlosen Hass.

Was fiel diesem Idioten eigentlich ein? Hielt er sie auch nur für ein billiges Abenteuer, so wie Sonja gesagt hatte?

Irgendwann an diesem Abend fasste sie den Entschluss von hier zu verschwinden. Irgendwo anders neu anfangen. Wie, dass würde sich zeigen. Aber Lena war schon immer eine Frau schneller Entscheidungen gewesen. Finanziell würde sie schon eine Zeit lang über die Runden kommen. Schließlich hatte sie etwas gespart. Alles andere würde die Zeit mit sich bringen.

Sie packte ihre Koffer und verstaute sie in ihrem altersschwachen Golf. Das mit den Möbeln und der Wohnung würde sie zu einem späteren Zeitpunkt lösen. Dann setzte sich die junge Frau hinter das Steuer, atmete tief durch und fuhr los.

Kapitel 2

Lena erwachte als es bereits zu dämmern begann. Der Regen hatte aufgehört und das Abendrot am Himmel versprach einen schönen neuen Tag. Sie stieg aus dem Auto und streckte sich. Lena befand sich noch immer allein auf dem Rastplatz, keine Menschenseele weit und breit. Nur die Vögel zwitscherten in den höchsten Tönen und flatterten wild auf den angrenzenden Wiesen umher. Sie wollten vor der bevorstehenden Nacht noch ein wenig Futter finden, nachdem sie den ganzen Tag über in ihren Verstecken vor dem Regen Unterschlupf gesucht hatten. Tief sog Lena die frische milde Luft in ihre Lungen. Sie sah sich um. Es war eine wunderschöne Gegend hier. Ringsum war das Gelände hügelig und begann zu massigen Bergketten aufzusteigen. Für die Frau aus Norddeutschland war das ein ungewohnter, aber faszinierender Anblick. Bei ihr zu Hause war das Land eben, man konnte kilometerweit sehen, aber hier...

Sie begann ein paar Schritte zu gehen. Ein seltsames Gefühl machte sich in ihrem Kopf breit. Sie sah vor ihren inneren Augen etwas Dunkles. Panik stieg in ihr hoch. Sie wähnte sich selbst in einer Enge eingesperrt und versuchte verzweifelt sich zu befreien, aber sie hatte keine Kraft.

Unwirsch schüttelte sie den Kopf.

Jetzt werde ich jetzt langsam verrückt, schalt sie sich selbst! Doch die Bilder ließen sich nicht verdrängen.

Aber das war nicht sie selbst, die sich zu befreien versuchte. Sie spürte etwas Pelziges neben sich. Einen kleinen, schwachen Körper.

Die junge Frau hatte solche seltsamen Bilder schon öfter vor Augen gehabt, aber sie verschwanden meist nach wenigen Augenblicken wieder. Sie hatte ihnen bisher noch keine große Bedeutung beigemessen.

Nun hörte sie noch ein zartes Stimmchen. Verzweifelt sah sich Lena um. Was konnte das sein?

Neben der überfüllten Mülltonne lag ein brauner Sack, wie man ihn zum Transportieren von Kartoffeln verwendete.

Aus einem inneren Zwang heraus näherte sie sich diesem Sack. Und nun hörte man aus dem Innern ein klägliches, kaum vernehmbares Wimmern. Mit klopfendem Herz packte Lena den Sack und öffnete ihn. Kleine haarige Fellbündel, vollkommen durchnässt, kamen zum Vorschein. Sie griff hinein und beförderte ein winziges Katzenbaby ans Tageslicht. Es bewegte sich nicht mehr. Seine Glieder hingen schlaff an seinem ausgezehrten Körperchen herunter. Es hatte sein Leben bereits ausgehaucht. Lena schluckte. Auch ein zweites Kätzchen war bereits tot. Dann kam ein etwas pummeliger rot befellter Kopf hervor. Hoffnungsvoll, vor Kälte bibbernd maunzte das Kätzchen Lena an. Sie nahm es hoch und legte es vorsichtig in ihren Schoss. Zwei weitere, noch lebende Katzenzwerge waren zu schwach um noch irgendwelche Töne von sich zu geben. Die Frau packte die toten Kätzchen wieder in den Sack und nahm die Überlebenden mit zu ihrem Wagen. Schnell kramte sie in ihrem Koffer nach einem Handtuch und begann dann langsam die drei nassen Geschöpfe vorsichtig trocken zu reiben.

„Ihr armen Dinger, wer hat euch bloß in diesen Sack gesteckt und euch hier zum Sterben ausgesetzt? Wer tut so etwas?“

Irgendwie musste sie die Babys wärmen. Nach kurzer Überlegung holte sie einen ihrer übergroßen Kuschelpullover aus dem Koffer, band ihn sich als Schürze um den Bauch und packte die Kätzchen da hinein.

„Was mach ich jetzt mit euch, ihr müsst schnellstens was zu essen bekommen, und ein Tierarzt könnte vielleicht auch nicht schaden.“

Sie setzte sich in den Wagen und fuhr los. Es muss ja auf dieser Straße einmal eine Ortschaft kommen, da würde sie um Hilfe fragen.

Dann dachte sie noch mal an die seltsamen Bilder, die sie in ihrem Kopf gesehen hatte. Haben diese Katzenzwerge sie telepathisch um Hilfe gebeten? Davon gehört hatte sie ja schon öfter, aber dass so etwas tatsächlich möglich war? Lena zweifelte bisher immer an solchen Geschichten. Aber nun…!

Nach ein paar Kilometern erreichte sie ein kleines Dorf. Hohenstein - stand auf dem Ortsschild. Sie fuhr die Hauptstraße entlang bis zu einer kleinen Gaststätte.

Es waren nur wenige Gäste in der Schenke. Lediglich am Stammtisch saßen ein paar Männer, die Karten spielten und Bier tranken. Der Raum war einfach eingerichtet.

Bei Lenas Eintreten flogen die Köpfe der Männer herum. Spöttisch fielen ein paar zotige Bemerkungen, als die leicht verwahrloste, aber dennoch sehr hübsche Person in Augenschein genommen wurde.

Außer dem runden Stammtisch in einer Nische waren noch etwa zehn Holztische aufgebaut. Es fehlte an jeglichem Zierrat, lediglich ein Aschenbecher und die Speisekarte lagen in der Mitte eines jeden Tisches. Doch es war sauber. Lena hatte dafür momentan keine Augen. Aufgeregt fragte sie nach einem Tierarzt.

Der Wirt zeigte Ihr freundlich den Weg, und wünschte ihr, nach dem sie ihm den Grund ihrer Aufregung erzählt hatte, viel Glück, allerdings mit einem ziemlich süffisanten Grinsen.

Der Tierarzt, ein sympathischer älterer Herr, mit ergrauten Haaren und gütigen braunen Augen, war zu Hause. Seine kräftige Gestalt und seine großen Hände ließen in Lena Zweifel aufkommen, ob er der Richtige für ihre kleinen Findlinge war. Aber zum Zweifeln blieb jetzt keine Zeit. Entweder der, oder keiner konnte den Katzen mehr helfen. Der Veterinär, er stellte sich als Dr. Abraham vor, führte sie in sein Behandlungszimmer. Sie legte die Babys auf den Tisch.

„Ich habe sie nicht weit von hier auf einem Rastplatz gefunden“, begann sie, „ sie waren in einem Sack ausgesetzt neben der Mülltonne. Zwei waren leider schon tot. Können sie für diese hier noch etwas tun?“

Dr. Abraham sah sich die Kleinen genau an. Er hörte sie mit dem Stethoskop ab, und brummte dabei etwas von rücksichtslosen, egoistischen Tierbesitzern in sich hinein. Bei einem Kätzchen, das sich nicht mehr bewegte, schüttelte er den Kopf.

„ Da ist kein Herzschlag mehr zu hören, das hat die Tortur nicht überlebt.“

„Bei dem zweiten da“, er deutete auf das mittlere, auch sehr schwache Kerlchen, mit hübschem silbergrauen Fell, „habe ich auch keine Hoffnung mehr. Es hat eine schwere Lungenentzündung. Es wird wohl die Nacht nicht überleben. Wenn Sie Glück haben, bringen Sie vielleicht den Roten da durch. Mit viel Glück! Haben Sie schon mal ein Katzenbaby aufgepäppelt?“

Lena verneinte.

„Aber ich würde es gerne versuchen. Ich bin Krankenschwester, und verstehe einiges von der Krankenpflege, --- bei Menschen, „ fügte sie hinzu.

Abraham nickte. „Ich gebe den Beiden jetzt Injektionen zur Stärkung und gegen die Infektion. Ob der Graue es schaffen wird, weiß ich nicht!“

Er zuckte mit den Schultern.

„Aber Sie müssen versuchen, die beiden zu füttern. Dafür bin ich leider nicht ausgestattet. Meine Patienten sind normalerweise ein paar Nummern grösser als die hier. In dieser Gegend kümmern sich die Leute wenig um ein paar Katzen. Sie sind ihnen ziemlich egal. Aber das haben Sie ja selber erlebt. Hier lebt man von Kühen und Schweinen. Vielleicht auch manchmal von Schafen oder Pferden. Katzen sind nur nützlich zum Mäuse- und Rattenfangen. Sie laufen so nebenbei mit. Keinen kümmert es, ob sie krank sind oder sterben. Und wenn sie sich zu stark vermehren, ... dann entledigt man sich ihrer eben. Seit Jahren versuche ich den Bauern hier klar zu machen, dass eine Kastration der zahlreichen Katzennachwuchsschar Einhalt gebieten würde. Aber eine solche Operation kostet Geld. Und das geben sie für ein dummes Katzenvieh nicht aus."

Der Veterinär holte einen Infusionsständer herbei, dann setzte er eine winzige Nadel unter die Haut am Rücken der Kätzchen, an die er einen Infusionsschlauch anschloss. Aus einer Flasche ließ er nun eine Flüssigkeit laufen. Auf Lenas fragenden Blick hin erklärte er ihr: „Die sind so klein, und der Kreislauf ist schon so schlecht, da würde man keine geeignete Vene finden um sie mit etwas Nährlösung wieder aufzupäppeln. Aber man kann es bei den Tieren auch unter die Haut injizieren, das gibt dann eine kleine Flüssigkeitsbeule, die vom Körper langsam aufgesogen wird."

Lena nickte verständnisvoll.

„Ich kenne jemanden, der Ihnen weiterhelfen kann!"

Dr. Abraham schrieb auf einen Zettel einen Namen und eine Adresse.

„Das ist eine Bekannte von mir. Wohnt etwas außerhalb des Dorfes. Ungefähr zehn Minuten von hier mit dem Auto. Sie kümmert sich um herrenlose Tiere. Um die Ausgestoßenen! Die, die keiner mehr haben will. Wenn jemand die Kätzchen durchbringt, dann sie: Adele von Hohenstein."

Er erklärte Lena noch den Weg, und versprach bei Frau von Hohenstein inzwischen anzurufen, damit sie auf Lenas Ankunft vorbereitet wäre.

Die junge Frau fuhr, die beiden Kätzchen wieder auf den Bauch gebunden, aus dem Ort hinaus. Es war mittlerweile finster geworden. Nur schemenhaft erkannte sie Felder und Wiesen im Licht ihrer Scheinwerfer. Die Schlechtwetterfront war endgültig abgezogen. Der Mond war aufgegangen, und seine gestochen scharfe Sichel glänzte zwischen den vielen kleinen Sternen, die über ihnen am schwarzen Himmel prangten.

Nach etwa fünf Kilometern bog der rostige kleine Golf in einen Seitenweg ein.

-Gut Hohenstein – stand da auf einem verwitterten Schild. Die Straße, besser gesagt, das was von ihr übrig war, befand sich in einem äußerst schlechten Zustand. Tiefe Löcher schüttelten das Auto samt Insassen ordentlich durch. Hier hatte man lange nichts mehr gemacht.

Endlich war Lena am Ziel. Der Weg mündete in eine breite Allee, gesäumt von gigantischen, monsterhaft wirkenden Kastanienbäumen. Nach etwa fünfzig Metern endete sie in einem großen gepflasterten Hof. Lena drückte die Kätzchen fest an ihren Bauch und stieg aus.

Ein riesiger zotteliger Hund kam schwanzwedelnd auf sie zu und versuchte an ihr hochzuspringen. Noch bevor Lena erschrocken zurückweichen konnte, wurde er von einer energischen Stimme zurückbeordert:

„Hexe, Du unartiger Hund. Du verjagst doch unseren Besuch, noch bevor er richtig angekommen ist. Marsch, hierher zurück zu mir!“

„Sie müssen entschuldigen,“ die Stimme klang jetzt sehr freundlich, „Hexe freut sich immer so über jeden. Sie kann nicht verstehen, dass sie durch ihr Aussehen für manche zunächst einmal furchteinflößend wirkt. Aber sie ist eine Seele von einem Hund. Sie brauchen wirklich keine Angst zu haben.“

Gräfin Adele von Hohenstein erwartete sie bereits in der Tür des alten Gutshauses. Mit einem freundlichen Lächeln auf den Lippen begrüßte sie den späten Gast.

Als die junge Frau mit dem Gesicht in den Lichtstrahl der Hauslaterne kam, stockte die Gräfin abrupt. Aschfahl wurde ihre Haut für einen kurzen Moment. Sie starrte Lena an, als ob sie soeben einen Geist sehen würde.

Lena streckte zögernd die Hand aus, lies das Zotteltier kurz daran schnuppern und reichte sie dann der Gräfin zum Gruß.

Adele hatte sich blitzschnell wieder gefasst und verschob unwirsch die Gedanken, die ihr bei Lenas Anblick durch den Kopf gingen. Sie nahm deren Hand und schüttelte sie. Mit gütigen Augen musterte sie jetzt ihre Besucherin, der Schreck war vorbei. -- Es konnte ja nicht sein!

Auf der Herfahrt hatte sich Lena vorgestellt, wie die Gräfin wohl aussehen mochte. Groß, edel und wahrscheinlich sehr vornehm. Doch die Person, die vor ihr stand, glich in keinster Weise ihrer Phantasie.

Vor ihr stand eine kleine, zierliche Frau von etwa fünfundsechzig Jahren. Die silberweißen Haare waren zu einem einfachen Knoten verschlungen auf den Hinterkopf gesteckt. Ein paar vorwitzige Strähnen hingen ihr ins wettergegerbte Gesicht, dessen Züge trotz der wenigen Falten verhärmt und fahl wirkten. Sie trug ausgewaschene, aber saubere Jeans und eine karierte Bluse, über die sie wegen der Kühle der Nacht eine dunkelblaue ausgeleierte Wolljacke gezogen hatte. Ihre Füsse steckten in ausgetretenen Pantoffeln.

Alles in allem war sie durchaus nicht die vornehme Erscheinung, die Lena angenommen hatte.

„Lena Hansen“, stellte sie sich schüchtern vor, „ Dr. Abraham schickt mich zu Ihnen. Ich habe ein paar ausgesetzte Katzenbabys gefunden.“

„ Adele von Hohenstein, aber Sie können einfach Adele zu mir sagen, so wie jeder hier in der Gegend. Kommen Sie doch herein.“

Sie machte eine einladende Handbewegung und Lena folgte ihr in die große Diele des wohl einst prächtigen Herrenhauses. Jetzt war davon nicht mehr viel übrig. Der Putz bröckelte stellenweise von den Wänden und die weit ausladende geschwungene Holztreppe, die von der Eingangshalle in die oberen Stockwerke führte, sah aus als ob sie auch schon bessere Zeiten gesehen hätte.

Überall schlichen Katzen umher. Manche gingen mit aufgestelltem Schwanz direkt auf Lena zu, um zu sehen, wer da gekommen war. Laut schnurrend rieben sie ihre Köpfe an Lenas Knie. Andere hielten sich eher im Hintergrund, die Augen auf Lena gerichtet, in geduckter Stellung, zur schnellen Flucht bereit.

„ Viktor, also Dr. Abraham, hat mich bereits informiert.“

Adele führte Lena in einen kleinen, spärlich eingerichtetem Raum, scheuchte Hexe und einige zu neugierige Katzen zur Seite und schloss die Tür.

In der Mitte des Zimmers befand sich ein großer Tisch, auf dem eine Gummimatte lag. Rechts an der Wand stand ein Glasschrank, hinter dessen Türen jede Menge medizinischer Gerätschaften lagen.

„Mein Sanitätsraum!“, verkündete Adele stolz. „Wenn man sich um so viele kranke und verletzte Tiere kümmert wie ich, muss man auch dafür eingerichtet sein. Nebenan“, sie deutete auf eine weitere Tür, „ befindet sich dann die Krankenstation. Aber nun zeigen Sie mir doch erst einmal, was Sie da mitgebracht haben.“

Vorsichtig zog Lena die zwei Kitten unter ihrem Pullover hervor. Nachdem er so unsanft aus dem Schlaf gerissen wurde, begann der rote Zwerg sofort kläglich zu maunzen. Er erinnerte sich daran, dass da ein großes Loch in seinem Magen war, das nun unbedingt gefüllt werden musste. Sein Geschwisterchen, ein silbergraues, zierliches Etwas hob nur leicht den Kopf. Eine Stimme konnte man von dem geschwächten Körperchen nicht mehr vernehmen.

Adele hatte bereits einen Korb mit flauschig weichen Handtüchern und einer Wärmflasche darunter vorbereitet. In einem Warmhaltegerät, so wie man es aus der Kleinkinderernährung kennt, befanden sich zwei kleine Fläschchen mit weißer Flüssigkeit. Katzenaufzuchtmilch, wie die Gräfin Lena erklärte. Sie legte die beiden Katzenkinder in das warme Körbchen und versuchte zunächst dem Roten mittels eines winzig kleinen Schnullers, den sie über die Flasche stülpte, ein wenig von der Milch einzuflößen. Nach einigen Anfangsschwierigkeiten hatte dieser die Futterquelle akzeptiert und begann gierig zu nuckeln. Lena übernahm bereitwillig die Flasche und fütterte weiter. Ein kleines Strahlen huschte über ihr Gesicht, beim Anblick der putzigen kleinen Gestalt, die immer eifriger an dem Nuckel sog.

Das Silbergraue tat sich da schon etwas schwerer. Zu schwach um selbst zu saugen, leckte er bloß die Milchtropfen von Adeles Fingerspitze. Aber bereits nach wenigen Momenten legte es seinen Kopf wieder zur Seite. Zu anstrengend war das Trinken, und die Lungenentzündung, die Dr. Abraham festgestellt hatte, steigerte seinen Appetit auch nicht gerade.

„Kleines Kerlchen, wenn Du überleben willst, musst Du noch etwas zu Dir nehmen.„" Adele schüttelte den Kopf.

„Viktor wird Recht behalten. Ich glaube es auch fast nicht, dass es überleben wird."

Zärtlich streichelte sie über seinen Rücken.

„Wie kann man nur so ein kleines, unschuldiges Geschöpf zum Sterben einfach in einem Sack aussetzen? Ich werde es nie begreifen. Welches Gefühl herrscht in jenen Menschen, wenn sie an das langsame Dahinsiechen der armen Kreaturen denken? Haben sie denn gar keinen Respekt vor dem Leben?"

Dann erlebte Lena etwas Seltsames.

Adele nahm eine Sprühflasche vom Regal und nebelte ihren Körper einmal großflächig mit der darin befindlichen Substanz ein und stellte die Flasche zurück. Sie schloss die Augen und atmete tief durch und murmelte etwas vor sich hin. Nachdem sie die Augen wieder geöffnet hatte, wandte sie sich der erstaunten Lena zu.

„Das war eine Quintessenz! Sie reinigt meine Aura. Ich werde dem kleinen Zwerglein jetzt Reiki geben! – Schon mal was davon gehört?“

Lena schüttelte den Kopf.

„Das ist eine universelle Heilenergie. Eine uralte Methode, die ihre Ursprünge in Tibet hat. Man kann damit keine Krankheiten heilen, aber man kann versuchen, die Lebensenergie wieder in Gleichklang zu bringen und den Körper so zu animieren, seine Selbstheilungskräfte zu aktivieren!“

Adele legte ihre Fingerspitzen zärtlich auf das kleine Kätzchen, schloss wieder die Augen und meditierte.

Da waren sie wieder! Diese Bilder, die in Lenas Kopf auftauchten, ohne dass die junge Frau wusste, woher sie kamen.

Sie sah eine menschliche Hand ganz nah vor ihrem Gesicht und spürte dabei eine wohlige Wärme. Aber irgendwie schien es ihr, dass sie nicht sie selbst war. Ihr Körper fühlte sich so fremd an.

In Gedanken versunken starrte sie auf das kleine graue Katzenbaby, dass sich unter Adeles Händen merklich entspannte und nun nicht mehr so pumpte beim Atmen. Da fiel es Lena plötzlich wie Schuppen von den Augen. In ihren Bildern war sie das kleine Kätzchen, und die Hand war die von Adele.

Wie konnte das angehen?

Sie versuchte sich zu konzentrieren, doch die Bilder waren verschwunden.

Ich bin einfach mit den Nerven runter, muss endlich abschalten!

Lena schalt sich selbst, widmete sich wieder ihrem Zögling, der inzwischen mit dem Nuckel im Schnäuzchen wieder eingeschlafen war.

Vorsichtig zog sie ihm das Fläschchen aus dem Mäulchen. Er schmatzte noch mal mit seinen milchverschmierten Lippen und schlief unbeirrt weiter.

„Ich glaube der Rotschopf hier hat genug!“ Adele war mit ihren seltsamen Aktivitäten fertig. Das silberne Kätzchen lag, nun viel entspannter, eingerollt im Körbchen und war ebenfalls sanft eingeschlummert.

Sie nahm der Krankenschwester die Flasche ab. Dann griff sie zu einem Papiertaschentuch, drehte Rotschopf auf den Rücken und begann vorsichtig sein Bäuchlein zu massieren, was er mit einem wohligen Grunzen quittierte.

„Seine Katzenmama würde das jetzt mit der Zunge machen. Damit wird die Verdauung angeregt, und nur so kann der Kleine sein Geschäftchen loswerden.“

Schon zeigten sich die ersten Urintropfen und mit einem Ausdruck der Erleichterung auf dem Gesicht pinkelte der Zwerg seine Blase leer ohne sich in seinem Schlaf stören zu lassen. Nachdem das große Geschäft auf dieselbe Weise abgewickelte wurde, legte ihn Adele zurück in sein gemütliches Bettchen, wo er sich zufrieden einrollte.

„Das ist übrigens ein Katerchen, und das Silbergraue ist eine Kätzin.“

Lena ließ sich den kleinen Unterschied genau zeigen. Sie war fasziniert von allem was sie sah. Liebevoll blickte sie auf die beiden Katzenkinder in dem Körbchen. Ganz fest kuschelten sich die beiden aneinander.

Für den Bruchteil von einer Sekunde sah Lena das Bild eines großen flauschigen Katzenbauches vor sich und sie hatte das Gefühl seltsamer Vertrautheit, als sie sich im Geiste an ihn schmiegte.

Die Gräfin nahm den Korb und brachte ihn nebenan in das Krankenzimmer. Sie stellte ihn auf den Boden und schaltete eine an der Wand befindliche Rotlichtlampe ein, damit die Kätzchen von oben eine zusätzliche Wärmequelle erhielten.

In dem Raum, der etwas grösser als der vorhergehende war, standen überall Käfige und Körbe herum.

In einigen der Unterbringungen sah Lena Tiere. Eine große getigerte Katze mit verbundenem Fuß drückte sich maunzend an das Türgitter.

„Ja, Brummi, bald ist Dein Beinchen wieder verheilt, dann darfst Du wieder nach draußen zu den Anderen!“

Adele hielt ihr Gesicht an den Käfig und der verschmuste Kater streichelte sie mit seiner Pfote durch das Gitter hindurch.

„Das ist Brummi, er muss in eine Glasscherbe gestiegen sein. Dr. Abraham hat den Fußballen wieder genäht. In ein paar Tagen werden die Fäden entfernt, dann kann er wieder mit seinen Freunden draußen umher toben.“

Lena hielt ihre Hand zu Brummi hin, der sofort danach angelte und sie näher zu sich hinzog.

„Sie sollen ihn kraulen!“

Die junge Frau kam der Aufforderung gerne nach und Brummi zeigte, dass er seinen Namen zu Recht verdiente. Er schnurrte was das Zeug hielt, in einer Lautstärke, die man einer Katze gar nicht zutrauen würde.

„So, darf ich Ihnen etwas anbieten? Sie haben sicher noch nichts gegessen, oder?“ Adele wandte sich an ihren Besuch. Lena verneinte.

„Aber ich kann doch nicht ..., ich möchte Ihnen keine Umstände machen. Ich werde jetzt zurück ins Dorf fahren, und in der Gaststätte zu Abend essen. Vielleicht hat der Wirt ja auch Zimmer zu vermieten! Und wenn ich darf, möchte ich die kleinen Kätzchen wieder einmal besuchen, " fügte sie hinzu.

„Nichts da, ich lasse Sie doch nicht mitten in der Nacht alleine durch die Gegend fahren. Das ist hier nicht ungefährlich!" Die Gräfin stockte kurz, dann bestimmte sie: „ Ich werde sehen, was Mathilde, meine Haushälterin, in der Küche noch Gutes versteckt hat. Anschließend richte ich Ihnen ein Gästezimmer her. Sie bleiben heute Nacht mein Gast, aus, basta!"

Sie lächelte entwaffnend. Lena zuckte hilflos mit den Schultern.

Wenn Sie unbedingt darauf bestehen, aber ich möchte Ihnen wirklich keine Umstände ...!"

„Wenn es mir Umstände machen würde, hätte ich Sie nicht eingeladen", unterbrach sie Adele und führte sie nach draußen, wo sie schon sehnsüchtig von Hexe und einer Katzenschar erwartet wurden.

Sie gingen durch die Diele in ein großes elegant eingerichtetes Zimmer, das als Wohn- und Esszimmer diente.

Ein ovaler Mahagonitisch mit zehn gepolsterten, an den Lehnen durch Schnitzereien verzierten Stühlen bildete das Kernstück des Raumes. An der Seite befand sich eine Anrichte aus dem gleichen Holz. In der darüber angebrachten Glasvitrine waren jede Menge Tierfiguren zu sehen, vor allem Katzen und Pferde. Auch an den Wänden hingen Dutzende von eingerahmten Fotos, auf denen diese Tiere abgebildet waren. Über dem Tisch prangte ein üppiger Kristallleuchter, der noch vom einstigen Wohlstand des Gutes zeugte.

Die Gräfin bat ihren Gast Platz zu nehmen. Dann entschuldigte sie sich und verschwand in die Küche. Bewundernd ließ Lena ihren Blick weiter schweifen. Nur durch zwei Stufen getrennt sah man in einen pavillonartig anmutenden Wohnraum, der wie ein Wintergarten zu zwei Dritteln verglast war. Ringsum standen Chesterfieldsessel, dazwischen riesige Palmen und Farne, was dem Ganzen ein exotisches Flair verlieh.

Auf den wertvollen antiquaren Sesseln lümmelten ganz selbstverständlich einige der Katzen und sahen den „Eindringling“ wachsam an. Ein paar besonders Neugierige wagten sich nahe an Lena heran, und nach ein paar Schnupperproben wurde sie als ungefährlich eingestuft.

Hexe, die die ganze Zeit nicht von ihrer Seite gewichen war, lechzend nach einer streichelnden Hand, musste bald energisch durchgreifen. Denn schon hüpfte der erste Stubentiger auf Lenas Schoss und versuchte dem Hund die Liebkosungen streitig zu machen. Wütend versuchte dieser, seinen Widersacher, einen zierlichen schwarzweissen Kater von seinem Platz zu schubsen, was ihm jedoch lediglich einen Krallenhieb auf seiner Nase einbrachte. Beleidigt aufheulend vergrub das zottelige Riesentier seine

Schnauze unter Lenas Ellbogen, die ihm tröstend den Rücken tätschelte.

„Ihr sollt doch nicht streiten", mahnte sie, „alle werden gestreichelt!"

Sie sah nach unten. Um ihre Beine strichen schnurrend ein dicker grauweißer Kater mit prächtigem Barthaar und nur einem Auge, und eine kleine langhaarige Kätzin, die im Aussehen einem Fuchs glich.

„Hallo ihr beiden, wer seit den ihr?"

Die junge Frau strahlte über so viel Zuneigung. Zum ersten Mal seit ihrer Flucht fühlte sie sich wieder einigermaßen gut.

Inzwischen traute sich auch der Rest der anwesenden Katzen näher. Insgesamt waren etwa zehn dieser Tiere in dem Raum versammelt. Keine von ihnen war makellos. Die Eine hatte keinen Schwanz mehr. Eine Andere hüpfte nur auf drei Beinen, sehr gekonnt übrigens, umher. Man sah Kampfspuren an den Ohrrändern und auf den Nasenrücken. Doch Lena spürte ihre inneren Werte, und dann waren sie alle wunderschön.

Wieder kamen Bilder in ihrem Kopf. Diesmal schienen sie sich zu überschlagen. Wild durcheinander sah sie Tiere, Erlebnisse, Farben, mal deutlicher, mal nur schemenhaft.

Ihr Blick fiel auf die Katzen, die vor ihr saßen.

Mit unbeugsamem Blick wurde sie von den meisten mit aufgerissenen Augen angestarrt, als ob sie ihr was mitteilen wollten.

Fragend schaute sie in die Runde.

Wollt ihr mir etwas sagen? Schoß es Lena durch den Kopf.

Als Antwort auf diese ungestellte Frage purzelten wieder jede Menge Bilder durch ihren Kopf. Ohne ein Wort zu sagen spann sie ihre Gedanken weiter.

Halt! Nicht alle auf einmal! Eigentlich schalt sich die junge Frau selbst aufgrund dieser, wie sie annahm, törichten Verhaltensweise, aber niemand sah ihr zu. Warum also nicht einfach seinen Gedanken nachhängen?

Also, schön der Reihe nach! Sie fixierte den mobbeligen grauen Kater, der sie aus seinem verbliebenen Auge schelmisch anblinzelte.

Vor ihren Augen erschien eine Wiese mit Schmetterlingen und Insekten. Das Gras schien meterhoch. Im warmen Sonnenschein streifte sie durch die Natur. Doch plötzlich donnerte ein Schuss durch die Stille. Ein wahnsinniger Schmerz fuhr ihr durch den Kopf und dann wurde es schwarz vor den Augen.

Urplötzlich wurde Lena bewusst, was sie gerade erlebte. Sie hatte die Fähigkeit, mit den Katzen gedanklich zu reden. Mitleidig strich sie dem Kater über seinen Kopf, als wollte sie ihm zeigen, dass sie verstanden hatte, was er ihr erzählte.

Frau Adele kam zurück. Sie brachte ein Tablett mit Schinken, Wurst und Käse, ein paar Tomaten, Butter und frischem Schwarzbrot.

Lena lief das Wasser im Munde zusammen. Erst jetzt merkte sie, dass sie schon seit längerem nichts mehr gegessen hatte, und auf einmal richtigen Hunger verspürte.

Die Gräfin schenkte ihr noch ein Glas mit dunklem schweren Rotwein ein und wünschte ihr einen guten Appetit. Dann scheuchte sie sämtliche Vierbeiner davon, damit Lena in Ruhe essen konnte.

Elf Augenpaare, beziehungsweise zehneinhalb Augenpaare verfolgten gierig jeden ihrer Bissen. Doch keines der Tiere versuchte offensichtlich zu betteln. In der Hoffnung, so eher einen Happen ergattern zu können, taten sie ganz gelangweilt, als ob sie das Ganze gar nicht interessieren würde. Dabei waren sie innerlich sofort zum Angriff auf eines der leckeren Wurststückchen bereit.

Besonders Hexe sah aus, als ob sie kurz vor dem Verhungern stünde. Dabei stand ihr linkes Ohr kerzengerade in die Höhe und das linke schräg vom Kopf ab. Dieser Anblick war so herzzerreißend urkomisch, dass Lena lachen musste.

„Da vergeht einem ja glatt der Appetit, bei so viel Elend“, scherzte sie.

Doch Adele hatte vorgesorgt.

„Kommt her, ihr Schauspieler, bevor ihr den grausamen Hungertod sterbt."

Sie packte eine Tüte mit Trockenfleisch aus und warf eine Hand voll davon über den Boden. Im Nu sprangen die Katzen blitzschnell hinter der Beute her, um möglichst viel davon zu ergattern.

„Hexe, hier hast Du einen Hundekeks, dann lässt Du aber Frau Hansen in Ruhe weiter essen!"

„Lena, sagen Sie doch bitte Lena zu mir. Sie sind so freundlich. Dabei kennen Sie mich doch gar nicht."

Die alte Dame sah sie fast zärtlich an:„ Wer so viel Umstände auf sich nimmt, wegen ein paar halb verhungerter Katzenbabys, der kann nur gut sein. Und außerdem erinnern Sie mich an jemanden, der mir einmal alles bedeutet hat."

Dabei sah sie aus dem Fenster in die undurchdringliche Schwärze der Nacht hinaus, als ob sie da draußen etwas zu entdecken erhoffte.

Lena aß still weiter. Sie wollte nicht fragen, denn dieses Thema schien Adele sehr zu bewegen. Sie bemerkte den Glanz stummer Trauer in ihren Augen und schwieg.

Nachdem sie das Glas schweren Rotweins geleert hatte, wurde es Lena leicht schummerig im Kopf, sie war Alkohol nicht besonders gewohnt. Sie bat ihre Gastgeberin, sie zu entschuldigen.

„Natürlich, Sie sind bestimmt sehr müde. Kommen Sie, ich zeige Ihnen Ihr Zimmer!"

Schnell holte Lena noch ihren kleinen Koffer aus dem Auto, selbstverständlich in Begleitung der neugierigen Hexe und einer kleinen Katzenschar, und dann folgte sie der Gräfin in das obere Stockwerk. Sie betraten ein gemütlich eingerichtetes Zimmer, das wohl für Gäste genutzt wurde. Ein breites Bett mit geblümten Vorhängen zum Zuziehen stand in einer Nische. Vor dem kleinen Gaubenfenster befand sich ein hübsches, ebenso geblümtes Sofa mit einem Tischchen und einem Sessel davor. Ein zweitüriger, massiver, geschnitzter Kleiderschrank bildete den Rest der Einrichtung. Es war wohl lange nicht mehr genutzt worden, denn auf den Möbeln befand sich eine leichte Staubschicht. Aber das Bett war frisch bezogen, und der Rest störte Lena nicht besonders.

„So, da wären wir. In der Eile konnte ich nicht mehr saubermachen!" Adele entschuldigte sich. „Ich werde gleich morgen früh Mathilde Bescheid geben, damit sie ordentlich putzt hier. Wir hatten nur schon so lange keinen Gast mehr."

Nun hatte Lena eigentlich nicht vor, sich hier niederzulassen. Sie wollte keine Umstände machen. Ihr war das Ganze sowieso schon peinlich. Eigentlich hatte sie nur die Kätzchen versorgt wissen wollen.

Die alte Dame war nur so resolut, da konnte sie ihr die Einladung zur Übernachtung gar nicht abschlagen.

Morgen wollte sie gleich nach dem Aufstehen weiterziehen.

„Vielen Dank für Ihre Bemühungen. Wegen mir brauchen Sie wirklich nicht sauber zu machen. Ich werde morgen wieder weiterfahren“, räumte die junge Frau ein.

Ihre Gastgeberin war sichtlich enttäuscht.

„Sehr schade. Ich dachte, Sie möchten vielleicht hier ein paar Tage Ferien machen und entspannen. Ihre Arbeit als Krankenschwester nimmt Sie doch bestimmt arg mit.“

Lena sah sie an. Natürlich, Dr. Abraham hatte ihr bestimmt erzählt, welchen Beruf sie ausübte.

„Sicherlich möchten Sie doch auch wissen, was aus den beiden Findlingen wird?“

Adele versuchte ihren Gast zu überreden.

„Wenn Sie jedoch schon andere Pläne haben! Da kann man nichts machen. Hexe würde sich auch freuen, wenn Sie noch etwas blieben. Nicht war Hexe?“

Die riesige Hündin, die die ganze Zeit über gespannt verfolgte was hier alles geschah, erhob sich schwanzwedelnd und stupste Lena hoffnungsvoll an, so als ob sie alles verstand, was ihr Frauchen sagte. Zärtlich fordernd leckte sie die Hand, die sie vorhin so hingebungsvoll gekrault hatte. Lena tätschelte sie sanft auf den Kopf.

„Ich..., ich habe nichts anderes vor“, begann sie leise, „ und wenn ich so nett gebeten werde, kann ich die Einladung wohl nicht ausschlagen.“

Sie gab gerne nach. Insgeheim freute sie sich auf die Aussicht, hier auf Gut Hohenstein zu bleiben. Denn seine Bewohner, egal ob zwei- oder vierbeinig, waren ihr unheimlich sympathisch.

„Aber dann will ich mich wenigstens nützlich machen, darauf bestehe ich.“

Die Gräfin strahlte über das ganze Gesicht.

„Natürlich dürfen Sie sich nützlich machen, bei uns gibt es genug zu tun. Für eine helfende Hand sind wir immer dankbar. Nicht war, Hexelhund?“

Wiederum tat die Hündin ihre Freude kund. Sie sprang an den beiden Frauen hoch, als ob auch sie die Abwechslung begrüßen würde.

„So nun schlafen Sie sich erst einmal richtig aus! Ich werde noch die zwei Waisenkinder versorgen und dann auch zu Bett gehen.“ Adele verabschiedete sich und wünschte eine gute Nacht.

Lena packte schnell ihren Koffer aus und verschwand dann kurz im angrenzenden Bad.

Auch hier hatte sich der Zahn der Zeit zu schaffen gemacht. Die Badewanne und die ehemals lackschwarzen Wandfliesen waren stumpf geworden, die Wasserhähne stammten bestimmt von anno dazumal.

Nach schaurig klingendem Gequietsche kam das Wasser zunächst minutenlang rostbraun aus der alten Leitung. Die Toilettenspülung betätigte man durch Ziehen an einer langen Metallkette, die von einem an der Decke befindlichen Spülkasten herabhing. Die junge Frau übersah geflissentlich diese Makel, sie war nicht so verwöhnt und hatte kein Luxushotel erwartet. Sie putzte sich schnell die Zähne, wusch sich die Hände und das Gesicht und ging wieder in ihr Zimmer. Dann zog sie sich ein hellgraues überlanges T–Shirt über und schlüpfte unter die kuschelige Bettdecke. Nachdem sie die kleine Lampe auf dem Nachttisch gelöscht hatte, starrte sie noch einige Zeit an die Decke. Das Mondlicht, das durch das kleine Fenster hereindrang, warf gespenstische Schatten an die Wand. Draußen war es, im Vergleich zu dem Großstadtlärm, den sie gewohnt war, relativ ruhig. In der Ferne bellte irgendwo ein Hund. Unten im Hof hörte sie kurz ein paar Katzen kämpfen. Das Fauchen und Keifen klang gefährlich, verklang aber kurz darauf wieder in der Dunkelheit.

Da scharrte plötzlich etwas an ihrer Zimmertür. Lena erschrak für einen kurzen Augenblick, doch das darauffolgende leise Miauen beruhigte sie sofort wieder. Sie machte Licht, stand auf und öffnete die Tür einen Spalt. Draußen saß, sie andächtig anhimmelnd, der grauweiße, einäugige Kater. Schmunzelnd bat ihn Lena herein.

„Na Du, kannst Du nicht alleine schlafen? Dann komm mit, mein Bett ist groß genug für zwei.“

Laut schnurrend strich der etwas mopsig geratene Stubentiger um ihre nackten Beine. Gerade als sie die Türe wieder schließen wollte, schossen aus der Dunkelheit des Flures zwei befellte Blitze an ihr vorbei, und sprangen ohne Aufforderung sofort auf das Bett. Hoffnungsvoll wurde Lena von zwei unschuldigen Augenpaaren angeblickt. Kopfschüttelnd lachend betrachtete sie das Bild, das sich ihr bot. Der kleine schwarzweiße Kater und die fuchsähnliche Kätzin lagen geduckt vor ihr auf der Zudecke, gespannt wartend auf ihre Reaktion.

„Dann schlafen wir eben zu viert hier“, meinte Lena nur, und hob das inzwischen maulende Dickerchen hoch. Zärtlich drückte sie ihr Gesicht in sein weiches Fell, herzte ihn kurz, bevor sie ihn zu den Anderen auf die Bettdecke setzte. Dann legte auch sie sich wieder hin, verzweifelt nach einem bequemen Platz für ihre Beine suchend. Aber einmal die Erlaubnis für das Bett erhalten, gaben ihre drei Schlafgenossen keinen Zentimeter des eroberten Territoriums wieder zurück.

Kapitel 3

Durch ein sanftes Schnurren und ein Kitzeln am Ohr wurde Lena am nächsten Morgen geweckt. Sie öffnete die Augen und sah das Gesicht der kleinen silbergrauen Kätzin vor sich. Liebevoll fordernd wurde sie mit einer kalten feuchten Nasenspitze daran erinnert, dass es Zeit zum Frühstücken wäre.

Zeit für ein Katzenfrühstück!

Auch Pummelchen machte sich, nun da er sah, dass sein Schlafplatzgeber aufgewacht war, bemerkbar. Etwas weniger rücksichtsvoll platzierte er seinen gewichtigen Körper direkt auf Lenas Brustkorb, so dass diese Mühe hatte, Luft zu bekommen, schnurrte aus Leibeskräften und schaute sie vorwurfsvoll maunzend an.

Nur der kleine Schwarzweiße streckte sich noch genüsslich auf seinem bequemen Lager aus.

„Ist ja schon gut, ihr habt mich überredet. Ich stehe ja schon auf."

Mühsam versuchte Lena unter dem Gewicht des Einäugigen hervor zu kriechen. Doch dieser sprang bereits mit einem gewaltigen Satz auf den Boden und marschierte Richtung Tür. Jetzt liefen auch die beiden anderen hinterher. Lena rieb sich noch einmal den Schlaf aus den Augen und ließ die drei Katzen zur Tür hinaus. Dann verschwand sie für ihre Morgentoilette im Badezimmer. Ein Blick in den Spiegel sagte ihr, dass es wohl einmal wieder an der Zeit wäre, etwas für sein Äußeres zu tun. In den vergangenen Tagen hatte sie sich ziemlich gehen lassen. Ihr war es völlig gleichgültig gewesen, wie sie aussah und welche Kleidungsstücke sie trug. Ihre langen Haare waren struppig und strähnig und die dunklen Ringe unter ihren Augen wirkten auch nicht gerade vorteilhaft. Doch heute verspürte sie endlich wieder ein wenig Lust, sich herzurichten.

Sie schlüpfte aus dem T-Shirt und ging erst einmal duschen. Nachdem die rostige Brühe aus der Leitung abgelaufen war, stellte sie sich in die Badewanne und genoss minutenlang die warmen Wasserstrahlen auf ihrer Haut. Die junge Frau wusch sich sorgfältig die Haare mit einem nach Vanille und Honig riechendem Shampoo. Ein Duschbad mit Aprikosenöl vervollkommnete die Duftkomposition und Lena begann wieder Mensch zu werden.

Sie dachte an die beiden Katzenkinder, ob sie wohl die Nacht überlebt hätten? – Und ihre Gastgeberin, Gräfin Adele. Was bewog diese freundliche, aber seltsame Dame, eine wildfremde Person bei sich aufzunehmen? - Bei dem Gedanken an Hexe, das grauschwarz zottelige, ebenso gutmütige wie riesige Hundetier, musste sie unwillkürlich lachen. Ein derartiger Hund war ihr noch nie zuvor begegnet. Und diese ganze Katzenschar, die sie so selbstverständlich akzeptiert hatte! ---

Ein aufgeregtes, lautes Bellen, das vom Hof herauf in das Badezimmer drang, ließ Lena zusammenzucken. Schnell beendete sie ihre Toilette. Sie zog eine blaue, enganliegende Jeans aus dem Koffer. Dazu ein passendes, strahlend weißes, kurzärmeliges Jeanshemd, das ihre leicht gebräunte Haut hervorhob. Ein paar wildlederne, sandfarbene Mokassins vervollständigten ihre Garderobe.

Verzweifelt versuchte sie anschließend ihrer verfilzten Haarpracht Herr zu werden. Erst als diese wieder in gewohnt langen seidigen Kaskaden bis zu ihren Hüften herabfiel, ließ sie es gut sein. Sie schlang sich noch ein weißes, seidenes Haarband um die stattliche Fülle und benützte ein wenig Makeup für ihr verquollenes Gesicht. Nun stimmte sie ein erneuter Blick in den Spiegel zufrieden.

Langsam schritt sie die Treppe hinunter, beeindruckt von der Würde des alten Gemäuers. Die abblätternde Farbe, die Risse im Putz, die marode Treppe, das alles nahm dem Haus nur wenig von seiner ganzen Schönheit. Im Gegenteil, es verlieh ihm eine Art rauen Charme, den man nur mit dem Herzen wahrnehmen konnte.

Die Haustüre stand weit offen. Draußen konnte Lena zwar jede Menge Katzen, jedoch keinen einzigen Menschen entdecken. Sie drehte sich um und wollte gerade zurück ins Haus gehen, als sie mit einer kleinen, rundlichen Person zusammen stieß. Sie mochte wohl so um die fünfzig Jahre zählen, hatte lebhafte, kleine Augen und ein liebenswertes Lächeln auf den Lippen.

„Oh, entschuldigen Sie! Ich habe sie gar nicht kommen hören!“ Lena sah ihr Gegenüber freundlich an.

„Nichts passiert“, wehrte diese ab, „ ich hätte mich ja auch bemerkbar machen können. Ich bin Mathilde, die Haushälterin!“ Sie streckte Lena die Hand zur Begrüßung hin.

„Frau Adele hat mir schon gesagt, dass wir einen Gast haben. Kommen Sie mit, ich mache Ihnen ein Frühstück zurecht.“

Energisch schob sie die junge Frau vor sich ins Haus zurück. Bei dem Wort Frühstück waren einige der anwesenden Katzen hellhörig geworden. Ha, Frühstück klang nach Essen. Und arme kleine Miezekatzen waren immer hungrig!

Sofort schlichen sie hinter den beiden Frauen her. Und als Lena in der großen Küche auf einer gemütlichen, blau gepolsterten Eckbank Platz nahm, hatte sie im Nu drei schnurrende Pelztiger als Tischnachbarn um sich versammelt.

Mathilde stellte eine große Tasse Kaffee auf den Tisch. Dazu gab es knusprige Brötchen und lauwarme Laugenbrezen, Butter und selbst eingemachte Marmelade, Wurst und Käse.

„So, nun essen Sie mal tüchtig, Sie sind eh viel zu dünn. Und blass sind sie auch!“

Die Haushälterin hatte eine ziemlich direkte, aber freundliche Art an sich. Lena fand sie, genauso wie die Gräfin, sehr sympathisch. Sie blickte neben sich, und musste wieder schmunzeln. Die drei Katzen, ein dicker rotweißer Kater, und zwei halbwüchsige getigerte Katzenmädchen boten ein Bild zum Schieflachen. Demonstrativ, Lena den Rücken zuweisend, mit fest zusammen gekniffenen Augen, schnurrten sie um die Wette. Nach dem Motto, wir betteln überhaupt nicht, nein, wir sind anständige Katzen. Können wir jetzt ein Stückchen Wurst abhaben?

Nur der einen Halbwüchsigen dauerte dieses Theater zu lange. Sie drehte sich um und mit herzzerreißendem Blick in Lenas Augen versuchte sie heimlich mit der Pfote nach einer Scheibe Wurst zu angeln.

„Tappsi, benimm Dich, sonst fliegst Du raus aus der Küche!"

Mathilde klopfte kurz auf den Tisch und die kleine getigert Pfote verschwand ganz schnell wieder von der Wurstplatte.

„Diese Viecher! -- Man könnte meinen, dass sie hier bei uns ständig Hunger leiden müssten, so verfressen, wie sie alle sind. Und lächelnd meinte sie zu Lena: „ Scheuchen Sie sie einfach davon, wenn sie Ihnen lästig werden."

Lena wehrte ab. „Nein, nein, lassen Sie nur. Das stört mich nicht im Geringsten. Ich mag Tiere sehr."

Und heimlich ließ sie ein paar Bröckchen von der Wurst vor die Nasen der Katzen fallen. Wie von Zauberhand lösten sie sich sofort in Luft auf und drei zufriedene Samtpfoten schleckten sich genießerisch über die Nase.

„Frau Adele ist bereits im Stall bei den Pferden. Wenn Sie mögen können Sie nach dem Frühstück hinüber gehen, dann zeigt sie Ihnen den Hof."

Mathilde werkelte am Herd herum. Aus einem großen Topf entstieg ein wunderbarer Duft. Es war eine Mischung aus Fleisch und vielerlei Gewürzen. Im Backofen bräunte ein ganzes Blech lecker aussehenden Apfelkuchens. Die Haushälterin war ganz in ihrem Element. Sie kochte leidenschaftlich gerne. Und am liebsten für Gäste, die ihre Kunst zu würdigen wussten.

Nachdem Lena reichlich gefrühstückt hatte, bedankte sie sich bei Mathilde und lies sich den Weg zum Stall zeigen.

Als sie durch das große hölzerne Tor trat, tat sich eine schier endlos lange Stallgasse auf, zu deren beiden Seiten sich Unmengen von geräumigen Pferdeboxen reihten. Lena staunte nicht schlecht. So groß hatte sie sich das Gut Hohenstein nicht vorgestellt.

Aus einigen der Boxen kamen nun neugierige Pferdegesichter hervor, aber die meisten der Unterkünfte waren unbenutzt. Frau Adele war gerade damit beschäftigt einen massigen, lackschwarzen Friesenwallach zu striegeln. Hexe, der Hund, lag ein paar Meter entfernt und sah gelangweilt zu. Als sie Lena bemerkte, stieß sie ein freudiges Bellen aus und rannte auf sie zu. Erwartungsvoll und heftig mit dem Schwanz wedelnd hüpfte sie an ihr hoch und um sie herum.

„Na guten Morgen meine Süße!“ Lena klopfte ihr zur Begrüßung auf den Rücken.

Durch das Bellen der Hundedame aufmerksam geworden, hob die Gräfin den Kopf. Ein Strahlen huschte über ihr Gesicht.

„Guten Morgen, haben Sie gut geschlafen? Sie sehen gut aus.“

Lena errötete leicht und erwiderte den Gruß.

„Danke, ich fühle mich auch sehr gut!“

Und das war nicht einmal gelogen. Seit sie hier war hatte sie fast keinen Gedanken an Stefan verloren.

Unruhig begann das Pferd neben Adele zu schnauben und gab seiner Besitzerin einen leichten Schubs, als ob er sich auch bemerkbar machen wollte. Sie wandte sich wieder dem Tier zu, klopfte ihn zärtlich auf den Hals.

„Schon in Ordnung, mein Guter! Das ist unser Gast. Und das ist Attila! - Er ist bei Fremden etwas mit Vorsicht zu genießen. Manche mag er, die meisten jedoch nicht! Er hat wohl schlechte Erfahrungen gemacht - damals,“ fügte sie leise hinzu.

Lena betrachte das elegante, in ihren Augen imposante Tier bewundernd. Sein massiger Schädel, die dunklen, wachsam um sich blickenden Augen, die seidige Mähne zeugten von einem Tier allerersten Güte. Sie war kein Fachmann, aber die dicken Muskelstränge an seinen Beinen ließen auch sie erkennen, dass der Wallach bestimmt genauso temperamentvoll und wild wie sein Namensgeber, der Hunnenkönig, sein musste. Sie blickte in die großen schwarzen Augen. Und wieder erschienen diese seltsamen Bilder vor ihren Augen.

Sie sah sich auf dem Pferd über die Wiesen galoppieren. Ein junges Mädchen mit wehenden dunklen Haaren. Barfuß, ohne Sattel glitt sie wie eine Elfe dahin. Sie sah das Gesicht nur undeutlich...nein, das war nicht sie selbst. Wer mochte das sein?

Attila schnaubte aufgeregt und nickte heftig mit dem Kopf. Adele versuchte ihn zu beruhigen und redete auf ihn ein.

Lena verstand, dass Attila irritiert war. Vor ihren Augen sah sie, wie er zu ihr gehen wollte. Sie spürte seine Freude...blitzschnell spulten sich Unmengen an Bildern und Geschichten ab.

Langsam streckte sie die Hand aus und wie in Trance ging sie unbeirrt auf das Tier zu. Attila blähte vorsichtig die Nüstern, um ihren Geruch auf zu nehmen. Sorgfältig beschnupperte er die ihm dargebotene Hand, um sie dann fast zärtlich zum Streicheln aufzufordern. Lena strich sanft über die weiche Pferdenase, leicht erschrocken über ihren eigenen Mut, dieses Pferd trotz Warnung einfach anzufassen. Aber sie konnte nicht anders. Es war wie ein innerer Zwang.

Die Gräfin hatte die Szene stumm beobachtet. Das sensible Tier musste das gleiche wie sie selbst empfinden für ihren Gast. Ein Schauer lief über ihren Rücken bei dem Gedanken, der ihr gerade durch den Kopf schoss.

Konnte es möglich sein, dass ...? - Nein, sie schob diese Idee von sich! Nur, ... die Ähnlichkeit war wirklich verblüffend.

Attilas Aufregung hatte sich wieder gelegt. Auch wenn er für einen kurzen Moment enttäuscht schien, so legte er trotzdem seinen Kopf auf Lenas Schultern und lies sich kraulen. Eine sonderbare Vertrautheit lag in der Luft, ganz so, als ob sie sich schon lange kannten. Verspielt prustete das Tier in Lenas Ohr, so dass diese laut auflachen musste.

„He, Du, ich habe mich vorhin erst geduscht. Lass das!"

„Er mag Sie. So seltsam das auch ist. Er mag Sie, wie seit langem niemanden mehr!" Frau Adele schüttelte verwundert den Kopf.

„Er hat wohl den ein oder anderen akzeptiert. Sich auch mal anfassen lassen. Aber von sich aus Schmusen wollte er mit keinem mehr..., seit seine große Liebe verschwunden ist!", fügte sie leise hinzu.

Lena sah Adele fragend an. Doch diese wandte sich wieder dem Tier zu und striegelte es verbissen weiter.

Leicht irritiert wechselte Lena dann von sich aus das Thema und erkundigte sich nach ihren beiden Findelkatzen.

„Das kleine Graue hat leider die Nacht nicht überlebt, wie wir bereits vermutet haben“, die Gräfin zuckte bedauernd mit den Schultern, „es wollte lieber von dieser Welt gehen. Es ist ganz ruhig eingeschlafen! - Aber der Rote ist quietschvergnügt und immer hungrig. Wenn Sie möchten, können Sie ruhig nach ihm sehen.“

Lena nickte eifrig mit dem Kopf. „Aber eigentlich wollte ich Sie ja fragen, ob ich mich ein wenig nützlich machen kann?“

„Können Sie, können Sie! Hier kann man überall eine helfende Hand gebrauchen. Sie sehen es ja selbst, dass es an allen Ecken und Enden fehlt. Aber außer Mathilde, die Sie ja bestimmt schon kennengelernt haben, gibt es nur noch Matthis, unseren Knecht und ein paar Aushilfskräfte, die zwischendurch einmal mit Hand anlegen.“

Adele war mit Attilas Morgentoilette fertig und klopfte ihm aufmunternd auf das Hinterteil.

„Holen Sie doch den kleinen Roten aus dem Sanitätsraum, ich habe schon einen Tragebeutel neben sein Körbchen gelegt.“

Lena verstand nicht ganz, was die Gräfin damit meinte, doch bevor sie fragen konnte, erklärte ihr diese, was es damit auf sich hatte.

„Das Zwerglein braucht lebendige Wärme. Ein Atmen, einen Herzschlag um sich geborgen zu fühlen. Deshalb habe ich für solche Fälle eine Art Känguruhbeutel genäht. Bringen Sie ihn mit, ich zeige Ihnen das Prinzip dann. Sie finden doch noch in den Sanitätsraum?“

Die junge Frau bejahte.

Lena fand ein schlafendes rotes Fellbündel, tief in ein flauschiges Handtuch eingekuschelt. Für die nötige Wärme sorgte eine Babywärmflasche. Vorsichtig stupste sie das Tier mit dem Finger, kraulte es sanft hinter dem winzigen Ohr. Sofort reckte es seine kleine Nase in die Luft und stieß jammernde Töne aus.

„Na Du Kleiner. Du suchst Deine Mama und Deine Geschwister. Damit kann ich Dir leider nicht dienen, aber wenn Du einverstanden bist, will ich gerne Deine Ersatzmama sein und mich um Dich kümmern.“

Mit diesen Worten nahm sie das Kätzchen aus dem Korb und legte es sich auf die Brust. Hektisch begann das Tier nach einer Milchquelle zu suchen.

Wenn das nun seine Mama war, wo war das Essen?

Doch sogleich wurde ihm ein Nuckel unter die Nase gehalten, an dem er gierig zu saugen begann. Instinktiv hatte Lena sein Verhalten verstanden. Nachdem das Kleine satt zu sein schien und seine Geschäftchen erledigt hatte, packte sie den bereitgelegten Beutel und begab sich wieder zu den Ställen.

Die Gräfin wartete bereits auf sie. Sie zeigte Lena, was sie mit Känguruhbeutel gemeint hatte. Das Kätzchen wurde hineingesteckt und dann der Beutel um den Bauch der jungen Frau gebunden. Lena musste lachen.

„Ich sehe bestimmt lustig aus!"

„Na ja, bei einem Schönheitswettbewerb würden Sie nicht gerade den ersten Preis gewinnen," die Gräfin amüsierte sich auch, „aber ihr Pflegekind hat es schön warm und spürt Ihren Herzschlag."

Zärtlich strich die Krankenschwester über die Erhebung auf ihrem Bauch. Der Kleine hatte es sich bereits bequem gemacht und war wieder eingeschlafen.

„ Haben Sie ihm schon einen Namen gegeben?"

„Ich weiß nicht, ich würde ihn gerne Mingo nennen. Mein Großvater hatte einmal einen dicken roten Kater, der so hieß. Nachdem meine Großmutter starb, war er sein einziger Halt und sein treuester Freund."

„Mingo klingt gut. Das passt zu diesem kleinen Dickerchen." Adele strahlte Lena an.

„Kommen Sie, jetzt zeige ich Ihnen wer hier noch alles so lebt. Wenn Sie wollen, können Sie mir helfen diese Rasselbande dann auf die Weide zu bringen."

Eifrig nahm Adele ihren Gast am Arm und zog sie zu den Pferdeboxen.

Attila, der noch immer angebunden in der Stallgasse stand, scharrte bereits aufgeregt mit seinem Vorderhuf. Er hatte zwischenzeitlich ein kleines Häufchen Heu gefunden und genüsslich verzehrt. Doch nun wurde er ungeduldig. Er wollte hinaus und rennt, und außerdem fühlte er sich so unangenehm sauber. Dem musste man doch Abhilfe verschaffen können!

„Ruhig, mein Großer. Du darfst ja gleich hinaus!"

Die zierliche Gräfin schubste den schwarzen Wallach energisch, aber sanft zur Seite, damit sie vorbei konnten. Eine hübsche mittelgroße Fuchsstute kam vorwitzig mit ihrer Nase über den Boxenrand.

„Das ist Gina, unsere Jüngste. Gerade mal vier und ein richtiges Temperamentsbündel. Aber nicht für einen Pfennig Anstand."

Adele kraulte die Stute hinter dem Ohr und gab ihr einen kleinen Leckerbissen, als diese versuchte selbst danach in der Jackentasche der Gräfin zu suchen.

„Daneben, das hier ist Ronja. Sie kommt von der Trabrennbahn. Wurde ausgemustert, weil sie nicht schnell genug war. Ihr Glück! Ich habe sie vom Metzger abgekauft. Sie hat mir so leidgetan. Jetzt darf sie endlich das sein, was sie ist. Ich finde es unmöglich. Wenn ein Pferd schnell laufen will, dann galoppiert es und zuckelt nicht wie ein aufgeblasener Puter durch die Gegend."

Adele hatte so ihre eigene Lebensanschauung, und tat sie auch empört kund.

„Sie ist noch ziemlich scheu. Aber das wird sich legen, wenn sie merkt, dass ihr hier keiner etwas Böses will, und dass nicht alle Menschen schlecht sind. Sie muss erst wieder Vertrauen zu ihnen bekommen. Sie ist ziemlich misshandelt worden um das zu geben, was von ihr verlangt wurde.“

Lena sah eine kleine schwarze, ziemlich magere Stute, die ganz hinten in der Box stand, mit gesengtem Kopf und halb angelegten Ohren. Ängstliche, große Augen sahen die fremde Frau an. Lena senkte ihren Blick zu Boden. Konzentriert versuchte sie auch hier Kontakt herzustellen. Nachdem sie sich der Tatsache dieser neuen Fähigkeit bewusst wurde, fand sie Gefallen daran, sie überall auszuprobieren.

Eine Gerte prasselte auf den angstvoll angespannten Körper der Stute herab. Immer wieder und immer wieder.....Das Tier verstand nicht, was von ihm erwartet wurde. Sie wollte es ja den Menschen recht machen, aber wie? - Sie war schnell, sehr schnell! Aber immer wenn sie es beweisen wollte, dann wurde sie geschlagen, wurde sie langsamer, schlug man sie auch!

Entsetzt starrte Lena Ronja an. Mitleidig versuchte sie ihr Gefühle des Trostes zu übermitteln. Im Geiste nahm sie ganz zärtlich Ronjas Kopf in die Arme und gab ihr die Wärme, die sie jahrelang so schmerzlich vermisst hatte.

Irgendwie musste es geklappt haben. Langsam wandte sich die Stute der Boxentür zu. Ganz vorsichtig streckte sie den Kopf nach vorne und ihre Ohren richteten sich auf. Ein Lächeln huschte über Lenas Gesicht.

„So, dann haben wir hier noch den Mischa. Er war unser letzter großer Zuchthengst. Jetzt ist er kastriert und bekommt seine Rente als ausgezeichnetes Reitpferd."

Adele war inzwischen weitergegangen.

Der Schimmel streckte sofort den Kopf heraus als er seinen Namen hörte, um auch einen Leckerbissen zu ergattern.

„In der letzten Box, das ist unsere Moon. Eine absolute Schmusemaus. Sie ist eine Mischung aus Quarterhorse und Haflinger, und hat von jeder Seite das Beste mitbekommen. Sie ist nicht gerade die Schnellste, aber lammfromm."

Die kleine braune Stute mit der neckischen Blesse auf der Stirn stampfte mit dem Vorderhuf auf.

„Ja ich weiß, meine Gute, Du willst auch hinaus auf die Weide. Na dann komm, machen wir mit Dir den Anfang."

Mit diesen Worten öffnete Adele die Boxentür und ließ die aufgeregte Stute heraus, die sofort in Richtung Ausgang lief. Lena sprang schnell zur Seite um nicht umgerannt zu werden. Auch die Anderen scharrten jetzt unruhig und freuten sich auf die Aussicht endlich rennen zu können.

Bis auf Ronja, die geführt wurde, rannten die Tiere eigenständig in Richtung Weide. Hexe lief bellend hinter den donnernden Pferdehufen her. Stolz in der Meinung, sie würden sich von ihr treiben lassen.

Die beiden Frauen liefen einige Minuten schweigend über einen schmalen Feldweg, vorbei an goldgelben Weizenfeldern. Ein leichter Windhauch spielte mit den raschelnden Ähren. Man hörte nur ein paar Vögel singen, ansonsten war es angenehm ruhig für jemanden wie Lena, die aus einer lärmenden Großstadt kam.

Kurze Zeit später erreichten sie bereits ein riesiges Areal, vor dem die Tiere stehen blieben. Adele öffnete ein Gatter und die Pferde stürmten übermütig, nach allen Seiten auskeilend, davon. Wie spielende Kinder rannten sie über die saftige grüne Wiese um sich kurze Zeit später lustvoll im Gras zu wälzen. Attila fand als erster eine Schlammpfütze, ein Überbleibsel des Gewitters vom Vortag. Mit einem schiefen Seitenblick zu seiner Herrin ließ er sich augenblicklich mit einem riesigen Satz hineinfallen. Im Nu war sein glänzendes schwarzes Fell über und über mit Schlamm bedeckt. Nun kamen auch die Übrigen näher und einer nach dem anderen panierte sich mit dem rotbraunen Schlamm, bis man ihre eigentliche Fellfarbe nur noch erahnen konnte.

Lena fand dieses Schauspiel zum Schieflachen und der ganze Kummer ihres Herzens fiel für eine Zeit lang von ihr ab. Sie war fasziniert von der fast unberührten Schönheit der Natur, die sich hier ihren Augen bot. Inmitten der leicht hügeligen Weide befanden sich einige weit ausladende Laubbäume, die den Tieren als Schattenspender während der heißen Mittagsstunden im Sommer dienten. Gleichzeitig fanden sie darunter Schutz bei heftigen Regen- und Gewitterschauern. Ein kleiner flacher Bach, vielleicht einen Meter breit und nur dreißig, vierzig Zentimeter tief, sorgte ständig für frisches Wasser. Lediglich ein elektrischer Weidezaun hinderte die neugierigen und unternehmungslustigen Vierbeiner daran, sich an Nachbars Getreide gütlich zu tun oder sonst irgendeinen Unsinn anzustellen.

Die beiden Frauen sahen noch eine Weile den grasenden Pferden zu, ehe sie den Rückweg antraten.

„Können Sie reiten?“ Unvermutet begann Adele das Gespräch.

Lena zuckte mit den Schultern. „Eigentlich nicht besonders. Ich habe als Kind Reitstunden bekommen. Weil das schick war. Ich fühlte mich aber in so einem piekfeinen Reitverein, in dem jeder mit Hochglanzstiefeln und weißen Handschuhen, einem blasierten Lächeln und arrogantem Gehabe umher stolzierte, niemals wohl. Deshalb habe ich das Ganze nach kurzer Zeit abgebrochen.“

Wenn sie an die aufgetakelten Puten aus wohlhabendem Hause dachte, die zweimal die Woche ihren eingebildeten Hintern auf ein fix und fertig geputztes und aufgezäumtes Pferd setzten, schüttelte es sie heute noch. Sie brüsteten sich damit, welcher Papa mehr für ihr Pferd bezahlt hatte, und welch hervorragende Abstammung es besäße. Dann ritten sie gelangweilt eine Stunde lang in einer Halle im Kreis herum, um dann das Pferd wieder in die Hände eines gut bezahlten Reitknechtes zu geben und vollkommen entrüstet das Dahinscheiden eines wohl gefeilten und lackierten Fingernagels zu bedauern.

Die alte Dame musste schmunzeln. „Haben Sie Lust, einmal richtig zu reiten? Die ursprüngliche, wilde Freiheit auf dem Rücken eines Freundes zu genießen? Dann zeige ich Ihnen heute Nachmittag die Gegend."

Lena sagte nur zu gerne zu.

Kapitel 4

Am Spätnachmittag trafen sich die beiden Frauen umgezogen wieder vor dem Stall. Lena trug jetzt eine leicht abgewetzte, braune Reithose und dazu Reitstiefel, die ein klein wenig zu groß waren. Die Sachen hatte ihr die Gräfin geliehen, und diese zeigte sich mit dem Ergebnis ganz zufrieden.

„Tragen Sie zwei Paar Socken übereinander. Dann geht das schon, für heute."

Lena tat, wie ihr geheißen. Sie freute sich auf den Ausflug, obwohl sie schon ein wenig aufgeregt war. Solange war sie nicht mehr im Sattel gesessen. Hoffentlich stellte sie sich nicht all zu dumm an.

Am Mittag hatte Mathilde noch ein ausgezeichnetes Essen gezaubert, es gab Gemüseeintopf mit Rindfleisch und als Nachtisch lauwarmen Apfelkuchen. Im Geiste schwärmte Lena immer noch davon. Anschließend half sie Adele die kranken Tiere zu versorgen.

Kater Brummi bekam einen neuen Verband. Dabei zeigte er sich recht interessiert, was Lena da vor ihrem Bauch in diesem Beutel hatte. Nachdem sie ihm das Katzenkind endlich zeigte, legte Brummi ein absolut kateruntypisches Verhalten an den Tag. Normalerweise würde eine ausgewachsene männliche Katze einen unbeholfenen Saugwelpen als Beutetier ansehen und eventuell sogar tot beißen. Nicht so Brummi. Er schnüffelte zunächst ein wenig, bekam große Augen und begann dann eifrig das Kleine zu belecken und zu putzen. Selbst das Protestgeschrei von Mingo, der dieses unsanfte Aufwecken so gar nicht leiden konnte, hielt ihn nicht davon ab. Lena und Adele staunten nicht schlecht. Nachdem es für Brummi beschlossene Sache war, dieses rote Etwas nicht wieder herzugeben, ließen sie Mingo schließlich in der Obhut des Getigerten, da Lena den Kleinen zum Reiten sowieso nicht mitnehmen konnte. Der Kater fühlte sich in seiner Rolle als Ersatzmama sichtlich wohl, er packte Mingo sanft am Kragen und trug ihn in sein Körbchen. Dann legte er sich dazu, schloss die Augen und schnurrte behaglich. Man hörte noch ein paar kleine Gluckser unter Brummis Bauch, doch bald war auch das Katzenbaby wieder eingeschlafen.

Matthis, der Knecht, war ein unscheinbarer Mann mittleren Alters. Seit er denken konnte arbeitete er mit Mathilde, seiner Schwester, auf dem Gut. Einst war er eine Art Vorarbeiter mit einem Dutzend Gehilfen, die ihm zur Hand gingen. Das Gut war früher bekannt wegen seiner hervorragenden Pferdezucht. Aber nach und nach ging es mit Hohenstein bergab. Ein Pferdeknecht nach dem Anderen wechselte zu besseren Gestüten. Schließlich waren sie auch finanziell nicht mehr tragbar.

Nur Mathilde und er waren geblieben. Aus Loyalität zur Gräfin und zu Hohenstein. Wo hätten sie auch hingehen sollen? Sie besaßen außer Adele sonst keine Familie.

Nun hatte er zwischenzeitlich Attila und Moon, die kleine braune Stute, von der Weide geholt. Frisch geputzt standen sie angebunden vor dem Stall. Hexe, das Hundetier, lag in freudiger Erwartung auf einen Spazierritt daneben. Als sie die beiden Frauen auf sich zukommen sah, sprang sie ihnen schwanzwedelnd entgegen und bellte aufgeregt.

Lena erwies sich als gelehrige und geschickte Schülerin, als ihr die Gräfin das Aufzäumen und Satteln zeigte.

Schon nach kurzer Zeit begaben sich die beiden Reiterinnen auf einem kleinen Pfad in Richtung der naheliegenden Berge. Begleitet wurden von einer vor und zurück rennenden Hexe, der das ganze wieder mal nicht schnell genug ging.

Moon, sich der Unsicherheit ihres Reiters bewusst, zuckelte vorsichtig hinter Attila her. Die junge Frau auf ihrem Rücken brauchte ihr keinerlei Befehle zu geben. Die brave Stute wusste auch so, was von ihr verlangt wurde. Wieder versuchte Lena ihr Glück und konzentrierte sich auf Moon, in der Hoffnung, auch mit ihr Kontakt zu haben. Als sie einen großen Trog voller Pferdemüsli vor sich sah, musste Lena laut auflachen. Du verfressene kleine Wanze!!! dachte sie liebevoll. Als Antwort darauf peitschte Moon einmal mit ihrem Schweif und machte einen kleinen absichtlichen Hüpfer zur Seite. Sofort wurde Lena wieder ernst und besann sich auf das Reiten.

Als Adele auf einem freien ebenen Stück mit dem Wallach in einen leichten Trab verfiel, schwebte Lena, zwar mit einem etwas beklommenen Gefühl, aber sattelsicher auf Moon hinterher. Sie ritten zunächst an einem kleinen Waldstück entlang und erreichten kurze Zeit später eine versteckt liegende Lichtung. Eine alte Kapelle, umgeben von wild wuchernden Heckenrosen, war ihr Ziel. Das kleine Gotteshaus mit seinen halbovalen, vergitterten Fenstern und seinem hochragenden Glockentürmchen inmitten dieser gigantisch anmutenden, dunklen Nadelbäume machte auf Lena, nicht zuletzt wegen seines ungepflegten Zustandes, einen leicht mystischen Eindruck. Wie ein verwunschenes Schloss, das von den Rosen in ihrer herben Schönheit festgehalten wurde.

Adele hielt an. Attila, dessen Körper schon seit einiger Zeit vor innerer Erregung angespannt war, begann plötzlich ganz aufgeregt zu schnauben. Unruhig warf er den Kopf hin und her. Dann hielt er sekundenlang seine Nase mit aufgeblähten Nüstern stocksteif in den Wind, so als erwarte er, dass gleich etwas passieren würde. Sein lautes Wiehern klang wie ein um Hilfe schreiendes Wehklagen. Die Gräfin, der dieses Verhalten nicht fremd zu sein schien, stieg ab, klopfte ihm beruhigend auf den Hals und drückte dann ihr Gesicht gegen das seine.

„ Ist ja gut mein Alter. Alles in Ordnung. Ich weiß, dass Du mir etwas sagen willst. – Hier hast Du sie verloren, nicht wahr? Hier ist die Stelle, an der etwas Schreckliches passiert sein muss - damals! Nur Du weißt, was geschehen ist und kannst es doch nicht sagen."

Lena beobachtete still diese seltsame Szene. Wieder hatte Adele in Rätseln gesprochen. Fragend sah die junge Frau die Gräfin an. Was meinte sie wohl mit ihren Andeutungen? Warum benahm sich das Pferd so komisch?

Sie sah wieder das junge Mädchen von vorhin, wie sie Attila an einen Baum band und in die kleine Kapelle ging! Aber sie kam nicht wieder heraus!? Attila signalisierte Lena, dass er wohl stundenlang gewartet hatte, bis er sich selbst die Zügel durchbiss und nach Hause rannte. Dann riss die Verbindung wieder ab!

Adele hatte sich und auch Attila wieder unter Kontrolle, band das Tier an einen Baum und wandte sich an Lena.

„Ich muss schon sagen, als Sie meinten Sie können nicht reiten, habe ich mir eigentlich einen blutigen Anfänger vorgestellt. Aber was Sie bisher gezeigt haben, kann sich wirklich sehen lassen. Alle Achtung!"

Die Gräfin nickte Lena bewundernd zu. Diese zuckte nur schüchtern mit den Schultern.

„Bei diesem Pferd hat man es aber auch leicht, sie ist phantastisch", schwärmte sie, stieg ab und band auch Moon an einen Baum fest.

Die kleine Stute begann, im Gegensatz zu Attila, der sich immer noch nervös nach allen Seiten umblickte, sofort friedlich zu grasen. Adele ging auf den Eingang der Kapelle zu, bückte sich und zog unter einem Stein einen alten, leicht verrosteten Schlüssel hervor.

„Die Kapelle gehört zu Gut Hohenstein. Mein Urgroßvater hat sie bereits bauen lassen. Aber fragen sie mich nicht, warum hier, soweit vom Haus entfernt. Ich weiß es nicht. Soweit ich denken kann, fanden immer alle Familienfeierlichkeiten hier statt. Hochzeiten, Taufen... und Trauerfeiern, “ fügte sie nach einer kurzen Pause hinzu.

Im Innern der Kapelle befanden sich zu beiden Seiten eines schmalen Ganges drei Bankreihen aus geschnitztem Holz. Am Ende des Ganges zierte ein steinerner Altar die kleine Kirche. Ein quaderförmiger, weißer Kalkstein, auf dem ringsum Pferdemotive eingemeißelt waren. Dahinter sah Lena auf einem mannshohen Bildnis den heiligen Georg, Schutzpatron aller Pferde. Bewundernd blickte sie sich weiter um. An den Wänden hingen überall kleine Tafeln mit Bildern von Menschen und Tieren in Not, denen der heilige Georg wohl geholfen hat. Schmunzelnd las Lena einige, der zum Teil schon sehr alten und umständlich geschriebenen Verse unter den Bildnissen. Langsam ging sie weiter.

Plötzlich überkam sie ein leichtes Schaudern. Sie starrte auf eine Tafel, abseits von all den Anderen, in einer kleinen Nische. Der Machart zufolge musste sie neueren Datums sein. Vielleicht zehn oder zwanzig Jahre alt. Das Bild zeigte ein großes, schwarzes Pferd, das sich vor der Kapelle aufbäumte. Darüber spiegelten sich die Umrisse eines Mädchengesichtes. Mit langen, braunen Haaren und großen, katzengrünen Augen, die ihr mit fragendem, hilfesuchendem Blick direkt in ihr Herz zu blicken schienen.

Lena erschrak. Das Mädchen auf dem Bild sah aus wie sie selbst, nur jünger, etwa fünfzehn Jahre alt. Und das schwarze Pferd konnte nur Attila sein. Es war das Mädchen aus den Bildern von Attila.

Aber was hatte das zu bedeuten? Was hatte die Gräfin gesagt? „Hier hast Du sie verloren. Und: ...seine große Liebe...

Wer war dieses Mädchen auf dem Bild? Warum benahm sich der Wallach in der Nähe der Kapelle so seltsam?

Sie beschloss, Adele darauf anzusprechen. Die Gräfin kniete in einer Bank und betete leise mit geschlossenen Augen. Lena wollte warten, bis sie die Kapelle verlassen würden.

Sie blickte noch einmal auf das Bild in der Nische. Die Szene darauf wirkte so geheimnisvoll. Die junge Frau hatte das Gefühl von den katzengrünen Augen beobachtet zu werden. Eine Gänsehaut überzog sie. Ihr war, als würde das junge Mädchen hier im Raum anwesend sein.

„Das ist.....das war meine Tochter Theresa!“

Lena fuhr herum. Adele war fertig mit ihrem Gebet und stand nun hinter ihr. Für ein paar Sekunden war Lena zutiefst erschrocken.

„Entschuldigen Sie, ich wollte mich nicht so anschleichen.“

Ein wehmütiges Lächeln huschte über das Gesicht der älteren Dame.

„Ich habe zunächst auch gedacht, dass sie es sei, die vor mir stünde, als ich sie zum ersten Mal gesehen habe. Diese Ähnlichkeit ist wirklich verblüffend. Nicht nur äußerlich!“

„Was ist mit ihr passiert?“ fragte Lena leise.

„Sie ist verschwunden. Seit dreizehn Jahren. Das Pferd da auf dem Bild ist Attila. Er war ihr Pferd. Eines Tages kam er von einem Ausritt alleine zurück. Schweißnass und genauso aufgeregt, wie Sie ihn vorhin erlebt haben.“

Adele nahm Lena beim Arm.

„Kommen Sie. Ihnen möchte ich die ganze Geschichte erzählen.“

Sie gingen nach draußen, wo Hexe sie freudig erwartete. Moon graste noch immer friedlich neben dem Baum. Attila war die ganze Zeit über stocksteif, mit Blick auf die Kapellentür, gestanden. Jetzt schnaubte er laut und nickte dabei heftig mit dem Kopf, als wäre er erleichtert die beiden Frauen wieder zu sehen.

„ Lassen Sie uns erst von hier weggehen. Damit er sich wieder beruhigt.“

Die Gräfin band den Wallach los und gemeinsam machten sie sich auf den Weg zurück zum Gut. Schweigend ritten sie nebeneinander her.

Nach einer Weile ritt Adele Attila neben Moon und verfiel in langsamen Schritt. Leise begann sie zu erzählen, ohne Lena anzusehen.

„Meine Tochter Theresa war ein sehr ungewöhnliches Kind. Schon immer brachte sie alle möglichen Tiere mit nach Hause. Verletzte, kranke, mutterlose.... Dann päppelte sie sie mit einem, trotz ihrer Jugend, unheimlich sensiblen Gespür wieder auf. Es war als könne sie mit den Tieren sprechen. Jede Kreatur, egal wie wild und scheu sie auch sein mochte, fasste zu ihr auf Anhieb Vertrauen. Sie sagte immer: Mama, ich glaube nicht, dass der Mensch die Krönung der Schöpfung ist. Wenn Du sie Dir genau ansiehst, kann es eigentlich nur der erste Versuch von Gott gewesen sein, als er den Menschen erschuf. Jedes Tier, und mag es auch noch so klein und hilflos sein, ist tausendmal perfekter, als der Mensch es, trotz seiner angeblichen Intelligenz, je sein wird. Die Tiere leben im Gleichklang mit der Natur, töten nur, um selbst zu überleben. Niemals aus Habgier oder sonstigen niederen Beweggründen. Doch dort wo Menschen in die Natur eingreifen, geht früher oder später alles schief. – So lebte sie auch, bescheiden und immer versucht, die Ursprünglichkeit ihrer Umwelt zu bewahren. Und sie konnte mit den Tieren sprechen!“

Lena zuckte erneut zusammen. Gänsehaut breitete sich auf ihrem Körper aus. Mit einem Seitenblick beobachtete Adele sie.

„Sie können das auch? Nicht wahr? Ich habe sie beobachtet, wenn Sie mit den Tieren zusammen sind.........Genauso hat sich Theresa verhalten........und alle Tiere hatten sofort Vertrauen zu ihr!“

Die Gräfin machte eine Pause und blickte versonnen in die Ferne. Als müsse sie sich selbst maßregeln, schüttelte sie den Kopf, um in einem reelleren Ton fortzufahren.

„Eines Tages gastierte ein Zirkus in unserem Ort. Nichts Besonderes, lediglich ein paar baufällige Wohnwägen mit einem kleinen Zelt und einigen wenigen, schlecht gepflegten Tieren. Theresa wurde von diesem Zirkus magisch angezogen. Der üble Zustand der zur Schau gestellten Tiere erfüllte sie mit Kummer und Wut. Eine der Hauptattraktionen, wenn man überhaupt von Attraktionen sprechen konnte, war eine Pferdenummer. Fünf Friesen, total unterernährt und geschunden, wurden in allen möglichen Nummern vorgeführt. Darunter befand sich auch Attilas Mutter. Sie war hochtragend und stand bereits kurz vor der Geburt als sie immer noch das gleiche Pensum erfüllen sollte wie die Anderen. Heimlich steckte ihr Theresa zwischen den schlecht besuchten Vorstellungen immer wieder Futter zu das sie von Hof mitnahm. So bekam sie auch die eintretende Geburt mit, und das etwas mit der Stute nicht zu stimmen schien. Aufgeregt wiehernd, am ganzen Körper zitternd trat sie nervös von einem Huf auf den anderen. Theresa, die auf dem Gut schon viele Pferdegeburten hatte miterleben dürfen, versuchte das Tier zu beruhigen und zum Hinlegen zu überreden, was ihr nicht gelang. Eine flüssigkeitsgefüllte Blase, sie enthält den Fohlenurin, begann aus der Scheide der Stute auszutreten. Ein untrügliches Vorzeichen auf eine baldige Geburt. Diese Blase weitet den Geburtskanal, damit das Fohlen leichter aus dem Körper der Mutter gepresst werden kann. Normalerweise legt sich die Stute bei diesem Vorgang nieder, um eine Verletzung des Neugeborenen durch einen Sturz zu vermeiden. Attilas Mutter schien zu ahnen, dass ihr Fohlen nicht von alleine das Licht der Welt erblicken würde. Hilfesuchend schubste sie Theresa immer wieder mit dem massigen Kopf. Von den Zirkusleuten war weit und breit keiner zu sehen. Da sie alleine nichts ausrichten konnte, fuhr sie so schnell sie konnte mit ihrem Fahrrad nach Hause, um ihren Vater zu holen.

Mit dem eiligst dazu gerufenen Dr. Abraham versuchte mein Mann der Stute zu helfen. Ohne sich weiter um den lamentierenden Zirkusdirektor, der inzwischen auf das Treiben in seinem Pferdezelt reagiert hatte, zu kümmern, machten sich die beiden daran, ein verkehrt herum liegendes Fohlen schnellsten auf diese Welt zu holen.

Zuviel Zeit war bereits untätig verstrichen. Die Stute, von der Heftigkeit der Wehen und der langen Dauer der Geburt so geschwächt, bebte am ganzen Körper. Theresa hielt ihren Kopf und sprach beruhigend auf sie ein, während der Zirkusdirektor, ein schmieriger, nach Alkohol stinkender, kleiner fetter Mann, immer noch auf die drei Menschen schimpfte, die so einfach bei ihm eingedrungen waren.

Empört versuchte er sich noch mit meinem Gatten anzulegen, bis dieser ihn kurzerhand am Kragen packte und aus dem Zelt warf.

Viktor steckte derweil mit seinem rechten Arm bis zur Schulter im Körper der Stute. Schwitzend versuchte er, die Gliedmaße des Fohlens so zu rücken, das sie, wenn auch in umgekehrter Reihenfolge, unbeschadet durch den Geburtskanal hindurch passen würden. Bei der nächsten Wehe zog er ganz vorsichtig, aber dennoch energisch an den Beinen, bis er sie endlich ans Tageslicht beförderte. Die Stute stand jetzt stocksteif. Schmerzerfüllt verdrehte sie die Augen und blähte die Nüstern.

Für Theresa schien es unendlich lange zu dauern, bis schließlich der kleine leblose Körper des Fohlens ganz den Mutterleib verlassen hatte.

Vorsichtig legten die beiden Männer das Neugeborene neben seine Mutter in das Stroh. Sorgfältig entfernte Theresas Vater den Schleim aus den Nasenlöchern und rieb dann das zarte Etwas mit Heubüscheln trocken, während sich Viktor weiter um die Stute kümmerte.

Nach einer ganzen Weile bewegte sich das Köpfchen des Kleinen.

Theresa strahlte. Das Fohlen lebte.

Unbeholfen versuchte es mit seinen langen, schlaksigen Beinchen aufzustehen, was ihm erst nach wiederholten Fehlschlägen gelang. Wackelig stand es nun da, unsicher was es nun anfangen sollte. Seinem Instinkt folgend, suchte es sofort nach einer Milchquelle und stieß dabei mit seiner samtigen Schnute an seine Mutter. Die jedoch, durch den Stress der Umstände unfähig, Muttergefühle zu entwickeln, stampfte nervös zur Seite.

Immer und immer wieder versuchte das Fohlen an das Euter der Stute zu kommen.

Vergeblich. Selbst durch Festhalten ließ sie sich nicht dazu bewegen, das kleine Wesen als ihr Kind anzunehmen. Schließlich wollte sie den Störenfried aus ihrer Nähe sogar durch Beißen vertreiben.

Nur durch ein Entfernen wurde verhindert, dass die Stute ihr Junges ernsthaft verletzen konnte. Kaum wahrnehmbar wieherte das Kleine, hungrig und auch traurig. Es konnte nicht verstehen, warum ihn seine Mutter nicht haben wollte. Selbst meiner kleinen Theresa gelang es nicht die Stute zu besänftigen...!“

Die beiden Reiterinnen waren inzwischen schon fast wieder beim Gut angekommen. Adele lenkte Attila auf einen Seitenpfad, und so ritten sie noch in einem großen Bogen um das Gehöft herum. Lena schien es, als wolle Adele noch nicht zurück. Als wolle sie erst noch die ganze Last ihrer Seele ausschütten. Vor ihr, der Fremden.

„Kurze Zeit später verendete die Stute an einem Kreislaufversagen.“ Adele begann weiter zu erzählen.

„Da stand er nun. Der kleine schwarze Hengst mit seinen traurigen dunklen Augen. Der Zirkusdirektor, inzwischen wieder nüchtern, war sich bewusst, dass diese schwache Wesen ohne seine Mutter niemals überleben konnte. In einem Anfall von bitterem Sarkasmus schenkte er das Fohlen meiner Tochter, da er ihm keinerlei Chancen einrechnete, die nächsten Tage zu überstehen.

Er hatte nur nicht mit Theresas Hartnäckigkeit gerechnet. Mit unermüdlicher Anstrengung und hingebungsvoller Liebe und Zuneigung brachte sie den Kleinen dazu, aus einer Nuckelflasche zu trinken. Sie nannte ihn Attila. Weil er genauso eine große Kämpfernatur war wie sein Namensvetter, der Hunnenkönig.

Die beiden waren unzertrennlich. Attila wuchs zu einem enorm stattlichen Hengst heran. Für einen Friesen ist er mit seinem Stockmaß von 1,78 m erheblich zu groß, aber wer weiß schon, wer sein Vater war!

Mir war natürlich bei dem Gedanken an den großen, wilden Hengst mit meiner kleinen zarten Tochter gar nicht wohl zumute. Aber mein Mann zerstreute meine Bedenken.

Eines Tages, Attila war inzwischen ausgewachsen, kamen die beiden von einem Spaziergang zurück. Mir blieb fast das Herz stehen. Theresa saß, ohne Sattel und Zügel, sich nur an der Mähne festhaltend, auf dem Rücken des Pferdes. So trabten sie ganz selbstverständlich über den Hof zum Stall, als hätten sie das schon immer getan. Stolz bog der Hengst seinen Hals. Er war sich seiner imposanten Erscheinung durchaus bewusst. Theresa lachte freudestrahlend und winkte mir dabei zu. Ich werde dieses Bild niemals vergessen."

Lena nickte wissend. Dieses Bild hatte auch sie schon vor ihren Augen gesehen.

„Von da ab waren Theresa und Attila täglich unterwegs. Es war herrlich, den beiden zu zuschauen, wenn sie über die Wiesen galoppierten. Sie flogen förmlich dahin. Es schien, als wären sie miteinander verschmolzen. Ein Körper. Eine Seele.

Bis zu jenem verhängnisvollen Nachmittag!

Sie waren wieder unterwegs. Nach dem sie bereits einige Stunden überfällig waren, kam Attila alleine nach Hause. Am ganzen Körper mit Schweiß bedeckt, galoppierte er wie eine Furie auf den Hof. Vor dem Haupthaus hielt er an und bäumte sich mehrmals auf.

Sein lautes Wiehern klang wie ein Hilfeschrei. Mein Mann versuchte ihn einzufangen, aber Attila bäumte sich wieder und wieder auf und rannte in die Richtung aus der er gekommen war.

Da Theresa nicht auf seinem Rücken saß, war schnell klar, dass etwas passiert sein musste. Erik, mein Mann schnappte sich ein Pferd und ritt hinter dem wild davon galoppierenden Attila her. Er führte ihn bis zur Kapelle, wo er sich wieder mehrmals aufbäumte und schrill wieherte. Aber von Theresa fehlte jede Spur.

Das ganze Dorf hat dann noch mitgesucht. Eine Hundertschaft der Polizei durchkämmte das ganze Gebiet hier. Theresa blieb verschwunden. Bis zum heutigen Tage."

Adele hielt den Wallach vor einem kleinen, schmiedeeisernen Tor an. Sie stieg ab und band ihn fest. Lena tat es ihr gleich. Sie traten durch das Tor und befanden sich nun auf dem gutseigenen Friedhof.

Etwa ein Dutzend Gräber konnte Lena ausmachen. Zum Teil von Sträuchern zugewachsen, die Grabsteine verwittert. Die Gräfin ging auf ein Grab zu. Erik von Hohenstein, stand auf einer Marmorplatte geschrieben.

„Das war mein Mann. Er starb drei Jahre nach Theresas Verschwinden. An gebrochenem Herzen. Er hat es nie überwunden. Zuerst gab er Attila die Schuld, doch insgeheim machte er sich selbst dafür verantwortlich."

Neben dem Grab vom Grafen steckte ein schlichtes Holzkreuz im Boden. In Memoriam an unsere Tochter Theresa, geboren 1972, verschwunden 1987, las Lena darauf.

„Sie sehen übrigens Theresa sehr ähnlich. Wenn sie noch lebt, was ich eigentlich selbst nicht mehr glauben kann, müsste sie so aussehen wie Sie. Deshalb bin ich auch bei Ihrer Ankunft so erschrocken. Ich dachte einen Moment lang, Theresa stünde vor mir. - Aber Sie sind es nicht. Doch vielleicht können Sie jetzt verstehen, warum ich Sie so gedrängt habe, ein bisschen hier zu bleiben. Ich wollte ein wenig träumen. – Mich aussprechen. Obwohl ich Sie erst so kurze Zeit kenne, sind Sie mir doch so vertraut."

Adele hatte Tränen in den Augen. Unwirsch über sich selbst, wischte sie sie mit einer Handbewegung fort und sah Lena fragend an.

„ Sie bleiben doch noch etwas hier, oder?"

Lena hatte die ganze Zeit über geschwiegen und zugehört. Jetzt blickte sie in die gütigen Augen der alten Gräfin. Sie empfand unendliches Mitgefühl für deren Schicksal, so dass ihre eigenen Probleme ganz zur Nebensächlichkeit wurden. Lächelnd ging sie auf Adele zu und nahm sie einfach in den Arm, um sie zu drücken.

Kapitel 5

Lena war nun schon über eine Woche zu Gast auf Gut Hohenstein.

Zwei Tage nach ihrem ersten Ausritt war sie in die nahegelegene Stadt gefahren, um sich einzukleiden. Sie erstand in einem Geschäft für Reitzubehör ein paar dunkelbraune, lederne Stiefel, dazu passend eine Hose, nur einen Farbton heller. Um das Ganze zu vervollkommnen erwarb sie noch ein großkariertes Hemd, das durch seine smaragdgrüne Schattierung die Farbe ihrer Katzenaugen unterstrich. Adele, die es sich nicht nehmen ließ, sie bei ihrem Einkaufsbummel zu begleiten, beriet sie fachmännisch. Als sich Lena prüfend vor dem Spiegel drehte und wendete, setzte ihr die Gräfin noch einen Hut auf den Kopf. Zum Schutz vor Sonne und plötzlichen Regengüssen, wie sie ihr schmunzelnd erklärte.

Lena fand, sie sah nun aus wie ein Cowboy aus einem Wildwestfilm, aber Adele war nicht davon abzubringen, ihr den Hut zu schenken.

So bestückt traten die beiden Frauen guter Laune wieder die Heimfahrt an.

Adele wurde für Lena, trotz des Altersunterschiedes, immer mehr zu einer guten Freundin.

Um sich für die Gastfreundschaft zu revanchieren arbeitete die junge Frau wie eine Besessene auf dem Hof mit. Sie mistete Ställe, versorgte die verletzten oder kranken Tiere, war sich für keine Arbeit zu schade. Wie selbstverständlich half sie, mit Putzeimer und Schrubber bewaffnet, Mathilde beim Hausputz oder lud mit Matthis und Adele das frische Heu vom Hänger auf den Heuboden.

Die Arbeit lenkte sie von ihrem inneren Schmerz ab. Ihr schien, als ob die Vergangenheit in einem früheren Leben gewesen sei.

Täglich unternahm sie mit Adele Ausritte in die umliegende Gegend. Von der Kapelle und dem was dort geschehen war, sprachen sie nicht mehr.

Eines nachmittags zeigte ihr Adele einen Teil des Gutes, den Lena zuvor noch nicht zu Gesicht bekommen hatte. Auf der Rückseite des Hauses befand sich ein wunderschöner, aber total verwilderter Garten. Seit Jahren ungeschnittene Rosensträucher in den herrlichsten Farben wucherten hier ungestört vor sich hin. Riesige Lavendelbüsche zogen mit ihrem berauschenden Duft unzählige Insekten an. Weißer und violetter Sommerflieder, um den scheinbar tausende von nektartrunkenen Schmetterlingen flatterten, ragten meterhoch in den Himmel. Lena war sprachlos. Auch wenn das Unkraut ungehindert zwischen den edlen Pflanzen herauswuchs, so hatte doch dieser Garten seinen ungewöhnlichen und ursprünglichen Reiz. Neben einem großen, fast mit Schilf und allerlei sonstigen Wasserpflanzen zugewachsenen Teich, in dem sich jede Menge Goldfische tummelten, befand sich ein Pavillon. Umrankt mit wildem Wein und überschwänglich blühenden Waldreben, ließ sich die ehemals weiße Farbe des Holzes nur noch schwer ausmachen.

Bei so vielen Beutetieren waren natürlich auch die Katzen nicht weit. Mehr oder weniger geschickt, versuchten sie sich im Fischfang, was durch den breiten Sumpfpflanzengürtel sichtlich erschwert wurde, oder gaben sich der wesentlich effektiveren Schmetterlingsjagd hin.

Einige von den kleinen Kampftigern lagen aber auch nur dösend auf den steinernen Trittstufen und ließen sich die heiße Sommersonne auf den Pelz brennen.

Adele und Lena setzten sich auf eine kleine, von gelben und weißen Rosensträuchern umsäumte Holzbank. Sofort waren sie von den Katzen umringt. Schnurrend strichen sie um die Beine der Menschen, sehr wohl wissend, dass deren Taschen voll mit Leckerbissen waren.

„Dieser Garten war früher meine große Leidenschaft. Ich habe ihn gehegt und gepflegt, sehr zur Bewunderung jeden Besuchers. Aber jetzt ist er sehr vernachlässigt. Es bleibt zu wenig Zeit, um immer Unkraut zu jäten oder die Sträucher korrekt zu schneiden.“ Die Gräfin zuckte entschuldigend mit den Schultern.

„Ich finde ihn trotzdem noch wunderschön. Wildromantisch und schön. Ein Platz zum Ausspannen und zum An-Nichts-Denken." Lena schloss für einen Augenblick die Augen und sog die berauschenden Düfte der Blüten ein.

Ein Fauchen unterbrach die friedliche Stille des Moments. Zwei halbwüchsige Kater zankten sich um die letzten Krümel des Futters. Mit eingezogenem Genick, angelegten Ohren und zusammen gekniffenen Augen knurrten sie sich an, um Sekunden später als in sich verbissene Fellkugel mit lautem Geschrei über den Boden zu rollen.

Lena erschrak. Aber Adele beruhigte sie.

„Nichts Besonderes! Die kriegen sich schon wieder ein. Zwischendurch müssen sie die Rangfolge wieder mal neu ordnen."

Und wirklich. Nach kurzer Zeit verschwand der Schwächere, ein schwarzweißer, gedrungener Kater, nicht ohne beleidigt vor sich hin zu maulen, im nächsten Gebüsch. Triumphierend über den Streit der Beiden, verschlang jedoch die kleine fuchsähnliche Kätzin den letzten Brocken des Futters. Demonstrativ laut knackend verschwand das Stückchen in ihrem Maul, was ihr einen missbilligenden Blick des Siegers einbrachte.

Doch plötzlich verzogen sich alle Katzen mit eingezogenem Kopf und hängendem Schwanz. Eine rabenschwarze, langbeinige Katze mit riesigen grünen Augen erschien auf der Bildfläche. Sie war sich ihrer Dominanz bewusst, blickte nur kurz mit erhabenem, strengen Blick in die Runde, um auch den Letzten der noch anwesenden Untertanen auf seinen Platz in der zweiten Reihe zu verweisen. Gespannt warteten sie dort, was geschehen würde.

Bewegungslos stand das große, gertenschlanke Tier etwa in zwei Meter Entfernung vor der Bank. Durchdringend musterte sie hochmütig den Fremdling, als ob sie in seine Seele schauen könnte. Leicht unbehaglich fasste sich Lena ein Herz und lockte die Katze, die sie noch nie zuvor auf dem Gut gesehen hatte. Sie beugte sich etwas vor und hielt ihr die Hand zum Schnuppern hin. Ebenso versuchte sie angestrengt Kontakt mit der schwarzen Schönheit aufzunehmen. Doch irgendwie gelang ihr das diesmal nicht. Frustriert und enttäuscht gab sie letztlich auf.

Mit gesenktem Blick versuchte sie nun das Vertrauen dieser majestätischen Erscheinung zu gewinnen. Ungeachtet dieser Demutsbezeugung musste die Schwarze bei ihrer Musterung Lena für akzeptabel gehalten haben. Nur kurz an der dargebotenen Hand riechend, ging sie geradewegs auf sie zu, strich einmal um ihre Beine, um dann wieder im Gebüsch zu verschwinden.

„Wie eine Göttin! Eine Katzengöttin!“

Lena flüsterte diese Worte andächtig, als ob sie sich fürchtete, die Katze könne sie hören und zurückkommen, um sie für irgendetwas zu strafen.

„Bastet! ... Die ägyptische Katzengöttin. Ich habe ihr diesen Namen vor langer Zeit gegeben.“

Adeles Stimme brachte Lena wieder in die Wirklichkeit zurück.

„Sie war eine Rachegöttin auf der Suche nach den Mördern ihres Ehegatten. Sie gab nicht eher Ruhe, bis sie diese zur Strecke gebracht hatte. Die schwarze Kätzin ist kurz nach Theresas Verschwinden aufgetaucht. Mit demselben Verhalten, das Sie eben gesehen haben. Sie taucht unverhofft auf, lässt sich niemals nehmen, will nur selten Körperkontakt mit Menschen und verschwindet genauso schnell wie sie gekommen ist. Die anderen Katzen haben so etwas wie Ehrfurcht vor ihr. Nie hat sie jemals eine von ihnen berührt. In den ganzen Jahren, in denen sie hier lebt, hatte sie noch nie Nachwuchs, obwohl sie nicht kastriert sein kann.

Außerdem müsste sie nach fünfzehn Jahren bereits eine Greisin von einer Katze sein. Aber der Zahn der Zeit scheint spurlos an ihr vorüber zu gehen. Sie ist so frisch und geschmeidig, wie bei ihrem ersten Erscheinen.

Manchmal denke ich, sie ist die Reinkarnation meiner Tochter, auch auf der Suche nach Rache, was natürlich Blödsinn ist!“

Lena schauderte bei dem Gedanken. Sie war nicht besonders gläubig und an Wiedergeburt, Mythen und solche Sachen glaubte sie eigentlich auch nicht. Aber das, was sie eben erlebt hatte und die Geschichte der

Gräfin verursachten ihr dennoch eine leichte Gänsehaut.

Die beiden Frauen wurden jäh aus ihrer Ruhe gerissen, als ein Auto mit quietschenden Reifen und lautem Hupen in den Hof einfuhr.

Es war einer dieser offenen Sportwagen, sehr teuer, sehr schnell und sehr rot, in erster Linie dazu gebaut, um seinem Fahrer zu etwas mehr Attraktivität zu verhelfen. Und das hatte der Fahrer dieses Wagens ziemlich offensichtlich dringend nötig. Der untersetzte, schwammige Körper des etwa Vierzigjährigen war gehüllt in einen sündhaft teuren, silbergrauen Designeranzug mit den dazu passenden, handgearbeiteten Wildlederschuhen. Darunter trug er ein schwarzseidenes Hemd mit einem Stehkragen, was sein schwabbeliges Doppelkinn zusätzlich in einem ungünstigen Licht erscheinen ließ. Um von seinem spärlichen Haarwuchs abzulenken, prangte auf seinem Kopf eine Sonnenbrille mit üppigem Goldrand.

Das Hupen galt Hexe, die den Besucher laut bellend ankündigen wollte und dem Auto schwanzwedelnd entgegen sprang. Freundlichen Gemüts, wie sie nun einmal war, freute sich die Hündin über jeden, der kam. Als sie jedoch den Fahrer des Wagens erkannte, der laut fluchend sein Auto zum Stehen brachte, zog sie enttäuscht den Schwanz ein und trollte sich sicherheitshalber zu den Ställen.

Edgar Sinoda war geladen. Wegen dieses blöden Hundeköters hätte er sich fast eine Beule ins Auto gefahren, als er ihm reflexartig ausweichen wollte und nur knapp vor einer kleinen Mauer zum Stehen kam. Dabei war der Wagen nur geleast. Mit seinem Einkommen als Immobilienmakler für gehobene Objekte könnte er sich das sündhaft teure Fahrzeug niemals leisten. Die Geschäfte gingen schlecht. Und Edgar war keiner von jenen Menschen, die viel mit Arbeit im Sinn hatten. Prestige war alles. Und so waren seine Taschen wieder einmal leer, und jede Menge Gläubiger saßen ihm im Nacken.

Deshalb war er hier. Er musste, wie schon so oft, seine Tante Gräfin Adele um eine Finanzspritze bitten. Sicher, Edgar war nur angeheiratet. Seine verstorbene Mutter war die Schwester von Erik, Adeles Gatten. Aber nachdem sie über keinen Erben mehr verfügte, würde er früher oder später ja doch alles erben. Warum also nicht gleich einen Vorschuss auf das verlangen, was in seinen Augen schon ihm gehörte? Die Tante war alt und ihre Gesundheit ließ auch zu wünschen übrig.

Nur, seine Gläubiger wollten das geborgte Geld jetzt. Edgar stand buchstäblich wieder mal das Wasser bis zum Hals.

Schnellen Schrittes, ohne sich um Mathilde, die die Tür öffnete, zu kümmern, betrat er das Haus.

„Gehen Sie mir aus dem Weg! Wo ist meine Tante?“

Edgar verlor keine Zeit mit irgendwelchen Floskeln. Schon gleich nicht mit einem Dienstboten. Doch Mathilde kannte ihn. Nur zu gut. Mit erhabenem Haupt, abfällig musternd, schob sie ihn zur Seite.

„Die Frau Gräfin ist im Garten. Ich werde Sie melden. Wenn Sie bitte warten wollen!"

Und schon rauschte sie an ihm vorbei.

Adele, die den Lärm vernommen hatte, kam ihr schon entgegen. Sie erkannte die Stimme ihres Neffen.

„Was willst Du hier? Was fällt Dir ein, so mit Mathilde zu reden!"

Mit ungewohnter Kälte hatte sie gesprochen. Sie mochte Edgar nicht, und machte auch gar keinen Hehl daraus.

„Hallo, liebes Tantchen! Wie geht es Dir? Du siehst recht blass aus! Fühlst Du Dich nicht gut?" Edgar überschlug sich nun fast vor Freundlichkeit.

„Wenn ich Dich sehe, geht es mir nie gut! Also was willst Du? Brauchst Du wieder Geld? Ich habe keines mehr!" Adeles Stimme klang eisig.

Die letzte Bemerkung überspielend, säuselte Edgar im gleichen Tonfall weiter.

„Ach Tantchen, ich habe doch schon lange gesagt, Du sollst diesen ganzen Schuppen hier verkaufen. Die viele Arbeit, das schaffst Du doch alles gar nicht mehr. Ich besorge Dir eine hübsche Wohnung in der Stadt. Die ganzen alten Klepper geben wir zum Metzger, die sind doch eh nichts mehr wert. Und für das baufällige Gehöft hier habe ich auch schon einen Interessenten, der Dir noch ein paar Mark zahlen würde. Eine kleine, schnuckelige Zweizimmerwohnung würde schon dabei herausspringen. Und Du wärst den ganzen Schrott hier endlich los."

Einen Interessenten gab es wirklich. Doch der, ein zahlungswilliger Bauspekulant, hatte Edgar für das ganze Land, das zu Gut Hohenstein gehörte, eine Menge Geld geboten. Aber das musste er seiner Tante ja nicht unbedingt auf die Nase binden. Umso mehr würde bei dem Geschäft dann für ihn herausspringen. Wer weiß schon, was seine Tante noch so alles anstellen würde, bis er sein Erbe antreten könnte.

Das Gebiet um Hohenstein war fremdenverkehrsmässig noch ziemlich jungfräulich. Lediglich ein paar Bauern vermieteten Fremdenzimmer an lärmgeplagte Großstädter. Doch ansonsten war hier, bei geschickter Planung, einiges zu Geld zu machen. Edgars Kunde wollte hier einen Hotelkomplex mit allen Schikanen errichten. Für besonders zahlungskräftige Urlauber, versteht sich. Und er, Edgar, würde dabei kräftig mitmischen.

„Ich werde niemals verkaufen. Erst, wenn man mich hier heraussträgt, ist Hohenstein zu haben. Und wer es bekommt, bestimme immer noch ich!"

Das Gesicht der Gräfin war nun aschfahl geworden. Ihr Herz war nicht mehr das Allerbeste und Aufregung war Gift für sie. Und wenn Edgar kam, musste sie sich immer aufregen. Sie verabscheute diesen oberflächlichen, geldgierigen Menschen zutiefst, aber er war der Neffe ihres Mannes und aus Loyalität zu Erik half sie Edgar immer wieder aus seinen finanziellen Miseren. Doch selbst wenn sie wollte, jetzt konnte sie ihm nicht mehr helfen. Gut Hohenstein ging es schlecht. Die hohen Kosten, keine Einnahmen, das Familienvermögen war nahezu aufgebraucht. Fast alle Gebäude waren sanierungsbedürftig. Adele wusste nicht, wie es weiter gehen sollte. Aber Hohenstein würde Edgar nicht in die Hände fallen. Dafür würde sie schon sorgen. Sie merkte, wie ihr schwindelig vor den Augen wurde.

Mathilde, die sich nicht vom Fleck gerührt hatte, obwohl sie dadurch von Edgar giftige Blicke erntete, war geistesgegenwärtig Herrin der Situation. Sie nahm Adele beim Arm und führte sie zu einem großen Armsessel. Dann rief sie nach Lena, die immer noch im Garten weilte. Die lautstarke Unterhaltung war durch die offenen Türen bis zu ihr nach draußen gedrungen. Etwas neugierig geworden, hörte sie gespannt zu. Offensichtlich war die Gräfin nicht besonders erfreut über den Besuch. Als Lena nun ihren Namen hörte, rannte sie schnell in Halle. Ein Blick auf Adele genügte. Ohne sich auch nur ansatzweise um Edgar zu scheren, der teilnahmslos herumstand, beugte sie sich zu Adele. Sie öffnete deren obere Blusenknöpfe, damit sie besser atmen konnte und bat Mathilde ihr ein Glas Wasser zu bringen. Dankbar drückte die Gräfin Lenas Hand.

„ Es geht schon wieder. Danke!“

„Du hast Besuch? Möchtest Du mir diese hilfsbereite Schönheit nicht vorstellen, liebes Tantchen?“

Ungerührt des Schwächeanfalls seiner Tante hielt Edgar seine schwitzige Hand Lena zum Gruß hin. Mit gierigen Augen verschlang er die reizenden Rundungen von Lenas Körper. Sie trug wegen der schwülen Sommerhitze lediglich einen roten, enganliegenden Rock aus dehnbarem Stoff, der knapp eine Hand breit unter ihrem Gesäß endete. Ihre langen, schlanken Beine kamen so besonders gut zur Geltung. Darüber trug sie ein dazu farblich passendes, enganliegendes T-Shirt, welches die sanfte Wölbung ihres Busens gut erahnen ließ. Alles in allem war sie so eine Augenweide, ohne jedoch obszön zu wirken.

Doch für Edgar war jede schöne Frau so etwas wie Freiwild. Ungeachtet sämtlicher Abfuhren, die ihm sein schleimiges Imponiergehabe schon eingebracht hatte, glaubte er auch bei Lena mit seinen Machosprüchen zu landen.

Mit einem verachtenden Blick übersah Lena die ihr dargebotene Hand geflissentlich und fuhr ihn an: „Ich glaube nicht, dass jetzt der richtige Zeitpunkt ist, um Süßholz zu raspeln. Sehen Sie nicht, dass es Ihrer

Tante nicht gut geht. Rufen Sie lieber einen Arzt und stehen Sie nicht so dumm in der Gegend herum."

„Das gute Tantchen fängt sich schon wieder. Nicht wahr? Alles Mache! Um Mitleid zu erregen! Sie hockt auf ihrem Geld und in dieser Bruchbude hier, bloß um diesen blöden Viechern ein Leben im Luxus zu finanzieren."

Edgar ereiferte sich. Was wollte diese dumme Tussi hier. Mit seiner Tante alleine wäre er sicherlich klargekommen, aber diese langhaarige Wildkatze ließ sich offensichtlich nicht so leicht einschüchtern.

„Die Alte tickt doch nicht mehr richtig. Das sieht man doch. Alles in diese herumstreunenden Katzenkrüppel hinein zu stecken. Von den blöden Gäulen ganz zu schweigen. Und wenn ich sie dann einmal, als einziger noch lebender Verwandter, bitte mir aus einer finanziellen Notsituation heraus zu helfen, bekommt sie gleich einen Anfall."

Sein Gesicht war inzwischen knallrot angelaufen.

Mathilde kam zurück mit einem Glas kalten Wassers.

„Der Hausarzt ist schon verständigt, er wird sich sofort auf den Weg machen! – Hier Frau Adele, ihre Herztropfen."

Sie reichte Adele einen kleines Gläschen mit einer braunen Flüssigkeit.

Und zu Edgar gewandt, sagte sie mit bestimmtem Ton: „Es ist wohl besser, wenn Sie jetzt gehen, -- Herr

Sinoda! Sie sehen ja, wie Sie die Gräfin aufgeregt haben.“

„Ich lasse mir doch nicht von einem Dienstboten die Tür weisen! Was glauben Sie, wen Sie vor sich haben?“

„Mir ist es ziemlich egal, wen ich vor mir habe. Sie, Sie ......“ Doch bevor Mathilde sich weiter ereifern konnte, hielt sie Adele am Arm.

„Lass gut sein, Mathilde. Edgar, sie hat Recht. Auch ich wünsche, dass Du dieses Haus verlässt. Und betrete es nie wieder. Ich habe es satt, Dir ständig unter die Arme greifen zu müssen. Sieh selber zu, wie Du zurechtkommst! Verschwinde, für Dich gibt es hier nichts mehr zu holen!“

„Das werden wir ja sehen! So einfach lasse ich mich nicht abservieren! Ich bin schließlich Dein einziger Verwandter, und somit Alleinerbe.“

Edgar schrie diese Worte fast hysterisch, weil er all seine Träume dahin entschwinden sah. An der Tür drehte er sich noch einmal um. Hämisch grinsend fügte er noch sarkastisch hinzu:

„Das wirst Du noch bitter bereuen! --- Oder glaubst Du vielleicht immer noch, dass Deine geliebte Theresa eines Tages doch wieder auftauchen wird!“

Dann fiel die Eingangstür mit einem mächtigen Krachen ins Schloss.

Kapitel 6

Adele musste auf Anweisung des Arztes einige Tage das Bett hüten. Nun befand sie sich wieder auf dem Weg der Besserung und wollte dringend mit Lena sprechen.

Durch den Ausfall der alten Gräfin schuftete Lena wie besessen. Matthis staunte immer wieder, wie dieses zarte Persönchen zupacken konnte. Sie striegelte die Pferde, bis sie wie poliert glänzten. Sie mistete Ställe und fuhr die schweren mit Mist beladenen Schubkarren über den Hof, als ob sie nie etwas anderes gemacht hatte.

Matthis mochte dieses zarte, aber dennoch energische Persönchen. Er war ein Mann, der nicht viel sprach. Er hatte seine Arbeit, seine Tiere, das war seine Welt. Mancher mochte ihn für grob und ungeschlachten halten, doch Matthis war nicht dumm - auf seine Art und Weise. Trotz seiner mangelhaften Schulbildung verfügte er über etwas, was ihn von vielen seiner Mitmenschen unterschied. Er konnte den Menschen ins Herz schauen. Er spürte ob sie gut oder schlecht waren. Das genügte ihm. Und zu den wenigen Menschen, die er für gut hielt, zählte er auch Lena. Insgeheim schwärmte er für die hübsche junge Frau, die immer ein nettes Wort für ihn übrig hatte.

Und sie teilte mit ihm seine Liebe zu den Tieren! Aber Matthis war sich seines Alters und seiner Erscheinung bewusst, so dass er es bei der hingebungsvollen Schwärmerei für Lena beließ.

Lena und Matthis waren gerade dabei, die Pferde zu füttern, als Mathilde in den Stall kam um von Adeles Wunsch, Lena zu sehen, zu berichten. Die junge Frau entschuldigte sich bei dem Knecht und verschwand in Richtung Haus.

„Musst ihr nicht so verliebt nachschauen, Du alter Gockel," herrschte die Haushälterin ihren Bruder an. Sie hatte ihn aus den Augenwinkeln heraus genau beobachtet. Und ihr war der Blick, den er Lena nachgeworfen hatte, nicht entgangen.

„Meinst, Du alter Depp könntest, so stinkend und verdreckt wie Du bist, bei so einem hübschen Mädel landen? Ha, da bleibt Dir der Schnabel aber schön sauber."

„Geh, red doch keinen solchen Schmarrn", Matthis kratzte sich verlegen hinter dem Ohr, „ich will doch nix von der Lena. Schön anzuschauen ist sie halt. Und nett ist sie auch. Nicht so ein Besen wie Du."

Beim letzten Satz pikste er Mathilde schäkernd in die dralle Seite.

„ Sie würde gut hier auf den Hof passen. Als Entlastung für die Gräfin. Und überhaupt...!"

Mathilde sah ihren Bruder an: „Was heißt überhaupt?"

„Na ja, schau sie doch an, die Adele. Liegt mit ihrem kranken Herzen im Bett und kann nichts tun. Sie wird auch nicht mehr jünger. Was soll aus Hohenstein werden, wenn ...- na wenn sie nicht mehr ist. Was passiert dann mit uns, mit den ganzen Tieren? Das habe ich gemeint!"

Und damit drehte Matthis seiner Schwester wieder den Rücken zu und arbeite weiter. Er war eben kein Mann der großen Worte und was er gerade von sich gegeben hatte, war schon mehr, als Mathilde sonst von ihm kannte.

Sie stand noch eine Weile gedankenverloren in der Stallgasse. Von diesem Standpunkt aus hatte sie das Ganze noch gar nicht betrachtet. Matthis hatte Recht. Laut seufzend und hilflos mit dem Kopf schüttelnd begab sie sich wieder ins Haus.

Lena lief leichtfüßig zur Eingangshalle des Gutshauses, immer suchend um sich blickend, ob sich Bastet, die schwarze Katze, wieder einmal zeigen würde. Doch seit dem Auftritt im Garten hatte sie sich nicht mehr blicken lassen.

Hexe balgte sich mit dem Kater Brummi in der angenehmen Morgensonne. Sie spielten böser, großer Hund frisst arme kleine Katze, doch die arme kleine Katze versuchte auch immer wieder den bösen großen Hund zu fressen. Und so wälzten sich beide über das Pflaster, dem alten Ammenmärchen von der Feindschaft zwischen Hund und Katze trotzend. Hin und wieder schielten sie zu Klein-Mingo, der in einem Körbchen vor dem Haus sein Morgennickerchen machte. Der Welpe gedieh prächtig. Brummi hatte seinen Pflegedienst auch nach seiner Genesung nicht aufgegeben. Da seine Freundin Hexe auch gerne Mama sein wollte, kümmerten sich nun beide rührend um das Katzenkind. Und wenn Brummi dazwischen mal wieder einen ausgedehnten Reviergang machen wollte, wachte die große Hundedame mit Argusaugen über ihren Pflegling.

Für einen kurzen Augenblick beobachtete Lena die Drei, die ihr ebenso wie all die anderen Tiere auf dem Hof so sehr ans Herz gewachsen waren. Was würde wohl mit ihnen geschehen, wenn es Hohenstein nicht mehr gäbe. Wo sollten sie hin?

Die junge Frau machte sich in den vergangenen Tagen immer wieder Gedanken über die Zukunft des Gutes. Nach dem Besuch von Edgar war ihr erst so richtig bewusst geworden, dass es wohl nicht gut um Hohenstein stehen musste. Fieberhaft zerbrach sie sich den Kopf darüber, was sie, Lena, tun konnte um der ihr so liebgewordenen alten Dame und ihren Hausgenossen zu helfen.

Adele saß aufrecht in ihrem Bett und wartete schon auf Lena. Der einäugige Kater und die kleine langhaarige Kätzin aalten sich auf der Bettdecke. Die Gräfin trug ein weißes, hochgeschlossenes Baumwollnachthemd, was ihre fahle Blässe noch unterstrich.

Die silbergrauen Haare trug sie lediglich zu einem Zopf geflochten, der ihr über die Schulter hing.

„Kommen Sie, setzen Sie sich her zu mir. Ich möchte mit Ihnen reden." Sie nahm Lenas Hand. „Sehen Sie mich nicht so mitleidig an. Es geht mir schon wieder viel besser. Glauben Sie mir!"

Lena nickte tapfer. Aus ihrer langjährigen Berufserfahrung wusste sie, dass dem nicht so war, aber sie schwieg.

„Ich möchte mich bei Ihnen bedanken, Lena. Für all das, was Sie für mich tun. Mathilde hat mir erzählt, wie fleißig Sie sind. - Schütteln Sie nicht mit dem Kopf. Es ist schon so, wie ich sage." Adele wollte die junge Frau mit strenger Miene ansehen, was ihr nur mäßig gelang.

„Ich habe nie gefragt, woher Sie kommen. Aus welchem Grund es Sie auch immer hierher in unsere Gegend verschlagen hat. Und ich werde auch jetzt nicht fragen. Es geht mich nichts an." – Die alte Dame machte eine kleine Pause. Das Reden strengte sie noch merklich an.

„Lena, möchten Sie hierbleiben? – Hier auf Gut Hohenstein? Ich würde Sie als eine Art Geschäftsführerin einstellen. Zahlen kann ich Ihnen nicht viel, aber kostenlosen Wohnen und Verpflegung wären natürlich mit inbegriffen."

Adele ereiferte sich. Die Worte sprudelten aus ihrem Mund, aus Angst, Lena könnte vorzeitig ablehnen.

Bevor sie alles gesagt hatte, was ihr auf dem Herzen lag.

Lena sah sie mit großen Augen an. „ Ja, aber ich kann doch nicht......“, sie stotterte leicht, so überraschend kam dieses Angebot.

Adele kam ihr zuvor. „Sicher werden Sie jetzt denken, was das Ganze soll. Dass es Hohenstein schlecht geht, haben Sie mitbekommen. Warum will diese verrückte Alte dann noch einen Geschäftsführer? Ich möchte aus dem Gut wieder etwas machen. Zu neuem Glanz verhelfen. Vielleicht Pferde züchten, so wie früher. Sehen Sie, nachdem Theresa verschwand und dann auch noch mein Mann so bald starb, hatte ich keinen Mut mehr, alleine weiter zu machen. Aber mit Ihrer Hilfe könnte ich es schaffen. Das weiß ich, ganz bestimmt. So alt und gebrechlich bin ich noch nicht. Und mit meiner Erfahrung und Ihrem Tatendrang könnten wir doch eine ganze Menge bewerkstelligen.“ Adele sah sie fast flehend an.

„Sie müssen sich nicht jetzt sofort entscheiden! Denken Sie in Ruhe nach. Ich weiß, Sie werden das Richtige tun.“

Lena war sichtlich verwirrt. Mit so etwas hatte sie nicht gerechnet. Ihr Herz schrie vor Freude sofort ein Ja, aber ihr Verstand bremste ihren Enthusiasmus und riet ihr, wirklich gut darüber nach zu denken.

Langsam begann sie zu sprechen, immer darauf bedacht die Gräfin nicht zu verletzen:

„ Es kommt sehr überraschend, was Sie mir da eben angeboten haben. Wirklich! Ich bin mir nicht sicher, ob ich die Richtige bin für Ihr Vorhaben. Ich weiß doch gar nichts über Pferdezucht. Es ehrt mich, dass Sie mir so großes Vertrauen schenken, aber ..., “ sie kam ins Stocken, „ aber ich muss wirklich erst darüber nachdenken. Seien Sie mir nicht böse!“

Ein wenig hilflos und verloren sah Lena in ein paar große gütige Augen.

„Ist schon in Ordnung! Ihr Zögern verrät, dass Sie über genügend Verstand verfügen, sich nicht blindlings auf irgendetwas einzulassen. Überlegen Sie so lange, wie Sie dafür brauchen.“

Adele drückte Lenas Hand, die sie die ganze Zeit über gehalten hatte. Lena schüttelte ihr die Kissen noch einmal auf und verabschiedete sich dann.

Das wieder einmal ausgezeichnete Mittagessen mochte Lena heute gar nicht so recht schmecken. Zu sehr war sie mit ihren Gedanken beschäftigt. Mathilde und Matthis ahnten, dass etwas nicht stimmte, sprachen sie aber nicht darauf an. So aßen sie schweigend. Lena war dankbar darüber, dass sie den Beiden nicht Rede und Antwort stehen musste, dafür hatte sie jetzt keine Nerven. Bald schon entschuldigte sie sich, um auf ihrem Zimmer zu verschwinden. Den Kaffee, den Mathilde ihr anbot, lehnte sie höflich ab.

Sie wollte allein sein. Einem inneren Impuls folgend, legte sie hastig ihre Reitkleidung an. Nachdem sie den Lederhut auf den Kopf setzte, folgte noch ein kurzer prüfender Blick in den Spiegel und sie verließ fast fluchtartig den Raum und das Haus in Richtung Stall.

Große, erwartungsvolle Augen sahen sie aus allen Boxen an. Zärtlich streichelte Lena über jeden Kopf, selbst die kleine, scheue Ronja wagte sich mittlerweile zu ihr her, um ein paar Liebkosungen zu erhalten. Aber Lena hielt sich nicht lange mit dem Kraulen auf. Sie sattelte Moon, ihren erklärten Liebling, und führte sie nach draußen. Aufgeregt wieherten ihnen die Anderen nach, aber sie achtete nicht weiter darauf. Sie stieg auf, setzte sich zurecht und ritt in langsamen Schritt los, ohne eine bestimmte Richtung im Auge zu haben. Die Reiterin ließ das Gut hinter sich. Um nicht der prallen Mittagshitze ausgeliefert zu sein, hielt sie auf den nahegelegenen Wald zu und trabte im Schatten der Bäume weiter.

Die Gedanken in Lenas Kopf überschlugen sich.

Sicher, sie würde gerne hierbleiben. Auf dem Gut mit all seinen liebenswerten Bewohnern. Nur, war es klug, wieder Pferde zu züchten?

Lena verstand nichts von der Pferdezucht. Nur so viel, dass man mit den verbliebenen Pferden, so lieb sie auch sein mochten, keine großen Lorbeeren ernten würde. Es müssten sicherlich größere Investitionen gemacht werden, um erst einmal den Zuchtpferdebestand wieder zu erneuern. Lena bezweifelte außerdem, dass der kostspielige Nachwuchs aus diesen prämierten Blutlinien so gefragt wäre, dass es das Gut so schnell wieder sanieren würde. Heutzutage bekam man bereits gute Reitpferde aus diversen Hobbyzuchten für wenig Geld, die den Ansprüchen der großen Masse an Freizeitreitern durchaus genügte.

Es muss noch etwas anderes geben, überlegte sie. Etwas, das mit weniger Startkapital auskam, und wesentlich effektiver wäre.

Lena erreichte ebenes, weitläufiges Gelände. Sie spornte Moon zu einem weit ausgreifenden Galopp an und war über sich selbst überrascht. War sie doch noch nie alleine ausgeritten. Doch ohne jene leichte Beklommenheit der ersten Tage im Sattel, jagte sie über die Wiesen dahin, verschmolzen mit dem dampfenden Körper des Pferdes unter sich. Immer weiter entfernten sie sich vom Gut, ungeachtet der bedrohlichen Wolkenmassen, die sich über ihren Köpfen zu einem gewaltigen Gewitter auftürmten.

Erst viel zu spät bemerkte Lena den herannahenden Wetterumschwung. Zu spät um noch trockenen Fußes das Gut zu erreichen. Ihr fiel die kleine Kapelle ein, die ganz in der Nähe sein musste. Dort würde sie sich vor dem Regenguss unterstellen. Sie lenkte Moon in die geschätzte Richtung. Von Ferne hörte man bereits das erste Grollen des Donners. Blitze zuckten. Unbehaglich begann die kleine Stute zu schnauben.

„ Ist ja gut meine Süße. Wir haben es gleich geschafft.“

Lena tätschelte Moons Hals. Die Lichtung, auf der sich die Kapelle befand, tat sich vor ihnen auf. Doch gleichzeitig fielen auch schon die ersten großen Wassertropfen vom Himmel, um sich kurz darauf als wahre Sturzflut auf Pferd und Reiter zu ergießen. Bei der Kapelle angelangt, sprang Lena vom Pferd, band es neben der Tür an einen Pfosten, damit es auch einigermaßen geschützt sei. Sie suchte nach dem Schlüssel unter dem Stein, wie sie es bei ihrem Besuch hier mit Adele gesehen hatte. Mit klammen Fingern zerrte sie noch den Sattel von Moon und begab sich mit dem schweren Lederteil in das Innere der kleinen Kirche um das Ende des Gewitters abzuwarten.

Sie sah sich um. Gespenstisch wirkte die Einrichtung jetzt. Durch die kleinen buntverglasten Fenster warf das Licht der Blitze bizarre Schatten in den Raum. Lena schauderte leicht. Von dem hölzernen Bildnis in der kleinen Nische beobachteten sie die grünen Augen Theresas. Fragend, ja fast flehend wirkten sie auf die junge Frau. Lena konnte ihren Blick nicht davon abwenden, so schaurig war sie beeindruckt.

Plötzlich hörte sie ein leises Rascheln. Ihr Herz klopfte bis zum Hals. Regungslos starrte sie in die dunkle Ecke, aus der das Geräusch zu kommen schien. Ein seltsames Gefühl aus Furcht und Neugier breitete sich in ihr aus. Da löste sich langsam eine schwarze kleine Gestalt aus der Dunkelheit und kam direkt auf sie zu. Erleichtert atmete Lena auf. Ihr fiel ein Stein vom Herzen. Irgendwie hatte sie schon damit gerechnet, der Geist von Adeles Tochter würde ihr erscheinen.

„Bastet!“ Flüsternd sprach sie den Namen des Ankömmlings aus. „Wo kommst Du denn her?!“

Erhobenen Hauptes und mit steil aufgerichtetem Schwanz stolzierte die Katze majestätisch auf sie zu. Unerwartet sprang sie mit einem Satz auf Lenas Schoss, die sich auf einer der Bänke niedergelassen hatte. Erschrocken über so viel Zuneigung der Göttin, wie sie sie innerlich nannte, begann die Frau vorsichtig den Hals des edlen Tieres zu kraulen.

Ein lautes, wohliges Schnurren war zu vernehmen. Das Tier rieb seinen Kopf innig an Lenas Schulter. Eine feuchte, kalte Nasenspitze drückte sich ihr in das Gesicht. Zärtlich fordernd waren ihre Liebkosungen.

Die Gräfin hatte ihr doch erzählt, Bastet ließe sich niemals streicheln. Warum tat sie es dann bei ihr?

Lena war leicht verwirrt. Wie kam die Katze überhaupt hier herein. Sie war sich sicher, dass Bastet nicht mit ihr die Kapelle betreten hatte. Aber die Tür war geschlossen. Folglich musste sie schon hier gewesen sein. Doch Lena konnte nirgendwo ein offenes Fenster oder eine andere Öffnung entdecken, durch die das Tier hätte hereinkommen können.

Wieder versuchte sie mit dem Tier Kontakt aufzunehmen, doch auch diesmal vergebens. Irgendetwas blockierte die Schwingungen.

Bastet sprang von Lenas Schoss und lief in Richtung Altar. Laut miauend vergewisserte sie sich, dass sie ihr folgte. Aufgeregt strich Bastet um den massigen

Stein des Altares, immer eindringlicher wurde ihr Rufen. Die junge Frau kam neugierig näher.

„Du willst mir etwas zeigen, nicht wahr? Bist Du hier hereingekommen? - Ich kann aber nichts entdecken. Vielleicht ist ja irgendwo eine geheime Öffnung versteckt."

Voller Tatendrang tastete Lena den Altar ab, konnte aber nichts feststellen. Noch bevor sie ihre Suche beendete, wurde sie durch ein lautes Poltern gestört. Die Türe öffnete sich und zwei, bis auf die Haut durchnässte Wanderer traten ein. Lena sah sich noch einmal kurz nach Bastet um, doch die war bereits lautlos verschwunden.

Die Wanderer, ein Mann und eine Frau, vielleicht Mitte bis Ende Dreißig, waren auch vom Gewitter überrascht worden. Nun suchten sie, genau wie Lena, Schutz vor dem starken Regen.

„ Guten Tag. Sie gestatten, dass wir uns auch ein wenig unterstellen?"

Lena nickte.

„Natürlich, bleiben Sie nur, bis der Regen aufgehört hat."

„Danke. Darf ich mich vorstellen? Mein Name ist Robert Leonhardt, und das ist meine Frau Gitti. Wir kommen aus Düsseldorf und verbringen unseren Urlaub drüben in Landau."

Der blondgelockte freundliche Mann reichte seinem Gegenüber die Hand. Seine Frau lächelte schüchtern und tat es ihm gleich. Lena nannte ihren Namen. Anhand der hochdeutschen Aussprache, absolut unüblich in dieser Gegend, nahm Robert Leonhardt, ein wohlhabender Unternehmer, wohl an, Lena müsse auch ein Tourist sein. Interessiert erkundigte er sich nach dem Pferd, das er vor der Tür gesehen hatte:

„Kann man sich hier in der Gegend Pferde ausleihen? Das wäre prima. Gitti und ich sind begeisterte Reiter. Wir wollten schon immer mal eine Wanderreittour machen und die Gegend hier wäre spitze."

Lena schüttelte den Kopf. „Nein, ich bin hier zu Besuch. Das Pferd gehört meiner Gastgeberin."

Beim Wort Wanderreiten kam ihr jedoch spontan eine Idee. Natürlich musste sie erst mit Adele darüber sprechen. Aber einen Versuch war es sicherlich wert.

„Schade, " Robert Leonhardt war sichtlich enttäuscht, „es wäre schön gewesen, die wundervolle Landschaft auch einmal zu Pferd zu entdecken."

„Warten Sie mal," Lena überlegte kurz, „ich kann meine Gastgeberin fragen, ob sie Ihnen Pferde für eine Tour zur Verfügung stellen würde. Es gibt noch mehr auf dem Hof. Und wenn jemand mitkommen würde, hätte sie sicher nichts dagegen."

„Das wäre phantastisch! Übrigens, ich wage jetzt einfach mal von uns zu behaupten, dass wir versierte Reiter sind. Unsere eigenen Pferde sind allerdings zuhause geblieben, wir hätten gar nicht gewusst, ob man sie hätte mitnehmen können. Ich gebe Ihnen mal meine Karte mit. Die Telefonnummer unseres Hotels schreibe ich mit darauf. Gitti, was sagst Du dazu? Vielleicht kommen wir doch noch zu unserer Wanderreittour!“

Gitti strahlte.

„Super. Ach bitte, legen Sie ein gutes Wort für uns ein, ja? Wir zahlen jeden Preis, und selbstverständlich ist es uns nur recht, wenn uns ein hiesiger Führer begleiten würde, wo wir uns doch gar nicht auskennen.“

Der Regen hatte inzwischen wieder aufgehört. So überraschend, wie das Gewitter aufgezogen war, so verschwand es nun auch. Die Sonne lugte bereits hinter den vereinzelten Schäfchenwolken hervor.

Lena trat aus der Tür. Moon stand wie ein begossener Pudel neben der Kapelle.

„Na, meine Süße. Dann wollen wir mal machen, dass wir nach Hause kommen, ehe wir uns noch eine Erkältung holen!“

Die Leonhardts verabschiedeten sich von Lena, um auch schnellstens den Heimweg anzutreten.

Nachdem Lena die Tür der Kapelle wieder fest verschlossen hatte, sattelte sie Moon und ritt eilig zurück in Richtung Hohenstein. Unterwegs schossen ihr unzählige Gedanken durch den Kopf. Sie musste unbedingt mit Adele darüber reden.

Kapitel 7

Adele war von Lenas Idee, Reittouren mit Urlaubern zu organisieren, sehr angetan.

„Man könnte verschiedene Angebote zusammenstellen. Halbtages- oder Tagestouren, vielleicht sogar mehrtägige Unternehmungen, “ überlegte sie.

„Ja, und wenn wir Mathilde bitten, sich um die Verpflegung zu kümmern, wird sie das bestimmt tun. Was halten Sie außerdem davon, wenn wir ...., vorausgesetzt unser Angebot kommt an, ... wenn wir die Urlauber direkt auf dem Gut unterbringen? Als so eine Art Ferienpension?“

Lena war dieser Gedanke spontan gekommen.

„Platz wäre doch bestimmt genug vorhanden?“

Die Gräfin strahlte sie an. „Sie wollen also hier bleiben?“

„Ich glaube, ich ..... Ja, ich möchte hier bleiben!“

Zwei Augenpaare trafen sich. Adele seufzte erleichtert auf.

„Machen Sie, was Sie wollen. Ich vertraue Ihnen. Sie werden Hohenstein retten.“

Den ganzen Abend schmiedeten sie noch Pläne. Stachelten gegenseitig ihren Ideenreichtum an. Gegen 23 Uhr verabschiedete sich Lena schließlich und begab sich in ihr Zimmer. Begleitet wurde sie heute nur von Hexe und Brummi, der Mingo grob im Nacken packte und mitschleifte. Mingo, unsanft aus dem Tiefschlaf gerissen, begann sofort lautstark zu zetern. Lena hob beide vom Boden auf und befreite den Welpen aus Brummis brutal anmutendem Griff.

„ Psst, ihr weckt ja das ganze Haus auf. Ist ja schon wieder gut, Mingo. Schlaf weiter!“

Nicht ohne noch ein Weilchen beleidigt nachzumaulen, rollte sich der Kleine auf ihrem Arm ein, um dann wieder einzuschlafen. In ihrem Zimmer setzte sie Brummi auf dem Sessel ab und legte den schlafenden Mingo an seine Seite. Hexe prüfte mit ihrer nassen, kalten Schnauze noch einmal kurz, ob alles in Ordnung ist, leckte dann Mingo über das Fell und legte sich zu Füssen ihrer beiden Kumpel auf den Boden.

Lena verschwand im Bad. Eigentlich war sie noch gar nicht müde. Sie war viel zu aufgekratzt. Glückselig malte sie sich aus, was sie in nächster Zeit alles organisieren würde. Ihr innerer Tatendrang erwachte zu neuem Leben.

Zunächst einmal mussten Mathilde und Matthis eingeweiht werden. Dann würde sie sehen, ob sich aus dem angrenzenden, ehemaligen Gesindehaus Gästezimmer herrichten ließen.

Ihre erste Tour mit dem Ehepaar Leonhardt könnte schon in ein paar Tagen stattfinden.

Innerlich freudig erregt, sah sie in ihr Spiegelbild. Der ganze Kummer der Vergangenheit war von ihr abgefallen. Sie würde hier ein neues Leben beginnen.

Ein Geräusch ließ sie zusammenfahren. Was war das? Es kam aus dem nächsten Zimmer!

Aber das stand leer. Von Mathilde wusste sie, dass es früher Theresas Zimmer war.

Wer konnte sich um diese Uhrzeit noch darin aufhalten? –

Hexe musste das Geräusch auch gehört haben. Denn sie sah mit steil aufgerichteten Ohren, aufgestelltem Kamm und leisem, drohendem Knurren regungslos in die Richtung, aus der das Poltern gekommen war.

Da, wieder. –

Hexe stand auf. Bereit jeden Eindringling in die Flucht zu schlagen, begann sie böse zu bellen. Schnell verschloss Lena ihr die Schnauze mit der Hand.

„Schsch, sei still. Komm, wir gehen nachsehen, was da ist. Aber nicht mehr bellen. Einverstanden?“

Als ob sie die Worte des Menschen genau verstand, verstummte Hexe. Nicht von Lenas Seite weichend trat sie auf dem Flur. Sie führte die junge Frau in der Dunkelheit zu Theresas Zimmer. Ein schmaler Lichtstreifen schien unter der Tür durch. Mit klopfendem Herzen horchte Lena. Deutlich vernahm sie ein Rascheln aus dem Innern des Raumes. Sie nahm allen

Mut zusammen und klopfte leise. Das Rascheln endete abrupt. Ein Quietschen wie von einer ungeölten Tür folgte. Das Licht erlosch. Dann war es still.

Hexe, die die ganze Zeit über nur ein warnendes Knurren von sich gab, kratzte nun aufgeregt an der Tür. Sie wollte unbedingt in dieses Zimmer. Sie witterte einen Geruch, der hier nicht hingehörte, und den sie absolut nicht mochte.

Vorsichtig öffnete Lena die Tür. Sie tastete nach dem Lichtschalter. Die große Hündin konnte sich nicht mehr zurückhalten. Sie stürmte an Lena vorbei in den Raum hinein und keifte, wie eine wild gewordene Furie. Der Schein einer gläsernen Deckenleuchte erhellte den Raum als Lena ihn betrat und sich umsah. Sie konnte niemanden entdecken. Hexe bellte giftig ein Bücherregal an der Wand an, als ob sich der Eindringling hinter den Büchern verstecken würde.

Ja, aber warum eigentlich nicht?

Lena hatte schon oft in Büchern von alten Gemäuern gelesen, die geheime Räume in sich bargen. Man erreichte diese Räume meist durch eine versteckte Tür hinter einem Bücherregal.

Warum also nicht hier auch?

Tapfer, mit einem mulmigen Gefühl im Bauch, suchte sie nach einem Hinweis. Einem Buch oder etwas ähnlichem, das den Türmechanismus in Gang setzen würde. Vergeblich! In dem Regal waren hunderte von

Büchern untergebracht. Es könnte Stunden in Anspruch nehmen, bis sie das Richtige finden würde. Gesetzt den Fall, dass ihre Vermutung überhaupt zuträfe.

Sie sah sich in dem Zimmer um. Nie zuvor hatte sie es je betreten. Zuviel Respekt hatte sie vor der Gräfin, die das Zimmer hütete wie einen Schatz.

Es war ein großer, geschmackvoll eingerichteter Raum, wie eigentlich alles hier im Gutshaus geschmackvoll war. Lena fand sich in ihre eigene Jungmädchenzeit zurückversetzt. Poster von Pferden hingen an den Wänden. Auf dem Bett lagen auf einer buntgemusterten Patchworkdecke Unmengen riesiger Kuscheltiere. Alles was Fünfzehnjährige so sammeln, fand sich auf diversen Schränkchen und Regalen wieder. Es war, als ob Theresa erst vor kurzem den Raum verlassen hätte und jeden Moment zurückkommen würde.

Ihre Reitstiefel standen verstaubt in der Ecke, ihre Schultasche lehnte daneben. Selbst die Zeitschrift, die sie zuletzt gelesen haben musste, lag unverändert aufgeschlagen auf dem Tisch neben einer kleinen Pferdestatue.

Adele hatte selbst im Laufe dieser langen Zeit nichts verändert. So, als ob Theresa noch hier wohnen würde.

Lena beruhigte Hexe, die immer noch wie eine Wilde durch den Raum rannte. Angesichts der Tatsache, dass sie heute Nacht sowieso nichts mehr erreichen würde, begab sie sich wieder in ihr Zimmer.

Irgendjemand war in Theresas Zimmer gewesen. Aber warum? Hatte es mit ihrem Verschwinden zu tun? Sollte sie am Ende doch noch leben? Was hatte es mit der geheimnisvollen Bastet auf sich?

Lena beschloss, diesen Fragen auf den Grund zu gehen. Spät in dieser Nacht fand sie endlich Schlaf, mit dem festen Vorsatz das Geheimnis von Theresa von Hohenstein zu lüften.

Als sie am nächsten Morgen unausgeschlafen die Küche betrat, traf sie auf Adele, die entgegen der Anweisung des Arztes das Krankenbett viel zu früh verlassen hatte. Eifrig war sie mit Mathilde in ein Gespräch vertieft.

Beim Anblick von Lena strahlten die beiden Frauen und Mathilde erhob sich sofort um der jungen Frau Kaffee einzugießen.

„Frau Adele hat mir gerade von Ihrer Idee mit dem Wanderreiten erzählt. Das finde ich wunderbar. Wenn Sie möchten, können wir gleich nach dem Frühstück das Gesindehaus inspizieren. Ich werde gleich Matthis Bescheid sagen..... Ach, das wird toll. Ich kann doch für die Gäste kochen und ... und.....“ Mathilde überschlug sich förmlich.

Lena dämpfte ihren Eifer ein wenig.

„Zunächst müssen wir erst einmal sehen, ob unsere Idee so großen Anklang findet, dass es sich auch lohnt, einen solchen Aufwand zu betreiben. Ich schlage vor, wir beginnen mit der Organisation von Touren, die einen halben bis maximal einen ganzen Tag dauern. So müssen wir nicht schon die ganzen Gästezimmer herrichten, ohne zu wissen, ob sie je bewohnt werden. Über genügend Pferde für den Anfang verfügen wir. Der Rest wird sich nach und nach zeigen."

Ein zustimmendes Nicken von Adele bezeugte deren Einverständnis.

„ Ich werde in den großen Tageszeitungen der nächstliegenden Städte Anzeigen aufgeben. In den Hotels und Gaststätten könnten wir Handzettel verteilen."

Lena biss in eine Marmeladensemmel, die sie sich gemacht hatte, und spülte sie mit einem großen Schluck heißen Milchkaffees herunter. Dann sagte sie, zu Mathilde gewandt:

„Das Gesindehaus schauen wir uns trotzdem an, damit wir wissen wieviel hergerichtet werden müsste, um es bewohnbar zu machen."

Den Rest des Frühstücks konzentrierten sie sich auf das Essen. Von den Vorkommnissen der letzten Nacht erzählte Lena nichts. Um die Gräfin nicht unnötig aufzuregen, wartete sie erst einmal ab. Sie wollte mit Mathilde alleine darüber reden. Doch so schnell sollte sie dazu keine Gelegenheit bekommen.

Bereits kurz nach dem Frühstück erschien Besuch auf dem Gut.

Dr. Viktor Abraham, der Tierarzt, wollte Adele, seiner langjährigen guten Freundin, einen Krankenbesuch abstatten. Sie kannten sich bereits eine Ewigkeit. Viktor ging mit Erik, Adeles Mann, schon zur Schule. Beide schwärmten für die junge, hübsche Adele. Aber sie verliebte sich in seinen Freund Erik, und Viktor akzeptierte dies. Er blieb jedoch immer ein guter Freund des Hauses.

Nach ein paar Jahren heiratete er dann schließlich auch. Doch seine Frau starb im letzten Sommer, nachdem sie jahrelang vergeblich gegen ein Krebsleiden kämpfte. Seither war Viktor nur noch ein Schatten seiner selbst. Die ihm angeborene, und von all seinen Freunden so geschätzte spitzbübische Fröhlichkeit wich einer bittersüßen Ironie, die sich immer mehr breitmachte. Die Liebe zu seinem Beruf wandelte sich in eine stumpfsinnige Lethargie.

Er hatte keine Lust mehr, tagein tagaus in der Praxis zu stehen, degenerierten, verwöhnten Schoßhündchen die Nägel zu pediküren, die Öhrchen zu zupfen und all den anderen Kram zu erledigen, den sich die Besitzer seiner Patienten so ausdachten.

Und erst die Bauern mit ihrem Großvieh! Den gewinnbringenden Milchkühen und Schweinen ließen sie jede erdenkliche Behandlung zukommen. Es durfte natürlich am besten gar nichts kosten. Aber dem treuen Hofhund, der über ein Jahrzehnt an der Kette, obwohl seit langem verboten, gedient hat, gestanden sie oft nicht einmal eine Injektion für die Euthanasie zu. Nach dem Motto, eine Kugel kostet nur ein paar Pfennige. Für ein Tier, das nichts einbringt, wird auch kein Geld ausgegeben.

Viktor tat mit seiner Einstellung, die er an den Tag legte, sicher vielen seiner Patientenbesitzer unrecht. Doch nach fast fünfunddreißig Jahren wollte er einfach nicht mehr.

Der jagdgrüne Jeep von Viktor rollte langsam auf den Hof, begleitet von einer aufgeregt bellenden Hexe. Freudig begrüßte sie ihren Menschenfreund, trotz der vielen Injektionen, die er ihr schon verpasst hatte. Hexe war nicht nachtragend. Außerdem trug Viktor immer ein paar Leckerbissen bei sich, und da wird so ein verfressenes Hundemädchen schon mal schwach.

Neugierig beäugte die Hündin den zweiten Menschen, der da aus dem Auto stieg. Ihr Motto schien zu sein: „Wollen doch mal sehen, zu welcher Sorte der wohl gehört“. Mit einer schauspielerischen Meisterleistung vollführte Hexe zunächst das Stück „ Ich Wachhund, ich fress Dich jetzt auf!“ Dabei stellte sie den Kamm, spitzte die Ohren so gut es ging, zog das Genick ein und rannte in mächtigen Sätzen knurrend auf den jungen Mann zu. Von Viktor vorgewarnt und auch sonst nicht ängstlich was Tiere betraf, blieb er lachend stehen. Er beugte sich ein wenig vor und klopfte sich auf die Schenkel. Er hatte natürlich Hexes Schauspiel sofort durchschaut.

„Komm her, Du gefährlicher Kampfhund. Du bist ja eine ganz Starke. Na, komm, lass mich Dich begrüßen."

Was war das? Hexe stockte. Die Böser-Hund-Nummer zog doch sonst immer. *Also gut, dann nicht. Du bist ein Guter! Dann eben die Rolle „Keiner liebt mich – Komm und streichle mich."*

Schwanzwedelnd lief sie die letzten Meter auf den freundlichen Mann zu. Schnüffelte an seiner Hand, leckte ein paarmal darüber und ließ sich vor ihm auf den Boden fallen, um ihm den Bauch entgegen zu recken.

Der Aufgeforderte bückte sich und klopfte der Hündin den Brustkorb. Mit spitzen Fingern kraulte er schnell den Bauch auf und ab, was Hexe ein lustvolles Stöhnen entlockte.

„Na habt ihr euch jetzt genug bekannt gemacht?" Viktor grinste breit. „Komm, David, lass uns hinein gehen."

David streichelte noch einmal über den Kopf des grauen Zotteltieres und folgte Viktor ins Haus.

Adele empfing die Beiden schon in der Halle. Der Krach auf dem Hof hatte sie aufmerksam gemacht.

„ Hallo Viktor, schön, dass Du Dich auch einmal wieder sehen lässt! Wie geht es Dir?“

„Danke, danke. Nicht der Rede wert. Eigentlich wollte ich ja Dich fragen, wie es Dir geht! Von Dir hört man ja schöne Sachen. Darfst Du denn überhaupt schon wieder aufstehen?“

Viktor küsste seine alte Freundin zur Begrüßung auf die Wange und umarmte sie herzlich.

„Du bist noch ganz schön blass um die Nase. Mute Dir bloß nicht zu viel zu. Ich kenne Dich zu gut.“

„Ach, mir geht es schon wieder glänzend,“ wehrte die Gräfin ab, „ kommt herein, es gibt viel zu erzählen. Wen hast Du denn da mitgebracht?“

Sie lächelte David freundlich zu.

„Das ist David! Dr. David Ruiz-Abraham. Mein Neffe, und wahrscheinlich zukünftiger Nachfolger.“

Der Vorgestellte reichte Adele die Hand und verbeugte sich leicht.

Leicht amüsiert über das gepflegte Benehmen Davids, das sogar nicht zu seinem saloppen Äußeren passte, führte Adele ihre Gäste ins Wohnzimmer und bat sie Platz zu nehmen.

Sie bot ihnen Getränke an und verschwand kurz, um diese zu holen.

Als sie wenige Zeit später zurückkam, hatten es sich beiden Männer, umringt von einer aufdringlichen Katzenschar, auf dem Sofa bequem gemacht.

Viktor erzählte Adele von seiner Absicht, die Praxis zu übergeben und den Rest seines Lebens zu genießen.

„Das ist das Beste, was Du tun kannst," nickte sie zustimmend, „ Du hast genug geschuftet in den letzten Jahren."

„Das sehe ich auch so. Ich glaube, ich möchte noch etwas erleben. Die Welt entdecken. Andere Länder erforschen. Oder einfach nur Nichts tun!"

Viktor sprach diese Worte mit der Sehnsucht eines Menschen aus, der einen neuen Sinn in seinem Leben sucht und hofft, ihn in seinen Träumen zu finden.

„Da ist aber noch etwas anderes, weswegen wir Dich heute besuchen. – Du hast doch bestimmt in Deinem Stall noch eine Box frei?

Viktor hatte sich wieder gefasst und seine Stimme klang jetzt sachlich.

„Willst Du mich aufziehen? Noch eine Box frei! Glaubst Du, ich habe seit Deinem letzten Besuch die über dreißig freien Boxen wieder aufgefüllt?" Adele schüttelte unwirsch den Kopf.

Viktor verzog das Gesicht zu einem Lachen. „Es ist so, dass David sein Pferd mitgebracht hat. Momentan steht es in meinem Garten, aber da kann es natürlich auf Dauer nicht bleiben. Und jetzt suchen wir eine geeignete Unterbringung. Und da habe ich natürlich an Dich gedacht. Ein paar Euro mehr könnten Dir sicherlich nicht schaden, oder?“

Der grauhaarige Tierarzt sah sie jetzt bittend an.

„Natürlich kann er das Pferd bei uns unterstellen. Und ich werde mich hüten, Geld von ihm zu nehmen! Viktor! Was hältst Du eigentlich von mir!“

Die Gräfin sah es als selbstverständlich an, ihrem guten Freund zu helfen, und wollte sich keineswegs an ihm bereichern.

David, der bisher geschwiegen hatte, protestierte vehement.

„Ich werde selbstverständlich für das Einstellen und den Unterhalt aufkommen, keine Frage!“

Seine Stimme klang angenehm dunkel, mit einem kaum hörbaren Akzent in der Stimme.

„Na ja,“ entgegnete Adele, „ dann zahlen Sie eben ein bisschen Futtergeld dazu!“

„Kiro, mein Wallach ist ein sehr braves Pferd, er wird Ihnen keine Umstände machen, gnädige Frau. Und ich zahle den gleichen Preis, wie alle anderen auch!“

„Das mit der gnädigen Frau, lassen Sie gleich einmal. Sagen Sie einfach Adele zu mir, wie jeder. Und was die Anderen betrifft, - es gibt keine. Die paar Pferde, die noch auf Hohenstein leben, gehören mir. Das ist alles, was mir geblieben ist, außer den Katzen und natürlich meiner Hexe."

Sie machte eine kleine Pause.

„So, dann lasst uns doch am besten gleich mal in den Stall gehen. Dann stell ich Euch meine neue Geschäftsführerin vor. Sie wird das mit der Unterbringung managen."

Damit führte sie ihre Gäste hinaus. Bei dem Wort Geschäftsführerin, stutzte Viktor.

„Für was brauchst Du denn seit neuestem eine Geschäftsführerin und wo hast Du die denn aufgetan?"

Und Adele erzählte ihm im Hinausgehen von ihrem Vorhaben.

„ Die Idee finde ich ganz gut. Hier ist mit Urlaubern eh nicht viel los. Obwohl unsere Gegend bestimmt genauso schön ist, wie zum Beispiel in Landau drüben, oder in Sonnenberg. Und, Du hast die Pferde, Platz für Unterbringung und so... und wenn dann noch Mathilde mit ihren Kochkünsten aufwartet, kann eigentlich nichts mehr schief gehen."

Viktor nickte zustimmend. David, der die ganze Zeit nur zuhörte, meldete sich nun auch zu Wort: „Da fällt mir aber noch etwas ein. Warum bieten Sie nicht gleich Reitkurse mit an? – Eine Woche, Übernachtung mit Frühstück oder Halbpension. Und Schnupperreitkurs für Anfänger oder auch Kurse für Fortgeschrittene inklusive!"

Die Gräfin und sein Onkel sahen sich an. Der Tierarzt legte die Stirn in Falten.

„Klingt gut. - Und Ponyreiten für Kinder aus der Stadt, das wäre auch noch eine gewinnbringende Möglichkeit!“

„Beruhigt Euch wieder!“ Adele klopfte ihrem Freund auf die Schulter.

„Zunächst einmal müssen wir sehen, ob unsere Idee überhaupt ankommt. Ich kann nicht großartig investieren, und dann kommt keiner. Mal davon abgesehen, dass wir überhaupt keine kleinen Ponys für Kinder zum Reiten haben!“

Als Adele mit ihrem Besuch im Wohnzimmer verschwand, blieb Lena noch ein wenig bei Mathilde, um sie über Theresas Zimmer auszufragen.

„Tut mir leid, von einem geheimen Raum oder Gang weiß ich nichts. Du hast Dich bestimmt getäuscht! Vielleicht war eine der Katzen in dem Zimmer und hat Krach gemacht?“

Die Haushälterin schüttelte den Kopf. Mathilde und Lena waren inzwischen beim Du angelangt. Der Einfachheit halber, wo sie nun schon zusammen arbeiteten.

Lena bezweifelte diese Theorie. Sie hatte ganz deutlich den Lichtschein unter der Tür gesehen, und Katzen können nun mal keinen Lichtschalter betätigen. außerdem war die Tür zu Theresas Zimmer von außen abgeschlossen, wie hätte eine Katze dann hinein kommen sollen? Mathilde war zwar eine gutherzige Seele, aber leider auch etwas einfältig in ihrer Art. So beschloss Lena nicht weiter zu bohren. Sie würde schon selbst hinter das Geheimnis kommen, welches das Zimmer von der vermissten Theresa barg.

Sie bedankte sich für das ausgezeichnete Frühstück und verschwand in den Stall um die Pferde zu versorgen.

Lena war mitten in der Arbeit, als sie Adele mit den beiden Männern kommen sah. Sie wischte sich schnell ein paar losgelöste Strähnen ihres Haares aus dem Gesicht und putzte sich die Hände leger an den Hosenbeinen ab. Neugierig hatte sie bereits vorhin durch das Küchenfenster einen Blick auf die Neuankömmlinge werfen wollen. Sie erkannte dabei aber lediglich Viktor, die andere Gestalt war ihr fremd. Jetzt musterte sie den jungen Mann unbemerkt, als er die Stallgasse entlang kam.

David war eine angenehme Erscheinung. Mindestens eins fünfundachtzig groß, wirkte er mit seinen breiten Schultern, die durch ein enganliegendes T-Shirt noch hervorgehoben wurden, ziemlich imposant. Er trug gut sitzende Jeans, einen Ledergürtel mit einer wunderschönen Silberschnalle und Cowboystiefel. Die dunklen, naturgelockten Haare, die wasserblauen Augen in seinem sonnengebräunten Gesicht mit den weichen Zügen verliehen ihm ein jungenhaftes, jedoch nicht weniger attraktives Aussehen, das sicher so manches Frauenherz höher schlagen ließ.

Doch Lena interessierte sich momentan nicht für Männer. Sie hatte für den Augenblick von ihnen die Nase gestrichen voll, wenn sie sich auch eingestehen musste, dass der Typ, der da auf sie zukam, verdammt gut aussah.

„Hallo, Lena. Darf ich Ihnen jemanden vorstellen?“ Adele riss sie aus ihren Gedanken.

„Dr. Abraham kennen Sie ja bereits, und das ist sein Neffe, Dr. David ... -, wie war noch gleich mal ihr Nachname?“

„ Ruiz.... . David Ruiz-Abraham, um genau zu sein. Aber sagen Sie einfach David zu mir, das genügt.“

David reichte Lena schüchtern die Hand. Er war nicht gerade der große Frauenheld. Auch wenn sein Aussehen dies vermuten ließ. Und Lenas Schönheit reichte aus, um ihn leicht aus der Fassung zu bringen.

Ebenso verwirrt erwiderte die junge Frau den Gruß.

„Ich bin Lena.... Lena Hansen, guten Tag.

Zwei Augenpaare trafen sich, kurz einen Blick austauschend, um jedoch gleich wieder verlegen voneinander ab zu lassen.

„David wird demnächst Viktors Praxis übernehmen. Und er braucht einen Platz für sein Pferd."

Die Gräfin überbrückte das darauf folgende Schweigen und amüsierte sich insgeheim. Ihr war die Verlegenheit der beiden jungen Leute nicht entgangen. Wie pubertierende Teenager, dachte sie belustigt. Eigentlich würden sie doch ganz gut zusammen passen, da könnte man bestimmt etwas nachhelfen!

„Nachdem Sie nun meine Geschäftsführerin sind, frage ich Sie der Ordnung halber, ob wir in der Lage sind, ein weiteres Pferd zu beherbergen?" Adeles Stimme klang spitzbübisch.

„Aber ..., aber natürlich", versicherte Lena, irritiert durch diese merkwürdige Frage.

Fast der ganze Stall stand leer. Sie hätten noch mindestens dreißig Pferde aufnehmen können.

„Ich weiß, Sie halten mich jetzt für verrückt. Unser Stall ist so gut wie leer. Aber ich möchte Ihrem Mitspracherecht nicht einfach vorgreifen. In Ordnung?"

Lena nickte und freute sich über die anerkennende Geste ihrer Arbeitgeberin.

Sie wurden sich schnell einig und vereinbarten, dass David sein Pferd am nächsten Tag bringen würde.

Kapitel 8

Lena freute sich unheimlich. Sie hatte am Morgen wie versprochen mit Robert Leonhardt telefoniert. Dieser zeigte sich hellauf begeistert von ihrem Vorschlag, eine Reittour durch das umliegende Bergland bis hin zu den Quellen eines kleinen Flusses zu machen. Nur zu gern vereinbarte er mit Lena einen Termin für den übernächsten Tag. Das war ihre erste Tour! Sie war total aufgeregt.

Mit Wanderkarte und Notizblock bewaffnet besprach sie mit Adele sämtliche Einzelheiten. Die Gräfin würde sie nämlich trotz ihrer fortgeschrittenen Genesung noch nicht begleiten können. Doch sie war mit Lena den Weg zu den Quellen bereits schon einmal geritten, und Lena traute sich durchaus zu, ihre Gäste alleine zu führen.

Gegen Mittag fuhren zwei Geländewagen mit Trailern auf den Hof.

Etwas verwundert schlenderte der Knecht Matthis auf die beiden Fahrzeuge zu. Man hatte ihm zwar gesagt, dass heute ein neuer Stallbewohner ankäme, aber seit wann benötigt man zwei Anhänger für ein Pferd?

Matthis kratzte sich umständlich am Kopf. Doch bevor er sich weiter Gedanken machen konnte was es mit den beiden Transportern auf sich hatte, erschienen auch schon seine Schwester und Lena auf der Bildfläche.

Die beiden hatten gerade die Zimmer im ehemaligen Gesindehaus auf ihre Gästetauglichkeit überprüft. Die Zimmer waren klein und einfach eingerichtet, aber in weitaus weniger desolatem Zustand als sie zunächst vermutet hatten. Das einzige Problem war, dass sie über keinerlei Waschgelegenheiten und Toiletten verfügten. Die würde man schon einbauen lassen müssen, um die Zimmer für zukünftige Gäste attraktiv zu machen. Ansonsten könnte man mit etwas Farbe und ein paar neuen Möbeln in naher Zukunft etwa zehn schnuckelige Fremdenzimmer vermieten.

Mathilde und Lena hatten viel Spaß miteinander. Voller Tatendrang malten sie sich gegenseitig aus, was, wo und wie gemacht werden würde. Die Farbe der Wände, der Vorhänge, einfach alles planten sie vor ihren geistigen Augen.

Lena amüsierte sich über die verstaubten Nachttöpfe, die sich zum Teil noch unter den alten Betten befanden.

„Die sind ja zum Schießen. So etwas kenne ich nur aus dem Museum. Die werden aufgehoben. Man könnte sie umfunktionieren als Blumenübertöpfe. Das sieht bestimmt lustig aus!“

Mathilde brachte noch ein paar alte Wasserkrüge und Waschschüsseln zum Vorschein.

„Und was fangen wir mit denen an? Die sind doch auch recht hübsch!?“

Die Haushälterin wollte Lena eigentlich nur aufziehen, doch die war so sehr in ihrem Elan vertieft, dass sie den spöttischen Unterton von Mathilde gar nicht wahrnahm.

„Können wir alles gebrauchen! Damit dekorieren wir später das Treppenhaus und die Gänge. Das sieht dann gleich sehr wohnlich aus. Auch die alten Truhen und Schränke. Die kann man bestimmt wieder restaurieren! Das wird toll aussehen, glaube mir!“

Lena strahlte Mathilde an. Die Haushälterin schüttelte nur lächelnd den Kopf. Dann fasste sie Lena an den Schultern und drückte sie spontan an sich.

„Mei, Mädel, ich glaub wirklich, dass Dich der Himmel gschickt hat. Wenn ma Dir zuhört, kriegt ma wieder so richtig Lust, was auf die Füss zu stellen. Aber jetzt komm, jetzt genehmigen wir uns eine schöne Tasse Kaffee, und vom Kuchen muss auch noch was da sein.“

„Au ja, fein. Auf Deinen Apfelkuchen habe ich jetzt so richtigen Appetit!“

Lena lief beim Gedanken an das leckere Gebäck das Wasser im Mund zusammen. Sie verließen das Gesindehaus gerade als die beiden Fahrzeuge mit ihren Anhängern in den Hof einfuhren.

Dr. Abraham stieg aus dem einen Auto und winkte den verdutzten Bewohnern fröhlich zu. David war bereits aus dem anderen Fahrzeug gestiegen und strahlte.

„ Hallo, alle zusammen. Wie geht's? Ist Adele auch hier?“

Aus dem Inneren der Anhänger waren polternde Geräusche zu vernehmen.

Mathilde, neugierig und entschlossen dem Ganzen auf den Grund zu gehen, stemmte die Hände in die Hüften. Sie zog die Stirn leicht in Falten als sie sich mit aufgeregter Stimme an Viktor wandte:

„Ja, was bringen's uns denn da alles an, Herr Doktor? Ist da a ganze Herde drin, sowie des scheppert?“

„ Nicht ganz, Mathilde. Nicht ganz!“ Der Tierarzt lächelte verschwörerisch.

David, der neben seinem Onkel stand, zuckte nur lässig mit den Schultern.

„Ich bin unschuldig. Ich halte mich da raus. Das hat alles Onkel Viktor angezettelt!“

Der junge Mann öffnete die Klappe des einen Hängers.

Lena sah auf die Hinterteile zweier Pferde. Das eine, ziemlich hoch und breit, gehörte zu Davids Wallach Kiro. Einem graustichelhaarigen Criollo. Eines jener südamerikanischen Arbeitspferde, die größtenteils in wild lebenden Herden geboren werden. Die ersten

Jahre verbringen diese massigen Tiere, die gut über sechshundert Kilogramm auf die Waage bringen, ohne Berührung mit den Menschen, nur mit ihren Artgenossen. Es sind im Allgemeinen sehr robuste Pferde, die jeglicher Witterung trotzen und auch sonst nicht besonders anspruchsvoll sind. Lena kannte diese Rasse bisher nur aus Büchern.

David rief fast zärtlich den Namen seines Pferdes.

„ Kiro! Komm alter Junge! Die lange Reise ist zu Ende. Du darfst jetzt aussteigen."

Er schnalzte mit der Zunge. Langsam kam der Rest des imposanten Tieres zum Vorschein. Bewundernd blickte Lena auf das graue Muskelpaket. Die Mähne und der Schweif waren rabenschwarz. Seidig glänzte das Fell des Wallachs in der Sonne. Eine breite, weiße Blesse auf der Stirn und eine rosarote, samtige Schnute mit den sich unruhig bewegenden Nüstern verliehen dem Tier ein freches, ja lausbubenhaftes Aussehen. Seine schwarzen, wachsam um sich blickenden Augen trugen außerdem noch dazu bei. Neugierig versuchte Kiro sämtliche Witterungen genauestens zu orten.

David gab Kiro ein paar Leckereien, die er aus seiner Hosentasche zog. Laut schmatzend verzehrte er sie genüsslich.

Ein unbeholfenes, fast klägliches Wiehern war zu hören. Lena stieg in den Hänger. Ein Ausruf des Entzückens folgte.

„Ja hallo Süße. Wer bist Du denn? Kleines Baby!“

Ein verschüchtertes Haflingerfohlen, wohl gerade mal sechs Monate alt, guckte Lena mit großen ängstlichen Augen an. Langsam streckte die junge Frau die Hand nach dem schlaksigen kleinen Wesen aus. Vorsichtig schnupperte es daran. Seine weichen Lippen zupften zärtlich an der menschlichen Haut. Sanft begann die Hand das Fohlen zu kraulen. Erst ganz langsam zwischen den Nüstern. Dann wanderten die Finger weiter über die breiten Wangenknochen bis hin zu den Ohren. Das Kleine genoss diese Behandlung sichtlich. Schließlich verpasste es schon weitaus weniger schüchtern Lena einen ungestümen Stupser. Kurze Zeit später führte sie das Fohlen umstandslos aus dem Fahrzeug. Nach der ungewohnten Fahrt wieder an frischer Luft vollführte das Pferdekind erst einmal ein paar Bocksprünge. Lena hatte Mühe, den Führstrick nicht zu verlieren.

„Wer ist denn das, wenn ich fragen darf?“ Lena strahlte zuerst David und dann seinen Onkel an.

„War übrig, auf der letzten Auktion. Wollte keiner haben! Und für den Metzger erschien es mir zu schade. Da haben wir es halt mitgenommen!“ - so der knappe Kommentar des alten Tierarztes.

Mathilde schüttelte nur den Kopf. „Was da wohl Frau Adele dazu sagen wird!“

Matthis half inzwischen Viktor den zweiten Hänger zu entladen. Drei quirlige kleine Shetlandponys kamen zum Vorschein und die beiden Männer hatten alle Mühe diese im Zaum zu halten.

Ungläubig sah Lena David an. „ Und was hat es mit denen auf sich?“

„Das war auch Onkel Viktors Einfall! Sie haben doch keine Ponys für Kinder zum Reiten! Da hat er einfach welche organisiert!“

Entschuldigend rollte David mit seinen wasserblauen Augen und hob abwehrend die Hände.

„Wie schon gesagt, ich kann nichts dafür!“

„ Sie sind ja verrückt!“

Lena lachte über die übermütige Ponyschar, die versuchte trotz ihrer Anbindestricke kreuz und quer den Hof zu erkunden. Von der ersten Überraschung erholt, fand Lena die Idee mit den Ponys ganz lustig. Was wohl Adele davon halten würde?

Auf diese Reaktion brauchte sie nicht länger zu warten. Von der Haustür hörten sie eine entsetzte Stimme: „ Um Gottes Willen, was ist denn hier los?“

Adele hatte sich etwas hingelegt. Durch den Krawall auf dem Hof war sie wach geworden und wollte nachsehen, was los war. Hexe begleitete sie. Als diese die kleinen Shettys sah, freute sie sich unbändig. Spielkameraden, nur wenig grösser als sie selbst! Schwanzwedelnd rannte sie freudig bellend auf die

Neuankömmlinge zu, um sie zu begrüßen. Dieses Bellen verursachte jedoch nur ein noch größeres Chaos.

„Hexe hierher! Aus! Halt den Schnabel, Du dummer Hund!“

Adele rief die verständnislose Hexe zurück

Darf man denn nicht einmal neue Gäste anständig begrüßen? Die Hündin schmollte beleidigt. Mit einem missbilligenden „Umpfh“ ließ sie sich schließlich unwillig neben ihrer Herrin nieder. Eingeschnappt blickte sie demonstrativ in eine andere Richtung.

„Viktor, was hat das zu bedeuten?“

Die Gräfin sah ungläubig auf das Durcheinander.

Der Tierarzt kam strahlend auf seine Freundin zu, einen kleinen, gescheckten Ponywallach im Schlepptau, der sich vergeblich wehrte in die Richtung des eben noch bellenden Monsters zu marschieren.

„Das ist eine Überraschung für Dich, meine Liebe. Du hast doch selbst bemängelt, keine Ponys zu haben.“

Er gab Adele einen Kuss auf die Wange. Sie schob ihn sanft von sich. Streng sah sie ihn an. Doch das Blitzen in ihren Augen verriet, dass sie weitaus weniger böse war, als sie vorgab.

„Die Überraschung ist Dir gelungen. Auf solch verrückte Ideen kannst auch nur Du kommen! Wo hast Du die denn überhaupt her?“

„Ach, die habe ich günstig erstanden! Ein Patient von mir, ein Bauer, hat sie sich angeschafft, für seine Kinder. Jetzt sind die Kinder zu groß und haben außerdem kein Interesse mehr an den Tieren. Und Du weißt ja, ein Tier, das nichts einbringt muss weg. Da habe ich gedacht, bevor sie in die Wurst kommen, - nehme ich sie mit und schenke sie Dir!"

„Hast Du gedacht, ja?! - Ohne mich zu fragen? Du bist ganz schon mutig!"

Adeles Stimme klang schon wesentlich versöhnlicher. Sie ließ Viktor stehen und ging auf die Pferde zu.

„So. In die Wurst solltet ihr kommen?! Dafür seid ihr wirklich zu schade. Na, dann will ich meine Geschenke einmal genau begutachten!"

Sie streckte langsam die Hand nach dem kleinen Schecken aus. Dieser rümpfte zunächst aufgeregt die Nüstern, schnupperte vorsichtig an dem Menschen, um sich dann schließlich willig hinter den Ohren kraulen zu lassen.

„Na, du Süßer. Wie heißt Du denn?"

Viktor antwortete für den kleinen Kerl:

„Das ist der Seppel! Die beiden Mädels da drüben sind Liesel und Reserl! Und dieser Haferschlingelzwerg hat noch keinen Namen!"

Er deutete auf das kleine Fohlen, das keinen Zentimeter mehr von Lenas Seite wich.

Adele nahm ihm Seppel ab. Gemeinsam gingen sie zu den beiden Stuten. Liesel war rappschwarz. Unter den üppigen, dicken Stirnhaaren guckte ein freches Augenpaar hervor. Nicht weniger aufmüpfig wurde die Gräfin von Liesels Tochter Reserl gemustert. Sie war etwas kleiner als ihre Mutter und die Natur hatte bei ihrem Aussehen kräftig experimentiert. Die halbe Kopfseite war schwarz, die andere Hälfte weiß, was ihr ein schwarzes und ein blaues Auge einbrachte. Der Rücken und der Bauch waren weiß, das Hinterteil wiederum schwarz. Noch dazu war sie reichlich gedrungen, besaß ziemlich kurze Beine und einen kurzen Speckhals. Alles in allem erinnerte sie an ein kleines, dickes Fass.

Seppel, ihr Vater, und Liesel hatten ihr beide leider nur die ungünstigen Gene für das Aussehen vererbt. Sie sah so kurios aus, dass man sie eigentlich schon wieder als hübsch bezeichnen konnte. Aber ihrem Aussehen trotzend war sie dennoch ein absolut liebes und treues Pferdchen.

Nachdem Adele die Ponyschar und auch Kiro, den massigen Criollo, der neben den Shettys wie ein gigantischer Riese wirkte, ausgiebig begrüßt und begutachtet hatte, wandte sie sich an Lena und Matthis.

„Wo wollen wir diese Rasselbande nun am besten unterbringen?“

Matthis kratzte sich wieder umständlich am Kopf.

„Für den Großen da habe ich schon eine Box hergerichtet, Frau Adele. Und das Fohlen könnten wir auch noch neben den Anderen in einer Laufbox unterbringen. Aber die drei Zwerge da," er deutete auf die Shettys, „ die können da ja gar nix sehen. Das ist nicht gut."

Er schüttelte den Kopf.

Lena überlegte. Matthis hatte Recht, die kleinen aufgeweckten Ponys würden sich in den hohen Boxen ziemlich unwohl fühlen. Da fiel ihr etwas ein:

„Wir haben doch neben der Futterkammer noch einen unbenutzten Schafstall! Dort müssten wir sie nicht voneinander trennen. Sie hätten genügend Platz und können über das niedrige Gatter auch mehr sehen."

Die Idee fand allgemeine Zustimmung. Gemeinsam machten sie sich an die Arbeit. Lena führte das Fohlen in eine Box neben Moon. Neugierig begutachtete die Stute das Kleine, das wiederum seinen Hals ganz lang machte um mehr von seinem Gegenüber zu sehen.

„Wie soll es denn heißen? Fällt Ihnen ein passender Name ein?"

Die Gräfin bemerkte wohlwollend, dass Lena das kleine Stutfohlen sofort in ihr Herz geschlossen hatte.

„Hm. Ich glaube, Lütte würde gut zu ihr passen. Weil sie noch so klein und zart ist!"

Fragend sah sie Adele an. Die nickte beifällig.

„Lütte. Der Name gefällt mir gut! Zwar etwas ungewöhnlich für diese Breitengrade, aber was ist bei uns schon gewöhnlich!“

Nachdem alle Tiere versorgt waren, lud die Hausherrin David und Viktor zu einem verspäteten Mittagessen ein. Mathilde war bereits vor einiger Zeit in ihrer Küche verschwunden, nachdem sie entsetzt festgestellt hatte, ihr Braten könnte angebrannt sein. Der Schweinebraten, eine besondere Spezialität der Haushälterin, war jedoch ausgezeichnet gelungen. Sie servierte ihn, nicht ohne ein wenig Stolz, zusammen mit Knödeln und Kraut. Adele, Lena, Viktor, David und auch Matthis nahmen hungrig an dem großen Küchentisch Platz. Mit viel Lob für die Köchin, besonders von Lena und David, die die bayerische Küche nicht gewohnt waren, wurde alles restlos verzehrt.

Kapitel 9

Es war sechs Uhr morgens. Lena kuschelte sich noch ein wenig unter ihre Bettdecke. Heute würde sie ihren ersten Wanderritt mit Gästen unternehmen. Schon seit Tagesanbruch schlief sie nicht mehr richtig. Sie döste lediglich immer wieder für ein paar Minuten vor sich hin. Viel zu aufgeregt war sie.

Auf ihrem Bett lümmelten sich wieder diverse Katzen, so dass ihre Beine sich schon ganz steif anfühlten. Sie alle lagen jedoch noch in tiefstem Katzenschlaf. Bis auf einen! Der kleine Mingo, inzwischen des Laufens mächtig, war nun gar nicht mehr müde. Nachdem er sich von Lena sein erstes Flaschenfrühstück geholt hatte, versuchte er eine Zeit lang vergeblich irgendeinen seiner Kumpels zum Spielen zu überreden. Er spielte mit ihren zornig wedelnden Schwänzen. Er biss in ein oder zwei von diesen lustigen Schlangen herzhaft hinein, was ihm jedoch lediglich ein paar Klapse auf die Nase einbrachte, gefolgt von einem ungehaltenen Knurren.

Na dann eben nicht!

Ungerührt seiner Bestrafung machte sich das Katzenkind auf den Weg, in der zarten Morgensonne Lenas Zimmer zu erkunden. Zunächst stand er hilflos am Bettrand und sah in die Tiefe. Er nahm seinen ganzen

Mut zusammen und sprang auf den Boden. Dabei landete er unsanft mit der Nase voran auf den glatten Holzdielen. Das Gesetz der Erdanziehung verursachte dann noch einen wenig eleganten Salto, den der kleine Kater aber auch ungerührt hinnahm. Nachdem er sich kurz gesammelt hatte, tapste er zielstrebig los. Eine Papiertüte in der Ecke war sein erstes Ziel.

Was mochte da wohl drin sein?

Doch seine Beinchen waren noch zu kurz um über den Rand der Tüte schauen zu können. Er ging ein paar Schritte zurück, galoppierte seitlich an und sprang gegen diesen unbeugsamen Feind. Die Tasche fiel um. Mingo war zufrieden. Voller Entdeckergeist krabbelte er in seine eroberte Höhle. Die verschiedensten Gerüche schlugen ihm entgegen, aber zu seiner großen Enttäuschung war die Tüte leer.

Naja, man könnte sie ja zum Katzenhaus umfunktionieren!

Eine Weile saß er in seinem Versteck, kämpfte mit unsichtbaren Gegnern und rollte dabei, samt Tüte über den Boden. Das Rascheln des steifen Papiers verursachte einen unheimlichen Lärm in der Stille dieses friedlichen Morgens. Belustigt beobachtete Lena dieses Schauspiel. Sie war nun hellwach. Vorsichtig schlüpfte sie aus dem Bett, neckte das Katzenkind ein wenig und begab sich ins Bad.

Sorgfältig machte sie sich zurecht. Schließlich wollte sie einen guten Eindruck machen. Mingo saß zu ihren Füssen und beobachtete sie aufmerksam. Als sich

Lena kopfüber nach vorne beugte, um ihre langen Haare zu bürsten, sah er darin die Aufforderung zu einem aufregenden Spiel. Er duckte sich, wie eine erwachsene Katze, die einer Beute auflauert, wartete den richtigen Zeitpunkt ab,.... und... sprang mit ausgefahrenen Krallen in Lenas üppige Mähne. Geschickt hielt er sich in den wallenden Kaskaden fest und schwang damit übermütig hin und her.

„Aua. Du kleines Biest, lass sofort los. Das tut man nicht!“

Vorsichtig entfernte Lena den Lümmel aus ihren Haaren, der nicht so ohne weiteres von seiner eroberten Beute ablassen wollte. Schließlich überließ sie ihm ihre Haarbürste, mit der er sich letztendlich zufrieden gab. Er schubste das stachelige Ding über die glatten Fliesen, um es jedoch sofort wieder einzufangen und biss dann mit seinen spitzen Zähnchen fest zu.

Lena flocht ihre Haare zu einem dicken Zopf und legte dann noch etwas Augen Make-up auf. Prüfend blickte sie noch ein letztes Mal in den Spiegel.

Mit der blitzsauberen Reithose, einer hübschen bunten Bluse und ihrem Hut auf dem Kopf verließ sie kurze Zeit später ihr Zimmer. Verfolgt von der Meute hungriger Katzen sprang sie leichtfüßig die Treppe hinab in die Küche.

Die Leonhardts kamen zeitig auf den Hof. Bereits eine gute halbe Stunde vor dem vereinbarten Termin standen sie perfekt gekleidet im Stall. Lena begrüßte sie herzlich.

Interessiert sahen sie sich um, musterten die Pferde, die wiederum neugierig ihre Köpfe streckten um zu sehen, was zu dieser frühen Morgenstunde in ihrem Stall schon alles passierte.

Zu den Leonhardts gesellten sich noch David und Viktor, die an dem Ausflug auch teilnehmen wollten. Lena war darüber ganz glücklich, denn Viktor kannte sich in der Gegend doch sehr viel besser aus als sie selbst.

Robert sah in seinen perfekt sitzenden, schwarzen Reithosen, glänzenden schwarzen Stiefeln, einem schneeweißen Polohemd und einer ärmellosen weinroten Jacke ziemlich gut aus. Doch seine Frau Gitti stand ihm in nichts nach. Auch sie trug schwarze Reithosen und dazu eine taillierte weiße Bluse, die ihre üppigen Rundungen dezent unterstrich.

Viktor im Reitoutfit war ein für Lena ungewohnter, aber keineswegs lächerlich wirkender Anblick. Bei David tat sie sich schon erheblich schwerer, nicht in lautes Lachen auszubrechen. Der breitkrempige Cowboyhut und das große rote Halstuch mochten ja noch angehen. Aber über ausgewaschenen blauen Jeans trug er wildlederne Chaps mit langen Fransen, jene Überziehhosen amerikanischer Cowboys, mit denen er hier in der wenig wilden Bundesrepublik ziemliches Aufsehen erregen würde. Doch Lena musste sich auch eingestehen, dass David in seiner - wenn auch etwas übertriebenen Kleidung - eine verdammt gute Figur machte.

Nachdem man sich untereinander bekannt gemacht hatte wurden die Pferde aufgeteilt. Robert entschied sich für Mischa, den weißen Oldenburger.

Schweren Herzens überließ Lena Gitti die sanfte Moon. Doch die Stute machte bei Fremden am wenigsten Zicken. Da sie die Reitkünste von Gitti nicht einschätzen konnte, wollte Lena dann doch kein Risiko eingehen. Viktor sattelte sich bereits die Fuchsstute Gina.

Lena selbst würde heute Attila nehmen. Aufgeregt machte sie ihn fertig. Hoffentlich akzeptierte er sie nicht nur als Freund, sondern auch als Reiter!

Übrig blieb nur Ronja, aber sie würde später der kleinen Lütte auf der Weide Gesellschaft leisten. Die Ponys mussten noch warten mit dem Weidegang, weil die Zäune noch nicht für kleine Ausbrecherkönige präpariert waren.

Nach kurzer Zeit machte sich die kleine Karawane auf. Lena führte die Gruppe an. Ihr folgte David auf seinem Kiro, danach kamen die Leonhardts und Viktor bildete das Schlusslicht.

Attila bog stolz seinen Hals durch und ließ Lena spüren, dass auch er sich auf ihren ersten gemeinsamen Ritt freute.

Sie gelangten in ein kleines, rechts und links von massigen Felsen eingesäumtes Tal. Ein verträumt dahin plätschernder, kleiner Fluss lieferte die Hintergrundmusik zu einer gigantischen Naturkulisse. Über einen bequemen Pfad folgte die Reitergruppe dem Fluss zu seinem Ursprung, vorbei an unberührten Feuchtwiesen. Tau hing noch an den Farnen und Wildstauden, die hier ungestört wuchsen. Die kleinen Wassertropfen ließen ein Spinnennetz in den goldenen Sonnenstrahlen wie ein Diadem aus tausenden von Diamanten schimmern. Ein Rudel Gämsen äste auf den kärglich bewachsenen Felsen in einiger Entfernung über ihnen.

Robert und Gitti waren fasziniert. Ständig hörte man Ohs und Ahs aus ihren Mündern. Während der Rest mehr oder weniger schweigend die Schönheit der Natur genossen, plapperten die Beiden pausenlos:

„Sieh mal Schatz, ein Biber!“

Gitti zeigte auf ein kleines Tier, das seinen Kopf gerade aus einer Erdhöhle steckte.

„Ist der nicht süß?“

Viktor klärte sie schmunzelnd auf.

„Das ist kein Biber! Biber leben im Wasser und bauen aus Holz Dämme. Das was Sie da sehen ist ein Murmeltier!“

Unbekümmert ihrer doch recht spärlichen Kenntnisse über Flora und Fauna sprudelte Gitti ihre Eindrücke weiterhin munter aus sich heraus. Sie war eine unkomplizierte Frohnatur und nahm niemandem so leicht etwas übel.

David lenkte seinen Wallach neben Lena. Unbeholfen versuchte er mit ihr Konversation zu machen, was ihm nur kläglich gelang.

„Was hat Sie denn in die bayerische Landschaft verschlagen?“ begann er das Gespräch.

„Na, das gleiche wohl, was Sie hierher geführt hat. Der Zufall, “ entgegnete Lena, ein wenig spitzer als sie es eigentlich vor hatte. Aber dieser gutaussehende, schüchterne Mann verunsicherte sie. Sie hatte grundsätzlich von Männern die Nase voll, und das sollte auch so bleiben. Sie wollte sich nicht eingestehen, dass ihr David eigentlich ganz gut gefiel und dass sie ihn sympathisch fand.

Verdammt, warum konnte er nicht genauso dumm rumbaggern wie andere hübsche Kerls, dann hätte sie wenigstens einen triftigen Grund ihn anzublaffen und ihn ekelhaft zu finden.

David schwieg eine Weile. Dann begann er Lena seine Geschichte zu erzählen. Er erzählte von Argentinien, von seinen Eltern und von der Hazienda auf der er gearbeitet hatte. Eine nicht zu überhörende Bitterkeit schwang darin mit und Lena bereute zutiefst, dass sie so hässlich zu ihm gewesen war.

Sie überlegte, was sie sagen konnte um ihm zu zeigen, dass sie ihn ganz nett fand. Aber er sollte sich nur keine Hoffnungen machen können.

„ Sind ihre Eltern nicht traurig, wenn Sie nun soweit von Zuhause weg sind?“

„Meine Eltern sind beide tot! Erschossen! - Umgekommen in einem sinnlosen Bürgerkrieg, “ entgegnete David tonlos.

„Das tut mir leid!“ Lenas Stimme war fast nicht hörbar.

Schweigend ritten sie weiter. Das Gelände wurde etwas unwegsamer, so dass sie wieder hintereinander reiten mussten. Der Weg stieg an. Langsam begann die Sonne herunter zu brennen. Nach gut zwei Stunden erreichten sie schließlich eine Senke. Das Wasser des Flusses sammelte sich hier zu einem glasklaren kleinen See, dessen tiefblaue Farbe an Kitschpostkarten erinnerte. Sie machten Rast und ließen die Pferde ihren Durst stillen, ehe sie sie im Schatten einiger Bäume festbanden. Lena packte den mitgebrachten Proviant aus. Belegte Brote, frische Laugenbrezen, saftige rote Äpfel und eine Tüte selbstgebackener Kekse bildeten ihr Mahl. Dazu gab es Tee aus Feldflaschen. Mathilde hatte an alles gedacht.

Nach dem Essen wollten Robert und Gitti unbedingt im See baden. Wie zwei ungestüme Kinder rannten sie am Ufer entlang bis sie eine seichte Stelle fanden. Ungezwungen entledigten sie sich ihrer Kleidung und sprangen laut kreischend in das kalte Nass.

Viktor sah nach Gina, die sich unterwegs an einem hervorstehenden Felsen verletzt hatte. Doch die Wunde war nur oberflächlich und begann bereits zu verkrusten.

Lena und David saßen alleine auf einem flachen Plateau am Ufer des Sees. Nachdenklich starrten sie in das tiefe, klare Wasser.

„David“ begann sie ohne ihn dabei anzusehen, „es tut mir leid, dass ich vorhin so schroff zu Ihnen war! Ich wollte das nicht wirklich. Das müssen Sie mir glauben!“

„Sag doch einfach Du zu mir“ fiel ihr David ins Wort, ohne weiter auf ihre Entschuldigung einzugehen. „Wenn wir uns in Zukunft öfter sehen auf dem Hof, müssen wir doch nicht so förmlich miteinander umgehen.“

Er sah Lena mit seinen unergründlichen blauen Augen an. Sie konnte darin keinerlei zweideutige Absichten erkennen. David meinte es genauso, wie er es sagte.

„Natürlich“, versicherte ihm Lena langsam, „ lass uns Du zu einander sagen!“

„Normalerweise besiegelt man so etwas doch mit einem Kuss, oder? Wenn Du also gestattest!“

Also doch. Er war genauso wie alle Männer.

Lena ärgerte sich über sich selbst, doch ehe sie sich versah, gab ihr David einen Kuss. Es war keiner jener Küsse, bei denen als nächstes die Hand unter der Bluse verschwindet und die andere nach dem Po greift. Es war ein schlichter, freundschaftlicher Wangenkuss. Davids Lippen berührten Lena nur sanft, um sofort wieder schüchtern von ihr ab zu lassen. Lena schoss die Röte ins Gesicht. Nicht nur wegen des Kusses, sondern eher, weil sie David fast eine Ohrfeige verpasst hätte nach der Aufforderung zu der vermeintlichen, intimen Zärtlichkeit. Zum Glück hatte er sie so überrumpelt, dass es nicht dazu kam.

Viktor kam zurück. Und mit ihm auch Robert und Gitti. Ausgelassen berichteten sie von ihrem Badeabenteuer im eiskalten See. Sie plauderten munter darauf los, so dass niemand das betretene Schweigen von Lena bemerkte.

Die Sonne stand jetzt hoch am Himmel und gnadenlos brannten ihre Strahlen auf die kleine Reitergruppe hernieder als sie den Rückweg antraten. Reiter und Pferde versuchten sich möglichst im Schatten der wenigen Bäume zu bewegen, um so der Glut ein wenig zu entgehen.

Am späten Nachmittag erreichten sie Hohenstein. Ein wenig erschöpft, aber in bester Laune. Sie versorgten die Pferde und brachten sie anschließend auf die große Weide, wo bereits Ronja und Lütte warteten. Lütte scharwenzelte auch gleich um die Neuankömmlinge herum, doch die waren viel zu müde zum Spielen. Sie wollten nur noch ihre Ruhe und genüsslich Gras fressen.

Die Menschen beobachteten noch eine Weile das friedliche Bild der grasenden Herde.

Der Tag war ein voller Erfolg gewesen. Lena lag noch wach in ihrem Bett und ließ die Erlebnisse Revue passieren. Am Abend hatte Adele, mit Hilfe von Mathilde und Matthis, zu einem zünftigen Grillfest mit allem drum herum geladen.

Nachdem Unmengen von Steaks, Würstchen, Kartoffelsalat und auch eine ziemliche Menge an frischem Fassbier vernichtet worden war, verabschiedete man sich voneinander.

Robert und Gitti umarmten Lena zum Abschied. Sie waren begeistert, doch leider war ihr Urlaub morgen zu Ende.

„Wir kommen, sobald es geht, an einem Wochenende wieder und wiederholen den heutigen Tag," sagte Gitti und strahlte von einem Ohr zum anderen. Ihre Stimme schwankte leicht, das Bier hatte ihr sehr gut geschmeckt.

Ihr Ehemann nahm sie fürsorglich in den Arm und fügte hinzu: „Ja, und außerdem werden wir Euch bei unseren Reiterkollegen weiter empfehlen. Mit so einer faszinierenden Landschaft können wir bei uns nicht aufwarten. Es war toll. Echt! Wir waren beide überwältigt. Vielen, vielen Dank!"

Er zückte sein Scheckbuch und füllte einen Scheck über fünfhundert Euro aus, den er Lena überreichte. Ungläubig starrte sie auf die Summe, das war viel mehr, als vereinbart war.

Doch Robert lächelte nur.

„Nimm es nur", er war inzwischen auch zum Du übergewandert, ohne Kuss, „Ihr könnt es gebrauchen. Wir werden Euch so viele Leute schicken, dass es sich auch lohnen wird, das Gästehaus herzurichten. Wartet mal ab."

Er drückte Lenas Hand.

Gitti verabschiedete sich gerade von David.

„Pass gut auf das Mädchen auf", sagte sie mit verschwörerischer Stimme, „sie ist was ganz besonderes."

David errötete. Zum Glück hatte Lena Gittis letzte Bemerkung nicht mitbekommen.

Viktor und David machten sich auch gleich mit auf den Weg.

Lena gähnte herzhaft. Langsam machte sich eine bleierne Müdigkeit breit und sie fiel in einen tiefen Schlaf.

Ein schüchternes Wiehern ließ sie auffahren. –

Da, wieder. Sie stand auf und sah aus dem offenen Fenster. Im Schein des Mondlichts sah sie ein kleines hilfloses Wesen da unten im Hof stehen.

„Lütte! Wo kommst Du denn her?"

Das Fohlen sah zu ihr hinauf, wieherte wieder kläglich.

Schnell zog sich Lena Hose und Schuhe über und verließ ihr Zimmer. Im Flur holte sie aus einem Schrank noch eine starke Taschenlampe, die dort für Notfälle deponiert war. Unten kam ihr Hexe entgegen, die sie sofort freudig begleitete.

Lütte kam schnell auf sie zu gelaufen und rieb ihren Kopf an Lenas Schulter.

„He Du, was machst Du denn mitten in der Nacht hier, so ganz alleine?"

Lena steckte ihr ein Leckerchen zu. Unschlüssig, was sie jetzt tun sollte, stand sie hier mit dem kleinen Haferschlingel. Wie mochte sie wohl den Weidezaun überwunden haben, und vor allem, ist was mit den Anderen passiert?

„Hexe, komm wir bringen die Kleine wieder zurück auf die Weide und sehen nach ob alles in Ordnung ist."

Für so eine Abwechslung war die Hundedame immer zu haben. Spaziergang im Finstern ist bestimmt lustig! Und so marschierten die drei im Schein der Taschenlampe und des Mondlichtes den holprigen Weg entlang zur Weide.

Dort angekommen, suchte Lena den ganzen Zaun nach Schlupflöchern ab, konnte aber nirgends welche entdecken. Lütte musste sich also unten durch gezwängt haben. Sie machte neben einem Pfosten eine leichte Kuhle aus, die Lütte wohl ausgenützt hatte um unter dem Draht des Elektrozaunes hindurch zu schlüpfen ohne sich den unangenehmen Stromschlägen auszusetzen.

Alle anderen Pferde waren noch da und kamen auch gleich freudig angelaufen.

„Du kleines Biest. Du darfst doch nicht einfach abhauen. Gleich Morgen werde ich Matthis Bescheid geben, dass er den Zaun verstärkt!

Sie öffnete den Zaun und bugsierte Lütte wieder hinein. Die Kleine gesellte sich sofort zu Moon und Gina, warf aber Lena noch mal einen verschmitzten Blick zu, als ob sie sagen wollte: *Hab ich fein gemacht, gell!?*

Lena suchte ~~sie~~ nach etwas, um die Kuhle etwas zu füllen. Sie fand nur ein paar große Steine. Aber die würden Zweck bis zum Morgen schon erfüllen.

Zufrieden mit ihrem Werk machte sie sich wieder auf den Heimweg.

Plötzlich knackte es im Gebüsch neben ihr. Hexe knurrte leise. Zu Tode erschrocken leuchtete Lena auf die Stelle, aus der das Geräusch kam. Ein paar grüne Augen funkelten sie geheimnisvoll an. Der schwarze Körper schien mit dem Hintergrund verschmolzen zu sein.

„Bastet! – Für heute habe ich eigentlich schon genug Aufregung hinter mir. Musst Du mich jetzt auch noch so erschrecken!“

Lena beugte sich zu der Katze hinab. Majestätisch, ohne den Hund zu beachten, der es nicht wagte, dieses seltsame Tier zu berühren, ließ sie sich von der Menschenhand streicheln. Kurz nur. Schien es doch, als ob diese Königin unter den Katzen eine wichtige Aufgabe zu erfüllen habe.

Es war kein Zufall, dass sie genau an dieser Stelle auf Lena wartete. Sie wollte sie einem großen Geheimnis näher bringen. Bastet lief ein paar Schritte in die Richtung, aus der sie gekommen war. Dort drehte sie sich um, um sicher zu gehen, dass Lena ihr folgte. Klopfenden Herzens kam diese der Aufforderung nach. Sie wagte es nicht, ihr zu widersprechen. Trotz der Taschenlampe stolperte sie jedoch mehr, als sie lief.

Was wollte ihr die schwarze Kätzin sagen?

Immer wieder sah sich Bastet nach Lena um. Wartete fast ungeduldig, dass diese sich beeilen möge. Hexe hingegen fand diese Art Wanderung äußerst spaßig und lief mit der Nase auf dem Boden hin und her.

Nach ein paar hundert Metern durch unwegsames Gelände trafen sie auf einen wohl seit langem unbenutzten Fußpfad. Nur andeutungsweise konnte Lena den Weg ausmachen. Er war mit Dornen und Gestrüpp zugewuchert. Aber es musste hier vor kurzem jemand entlang gegangen sein. Die Pflanzen waren niedergetreten.

Durch das fahle Licht des Vollmondes wurden gespenstische Schatten auf die Szenerie geworfen.

Das Herz klopfte Lena jetzt bis zum Hals. Sie war fest der Meinung, dass jemand, wäre er in der Nähe, das Klopfen hören müsse. Sie hatte sich nie für besonders mutig gehalten. Was sie in dieser Nacht dazu trieb, mit einem Hund und einer Katze durch die Finsternis zu irren, konnte sie sich nicht erklären. Es war, als ob eine unsichtbare Hand sie mit sich zog.

Bastet wartete. Sie befand sich vor ein paar Felsen, die durch Brombeerbüsche fast vollständig verdeckt waren. Lena trat vorsichtig näher. In das Gestrüpp war eine Schneise geschlagen. Die so entstandene Lücke gab die Sicht auf den Eingang einer Höhle frei.

Lena lauschte angespannt. Aber sie konnte keinerlei Geräusche ausmachen. Zielstrebig drängte Bastet die Menschenfrau in die finstere Höhle. Lena fasste Hexe am Halsband um sie bei sich zu halten. Sie leuchtete den Eingang ab, bevor sie langsam mit geducktem Oberkörper eintrat, um von der Schwärze der Höhle aufgesogen zu werden.

Ein in den Fels gehauener, schmaler Weg führte in das Innere des Berges. Es schien ein alter Bergwerksstollen zu sein. Rechts und links gingen immer wieder Abzweigungen ab, die jedoch bereits meistens nach wenigen Metern endeten. Bastet schenkte den Seitengängen keine Beachtung.

Sie kannte den Weg genau. War sie ihn doch schon oft genug gegangen.

Kalt wurde es. Lena fröstelte. Sie trug nur ein dünnes T-Shirt. Eine leichte Gänsehaut breitete sich aus. Da hörte sie plötzlich Schritte. Hexe die Schnauze zuhaltend, schlich sie schnell in einen der Seitengänge, schaltete die Taschenlampe aus und versteckte sich in der Dunkelheit.

Wo war Bastet? Und ... wem gehörten diese Schritte?

Lena hielt den Hund zur Ruhe an, sie wollte auf keinen Fall entdeckt werden. Ein Lichtschein kam näher. Lenas Puls raste. Ängstlich hielt sie den Atem an.

Nur nicht entdeckt werden!

Schwere Stiefelschritte hallten durch den Gang. Im schwachen Licht einer Taschenlampe konnte Lena eine schwarzgekleidete Gestalt ausmachen. Es war zweifellos ein Mann. Der aber hatte den Mantelkragen hochgeklappt und eine schwarze Mütze tief ins Gesicht gezogen, so dass sie sein Gesicht nicht ausmachen konnte.

Der Fremde ging an dem Seitengang vorbei, ohne Lena und Hexe zu bemerken. Er fühlte sich allem Anschein nach ziemlich sicher hier unten. Doch wer würde schon mitten in der Nacht in einer geheimen Höhle umher spazieren?

Lena wartete bis die Schritte verstummten. Dann schlich sie sich leise aus dem Versteck. Empfindlich rümpfte sie die Nase. Der Fremde hatte seinen Geruch hier gelassen. Von irgendwo her kam ihr der Geruch des Rasierwassers bekannt vor.

Sie machte ihre Taschenlampe wieder an. Da stand vor ihr, mit erhobenem Haupt die schwarze Gestalt von Bastet.

„Wo warst Du denn?“ Lenas Stimme war nur ein leises Flüstern, als ob man sie sonst hören könnte.

Ein forderndes Miauen kam zur Antwort.

Wieder liefen die Drei den Hauptgang entlang, bis sich nach etwa zweihundert Metern der Weg gabelte. Lena leuchtete beide Richtungen aus ohne ein Ziel erkennen zu können. Bastet nahm die rechte Seite und so folgte sie ihr dorthin weiter. Der Höhlentunnel wurde immer schmäler und auch hier bogen wieder Seitenschächte ab. Bei sich dachte Lena, dass sie hier nie wieder alleine herausfinden würde, aus dem Gewirr von Schächten.

Was hier wohl einst abgebaut wurde?

Die Holzbalken zum Abstützen der Gänge waren zum Teil schon ziemlich vermodert. Einige von ihnen sahen nicht mehr besonders vertrauenserweckend aus.

Lena überlegte, wie lange sie schon hier unten war. Durch die Aufregung hatte sie jegliches Zeitgefühl verloren. Doch ehe sie sich versah, endete der Weg abrupt und mündete in einen kleinen runden Raum. Sie sah sich um. An den Wänden hingen Fackelhalter. Blass erkannte man ein gemaltes Wappen.

Irgendwo hatte sie dieses Wappen schon einmal gesehen?

Ein Pferdekopf zwischen roten und gelben Streifen und Punkten. Es musste das Wahrzeichen von Hohenstein sein. Lena schwenkte ihre Taschenlampe weiter. Eine hölzerne Wendeltreppe führte nach oben. Bastet wartete bereits auf der ersten Stufe. Neugierig folgte ihr Lena. Hexe gefiel dieses altersschwache Bauwerk mit den offenen Stufen überhaupt nicht. Aber sie folgte, mit ausgezogenen Krallen, tapfer ihrer Menschenfreundin und dieser Katze, vor der sie sich schon überhaupt keine Blöße geben würde. Die Treppe schien nie enden zu wollen, endlos folgte Stufe auf Stufe, bis sie plötzlich vor einer schweren Holztür standen. Quietschend öffnete Lena die Tür und trat ein.

Ein mulmiges Gefühl machte sich immer mehr breit.

Sie befanden sich in einem kleinen fensterlosen Zimmer. Die Wände waren im Gegensatz zur übrigen Höhle glatt verputzt und getüncht. Ein verschlissener Teppich, wohl einst sehr wertvoll, lag auf dem mit Holzdielen versehenen Boden. Eine große hölzerne Truhe stand in der einen Ecke, ein reich geschnitzter, massiger Schrank in der anderen. Ein grober Tisch und ein Stuhl vervollständigten die Ausstattung. Lena versuchte die Truhe und den Schrank zu öffnen. Vergeblich. Sie waren verschlossen. Mit der Taschenlampe leuchtete sie den ganzen Raum ab.

Aus welchem Grund richtete jemand mitten in einem Berg solch ein Zimmer ein?

Bastet sprang auf den Tisch. Lena leuchtete ihn ab. Eine alte Öllampe und ein modernes Einwegfeuerzeug konnte sie darauf entdecken. Um besser sehen zu können entzündete sie die Lampe. Der Raum erhellte sich. Die Atmosphäre wirkte befremdend auf Lena. Es roch nach Moder und … Sie konnte noch einen anderen Geruch ausmachen. Da war wieder dieser würzige Duft von dem Rasierwasser, das sie vorhin schon in den Höhlen wahrgenommen hatte. Der Fremde war also auch hier gewesen!

Irgendwo hatte sie auch dieses Parfum schon einmal gerochen. Angestrengt überlegte sie.

Matthis? Nein, der benutzte nur so einen billigen Fusel. Dies hier war weitaus teurer. - David!

Sie konnte sich erinnern, dass ihr dieser Duft aufgefallen war, als er in den Stall kam um sich vorzustellen.

Aber woher kannte David diese Höhle, diesen Raum unter der Erde? Er war doch erst vor kurzer Zeit aus Argentinien hierhergekommen.

Lena war sich sicher, tief unter der Erde zu sein. Sie hatte jede Orientierung verloren.

Bastet war es, die sie aus ihrer Grübelei weckte. Mit ihren Krallen versuchte sie, die eine Ecke des Teppichs zurück zu schlagen. Durch hartnäckige Besessenheit gelang es der kleinen Katze auch, das schwere Teil vom Boden auf zu heben, aber es fiel immer wieder zurück in seine Ausgangsstellung.

Lena packte mit an. Sie schlug den zerschlissenen Teppich schließlich zurück. Bastet ging prüfend mit ihrer Nase über die Dielen. Dann hielt sie inne und sah Lena mit ihren großen Augen an.

„Was ist da?“

Die junge Frau leuchtete sorgfältig die Stelle auf dem Boden ab. Die eine Diele schien locker zu sein. Mit den Fingernägeln versuchte Lena das Brett anzuheben. Vergeblich! Sie sah sich nach etwas um, mit dem sie mehr Erfolg haben würde, aber sie konnte nichts entdecken.

„Keine Chance, Bastet, ohne Werkzeug kriegen wir diese Planke nicht hoch. Wir müssen beim nächsten Mal etwas mitbringen!“

Sie strich dem Tier über den Rücken, das mit aufragendem Schwanz um sie herum strich. Lena wurde bewusst, was sie eben gesagt hatte. Sie war fest entschlossen, wieder zu kommen. Nachdem sie hier heute Nacht nicht weiterkommen würden, schlug sie den Teppich wieder zurück.

Bastet war inzwischen bereits weiter gegangen, um sie auf etwas Neues aufmerksam zu machen. Laut miauend schlich sie an der Wand entlang. Lena hielt die Lampe an die Wand. Sie tastete suchend die Mauer ab, bis sie einen losen Stein fühlte. Diesen konnte sie mühelos herausziehen. Dann wartete sie gespannt ab, was passieren würde.

Durch einen Mechanismus schwang ein Teil der Mauer auf und gab die Sicht auf einen weiteren Raum frei. Dieser hatte Fenster und durch das hereinfallende Mondlicht konnte Lena die Umrisse der Möbel klar erkennen.

Sie sah eine Pferdestatue auf einem Tisch und ein paar Reitstiefel in der Ecke. Die Plüschtiere auf dem Bett.

-

Das war Theresas Zimmer!

Beklommen stand Lena in dem Raum. Ihr war, als ob sie die Anwesenheit der Verschwundenen spüren könne. Sie wusste, dass sie einem großen Geheimnis auf der Spur war. Und Bastet war der Schlüssel dazu. Sie hatte sie hierher geführt. Lena konnte zwar noch keine Zusammenhänge erkennen, zwischen Theresas Verschwinden vor mehr als dreizehn Jahren und diesen Geheimgängen. Und vor allem zu dieser schwarzen Katze. Wäre Bastet damals dabei gewesen, müsste sie jetzt schon uralt sein. Doch rein äußerlich schien sie alterslos zu sein. Sie strotzte vor Muskeln, verfügte über ein schneeweißes, makelloses Raubtiergebiss und ihr Fellkleid glänzte samtschwarz ohne ein einziges weißes Härchen. Keinerlei Anzeichen für eine über dreizehn Jahre alte Katze.

Aber Lena war nun fest entschlossen, diese Sache aufzuklären. In ihr war ein unerklärlicher Detektivgeist erwacht. Sie versuchte die Tür zum Flur zu öffnen, doch die war logischerweise von außen versperrt. Also blieb ihr nichts anderes übrig, als den Rückweg wieder durch den Gangdschungel auf sich zu nehmen. Sie schloss die Wand, löschte die Öllampe und machte sich mit Hexe, die inzwischen ein kleines Nickerchen gemacht hatte, und Bastet auf den Weg.

Als sie schließlich müde und erschöpft den Hof erreichten, graute bereits der Morgen. Leise schlichen sich Lena und Hexe ins Haus um niemanden zu wecken. Unangenehme Fragen waren das Letzte, was sie jetzt noch hören wollte.

Bastet hatte sich unterwegs schon davon gemacht. Plötzlich war sie, so still und leise wie sie gekommen war, auch wieder verschwunden.

Kapitel 10

Robert und Gitti hielten Wort. Jedes Wochenende reisten Menschen aus ihrem schier unendlichen Bekanntenkreis in Hohenstein an, um die wunderschöne Gebirgslandschaft zu Pferde zu erforschen.

Zum Teil brachten sie ihre eigenen Pferde mit und stellten sie im Stall des Gutes unter. Die Gäste selber schliefen dann im dörflichen Gasthof, was allerdings nur eine Zwischenlösung sein sollte.

Auf Hohenstein wurde bereits begonnen das alte Gesindehaus herzurichten. Für den Anfang sollten drei der Zimmer zu zweckmäßigen, netten, kleinen Appartements ausgebaut werden. Handwerker aus der Stadt errichteten Bäder und auch Kochgelegenheiten für die Urlauber, die sich gerne selbst versorgen wollten. Ansonsten sollte das große Wohn- und Speisezimmer im Haupthaus zum Speisesaal und Aufenthaltsraum für Gäste umfunktioniert werden.

Die Arbeiten waren in vollem Gange.

Auch das Ponyreiten hatte eingeschlagen wie eine Bombe. Zweimal wöchentlich überfiel eine Schar kreischender Stadtkinder das Gut, um dann auf dem Reitplatz zu Adeles geduldiger und einfühlsamer Stimme folgsam im Kreis herum zu zuckeln und spielerisch in die Kunst des Reitens eingeführt zu werden. Die drei Ponys reichten natürlich bei weitem nicht aus, um dem Andrang gerecht zu werden. Moon und Mischa wurden zusätzlich für die etwas größeren Kinder eingesetzt.

Doch bereits nach einigen Wochen wurde entschieden, dass noch Ponys dazu gekauft werden mussten. Da passte es gut, dass nur wenige Kilometer entfernt eine Pferdeauktion stattfinden sollte.

Adele fuhr mit Viktor in dem einen Wagen, Lena sollte mit David fahren. Die Gräfin hatte sich in den Kopf gesetzt die Beiden zu verkuppeln.

Und wenn sie schon nicht selber darauf kamen, dass sie zueinander passten, dann musste man eben etwas nachhelfen!

Unterwegs verhielt sich Lena wieder ziemlich kühl zu David, denn nach dem Erlebnis in dem Höhlengang wusste sie nicht, ob sie ihm trauen sollte. Sie konnte sich zwar immer noch nicht vorstellen, was er in jener Nacht in der Höhle gesucht haben mochte, aber darauf ansprechen wollte sie ihn auch nicht. Noch nicht.

David sprach über allerlei belanglose Dinge, fragte sie dies und das. Lenas knappe Antworten schien er geflissentlich zu überhören.

Nach etwa fünfzehn Minuten Fahrzeit erreichten die beiden Fahrzeuge mit ihren Trailern den Parkplatz des Auktionsgeländes. Es herrschte Trubel wie auf einem Jahrmarkt. Unmengen von Pferden wurden aus ihren Transportern ausgeladen. Die meisten ließen das mit einer stoischen Gelassenheit über sich ergehen. Es gab aber auch ein paar hektische Nervenbündel, die meinten sie müssten jetzt ausflippen.

Ein schwarzer, arabischer Vollbluthengst bekam einen derartigen Koller, dass er sich von seinem Führer losriss, in wilder Panik über den Parkplatz galoppierte und dabei über die Führerhaube eines parkenden Mercedes sprang - nicht ohne die Motorhaube des Wagens total zu demolieren.

Eine kreischende Menschenmenge und andere, jetzt auch scheuende Pferde gaben der durchgeknallten Kreatur den Rest. Er fand nirgends einen Weg, der ihn von diesem, für ihn schrecklichen Platz wegführte. Er bäumte sich verzweifelt auf, schlug anschließend mit den Hinterhufen die Heckscheibe eines Kombis ein und verbog außerdem noch ein paar Stoßstangen. Aus seinem Maul tropfte bereits Schaum, sein ganzer Körper bebte und war mit Schweiß bedeckt. Die Menschen auf dem Parkplatz versuchten hauptsächlich sich oder ihre Pferde vor dieser wild gewordenen Bestie in Schutz zu bringen. Der Besitzer des Arabers bemühte sich angestrengt sein Tier wieder einzufangen. Er rannte wie wild hinter ihm her und rief dabei seinen Namen, was den Araber noch mehr aufregte. Scheinbar kamen die beiden nicht so gut miteinander aus. Sobald der gute Mann auf ihn zu ging und ihn fassen wollte, stieg der Hengst vorne hoch und rannte davon.

Lena, Adele und Viktor standen etwas abseits und verfolgten von dort den Ausbruch des Hengstes.

Eine große Gestalt stellte sich plötzlich in den Weg des galoppierenden Pferdes. Ein Raunen ging durch die umher stehende Menschenmenge. Nur ein Verrückter könnte so etwas tun. Doch niemand hielt ihn von seinem Handeln ab. Zu groß war die Sensationslust.

„Was ist denn das für ein Irrer da hinten?"

Lena hörte Viktors Stimme nur von fern. Schreckensbleich stand sie da. Sie hatte den Mann erkannt, der wahnwitziger weise dieses Tier aufhalten wollte. Sie versuchte zu schreien. Doch es kam nur ein Flüstern über ihre Lippen.

„David!"

Der junge Tierarzt stand immer noch da. Ruhig und gelassen. Wenn der schwarze Hengst an ihm vorbei wollte, so musste er ihn überrennen. David war sich bewusst was er tat.

Verzweifelt versuchte Lena mit dem Hengst Kontakt aufzunehmen. Angestrengt sah sie in seine Richtung und in ihrem Kopf hämmerte nur ein Gedanke.

Lieber Gott, lass David nichts passieren!

Endlich gelang es ihr das aufgeregte Pferd zu erreichen.

Ihre innerlich Anspannung verdrängend, schloss sie nun die Augen und konzentrierte sich voll und ganz auf das Tier.

Er wird Dir helfen! ...flüsterte sie in Gedanken...Er ist Dein Freund...!

Der Araber blieb abrupt stehen. Sein Blick wanderte zu Lena und von Lena weiter zu David. Nervös drehten sich seine Ohren im Kreis.

Vertrau ihm...dachte Lena inbrünstig weiter.......sie zeigte dem Pferd vor ihrem inneren Auge auf, wie David es von diesem schrecklichen Ort wegführte.

Immer noch etwas verunsichert tänzelte das Tier auf der Stelle.

Langsam hob David die Arme und bewegte sich vorsichtig auf ihn zu.

„Wow, --- Großer, ich tu Dir nichts. Bleib einfach stehen. Beruhige Dich wieder. Dir passiert nichts."

Davids Stimme klang sonor. Der Hengst verlangsamte seine Bewegungen. Er war noch etwa acht bis zehn Meter von David entfernt. Aufgeregt schnaubte er, hob heftig den Kopf auf und nieder.

David ging wieder einen Schritt auf den Schwarzen zu.

„Wow, wow. Du bist doch ein ganz Feiner. Es ist alles gut. Komm jetzt her zu mir!"

Im Zeitlupentempo ließ David die Arme herabsinken. Er näherte sich noch ein wenig mehr dem Tier.

Die schwarzen stechenden Augen waren herausgequollen, so dass man das Weiße des Augapfels erkennen konnte. Der Hengst scharrte jetzt mit dem Vorderhuf. Seine Ohren kreisten immer noch, um eventuelle Angreifer von hinten aus zu machen. Doch da war niemand. Er blähte die Nüstern.

David stand jetzt so nah vor ihm, dass er ihn fast am Halfter greifen konnte, doch er tat es nicht.

Fasziniert starrte Lena regungslos auf dieses gefährlich anmutende Schauspiel. Sie hätte nie gedacht, dass ausgerechnet David der Typ Mann war, der so gut mit Pferden umgehen konnte.

Sie hatte den Pferdeflüsterer gesehen, die Autobiographie von Monty Roberts gelesen, und sich auch sonst schon viel mit dem Wesen der Pferde beschäftigt. Aber was sie hier hautnah miterleben durfte, war mehr als jedes Lehrmaterial ihr jemals beibringen würde.

„Der Kerl ist verrückt! Der ist lebensmüde! Anders kann man das gar nicht bezeichnen!"

Viktor redete eigentlich mehr zu sich selbst als zu den beiden Frauen neben ihm. Nervös zündete er sich eine Zigarette an.

Nur Adele machte sich keinerlei Gedanken. Selbst erfahrene Pferdekennerin, hatte sie schon bei der ersten Begegnung erkannt, dass David eine außergewöhnliche Hand für diese Tiere hatte. Sie sah es am Umgang mit seinem Wallach Kiro, wie er mit ihm sprach, ihn behandelte. Für David war Kiro nicht einfach ein

Pferd, er war sein treuester Freund. Die beiden würden einander nie im Stich lassen. Sie gehörten zusammen. Auch die anderen Pferde in ihrem Stall fassten schnell Vertrauen zu ihm. --- Er würde auch diesen wilden Hengst wieder lammfromm machen.

Auch Lena hatte sich nun beruhigt. Der Hengst signalisierte ihr, dass er ihr glaubte, er wollte aufgeben und sich hier wegführen lassen.

Zufrieden entspannten sich ihre Gesichtszüge. Bewundernd beobachtete sie den Verlauf der Szene. Dabei war ihr gar nicht bewusst, dass es David in erster Linie auch ihrem Zutun zu verdanken hatte, dass er die Situation so schnell in den Griff bekam.

Im leicht von dem Tier abgewandten Blick redete David nun mit leiser Stimme auf den Araber ein. Der konnte sich immer noch nicht so ganz entscheiden, ob er stehenbleiben oder wieder davonrennen sollte. Schließlich stupste er den Mann vorsichtig an. Ganz sanft zuerst. Dann etwas fordernder. Dazu wieherte er nur noch leise. Es klang fast wie das Brabbeln eines Kleinkindes.

David zeigte ihm seine Hand. Ließ ihn ausgiebig daran Witterung nehmen. Die Muskulatur des Pferdes entspannte sich zusehends. Nun zupfte er mit seinen weichen Lippen an der Hand. Eine sabbernde Pferdezunge kam zum Vorschein und begann die Hand abzulecken.

Um ihn nicht wieder zu erschrecken nahm David seine zweite Hand sehr langsam dazu, streichelte die

Nüstern und dann die Wangen des Tieres. Dann tastete er sich zum Halfter vor und hielt den Hengst fest. Dieser machte jetzt auch keine Anstalten mehr zu bocken. Er hatte sich beruhigt. Willig ließ er sich zu seinem eigentlichen Besitzer führen, der dem Ganzen nur mit offenem Mund beigewohnt hatte.

Kopfschüttelnd bedankte er sich bei David, ehe er den wieder lammfrommen Vollbluthengst zu seinem Transporter führte.

Viktor schalt seinen Neffen, dass er so töricht gewesen war, doch dieser lachte nur.

„Es ist doch nichts passiert, oder? Ich wusste, dass er mir nichts tun würde. Ich sah es in seinen Augen."

Dies war sein ganzer Kommentar. Adele klopfte ihm aufmunternd auf die Schulter.

„Das war phantastisch. Sie haben die Gabe, die nur wenigen Menschen gegeben ist. Sie können mit den Tieren in ihrer Sprache reden!"

Und ganz leise fügte sie hinzu, dass es nur David verstehen konnte: „Ich kenne da noch jemanden, der das kann. Diejenige weiß das nur selber noch nicht so richtig. Aber sie wird es schon irgendwann verstehen."

Auf Davids verständnislosen Blick zeigte sie mit einem leichten Nicken auf Lena, die ihnen den Rücken zuwandte.

Die Auktion selbst war für Lena ein weiteres spannendes Erlebnis. Es gab Pferde aller Rassen und Altersgruppen.

Für ihren Zweck erstanden sie fünf verschieden große Ponys in den unterschiedlichsten Farben und Jahrgängen. Es waren drei Stuten und zwei Wallache im Alter zwischen sieben und zwanzig Jahren. Eigentlich waren vier Tiere vereinbart. Jeder sollte sich eines aussuchen dürfen. Aber natürlich kam es dann doch ein wenig anders.

Adele hatte schnell eines gefunden, eine schokoladenbraune Stute mit hellem Schweif und heller Mähne. Viktor entschied sich für einen kleinen Fuchswallach. Auch David war mit dem Besitzer seines Favoriten, einer zierlichen Schimmelstute, sehr schnell einig.

Nur Lena konnte sich nicht entscheiden. Eigentlich fand sie alle Pferde wunderschön. Besonders eine pummelige Tigerscheckstute, ein American Pony mit auffallenden großen, schwarzen Tupfen hatte es ihr angetan. Doch auch ein blauäugiger Pinto Wallach, mit einem Stockmaß von etwa 120cm und wunderschöner rotweißer Zeichnung guckte sie mit unschuldigen großen Augen an.

Sie stand vor den beiden und überlegte angestrengt.

Adele trat hinter sie und nahm ihr die Entscheidung ab.

„Sie sind beide sehr hübsch und sehr lieb, nicht wahr?“

„Ja, sie sind alle lieb. Ich könnte sie alle mitnehmen! Das ist ja das Problem! Nur, das geht schließlich nicht. Bei aller Sympathie. Welcher gefällt Ihnen besser?"

Lena sah die Gräfin an und seufzte.

Adele musterte beide Tiere noch einmal eingehend. Dann wendete sie sich an den Verkäufer und begann mit ihm zu verhandeln.

„Guter Mann", begann sie, mit geschäftstüchtiger Miene, „was sollen die beiden hier zusammen kosten?"

„Die Scheckstute kostet zweitausend und den Pinto können Sie für tausend haben. Es ist an und für sich ein prachtvolles Pferd. Nur die Tatsache, dass er schon fünfzehn Jahre auf dem Buckel hat, mindert seinen Wert."

Der Verkäufer, ein kleiner untersetzter Mann, vielleicht Ende sechzig, kratzte sich verlegen an der Nase.

„Sehen Sie, die Pferde stammen von der Kirmes. Sie haben jeden Tag ´zig Kinder auf ihrem Rücken getragen. Aber ich muss aus gesundheitlichen Gründen mein Geschäft aufgeben, einen Nachfolger gibt es nicht. Deshalb verkaufe ich die Tiere."

„Soso. Auf der Kirmes gelaufen. Den ganzen Tag im Kreis und in dieselbe Richtung."

Adele war ein wenig empört. Sie dachte an Attilas Mutter. Sie hielt nicht viel vom fahrenden Volk.

„Dann ist der Pinto aber mit seinen fünfzehn Lenzen schon ganz schön fertig. Den können sie ja fast nur noch für die Wurst gebrauchen!"

Lena wollte aufbegehren, doch Adele gab ihr einen kleinen Schubser und sie schwieg.

„Ich gebe Ihnen für beide zusammen tausendfünfhundert, und verspreche Ihnen für Ihre Tiere einen angenehmen Lebensabend, was doch hoffentlich auch in ihrem Interesse ist!"

Adele verhandelte knallhart. Der Mann lief rot an.

„Das ist ja Wucher, das ist nur die Hälfte von dem was ich angesetzt habe."

„Schlagen Sie ein oder lassen Sie es! Es gibt hier noch genügend andere Ponys. In einer Stunde ist die Veranstaltung zu Ende. Und dann wartet der Metzger und zahlt Ihnen eins zwanzig das Kilo, wenn Ihnen das lieber ist!"

Die Gräfin nahm Lena am Arm und dreht sich um.

„Nein, warten Sie, warten Sie."

Schwitzend gab der Händler langsam nach.

„Zweitausend für beide, mein letztes Wort!"

„Eintausendachthundert! Und dann nehmen wir die Beiden gleich mit!"

„In Ordnung! Einverstanden!"

Das Geld wechselte seinen Besitzer.

Und Lena wurden zwei Leinen in die Hand gedrückt. Sie strahlte über das ganze Gesicht. Auf Hohenstein wartete für die Stute Nevada und das Blauauge Jeronimo zukünftig ein angenehmes Pferdeleben.

David und Viktor begutachteten die Beiden fachmännisch.

„Die sind noch ganz fit! Auch die Beine. Der Mann scheint sie ganz gut gepflegt zu haben. Mit gutem Futter und abwechslungsreicher Bewegung können die noch viele Jahre Kinder auf ihren Rücken tragen.“

Viktor war mit dem Einkauf der beiden Frauen zufrieden.

Neugierig beäugte die Stute Nevada ihre neuen Genossen, wieherte aufgeregt, während Jeronimo eher teilnahmslos daneben stand. Lena sah seine traurige Miene und trat zu ihm.

„He, Du. Sei nicht traurig. Bei uns wird es Dir gut gehen, glaube mir. Du wirst zum ersten Mal in Deinem Leben spüren, was es eigentlich heißt, zu leben!“

Sie kraulte ihn liebevoll hinter den Ohren, doch der Wallach reagierte nicht.

Lena spürte eine unsägliche Traurigkeit und nahm sich vor, dem zuhause auf den Grund zu gehen.

Die Tiere wurden verladen. Man aß und trank noch eine Kleinigkeit und machte sich dann auf den Heimweg.

Es war Ende September. Die Umbauarbeiten im ehemaligen Gesindehaus waren abgeschlossen. Die ersten Gäste hatten bereits Quartier bezogen.

Die fünf zusätzlichen Ponys erwiesen sich als voller Glücksgriff. Während der inzwischen dreimaligen wöchentlichen Unterrichtsstunden trotteten sie brav hintereinander her, und so manche Kinderträne floss beim Abschied, weil man doch den neuen Freund so gerne mit nach Hause nehmen wollte.

Die Ponys genossen das neue Leben auf Hohenstein. Sie lebten als Herde auf einer großen Wiese. Man hatte ihnen eine darauf befindliche Scheune als geräumigen Offenstall umgebaut. So konnten sie jederzeit rein und raus, gerade so wie es ihnen einfiel.

Nur Jeronimo schien die angenehme Veränderung in seinem Leben zu ignorieren. Er sonderte sich von den Anderen ab. Stand oft stundenlang alleine am Zaun und stierte vor sich hin. Nur wenn die Kinder kamen, schien er aufzutauen. Dann, wenn er auf seinem Rücken die leichte Last fühlte, bog er stolz seinen Hals und drehte seine Runden. Ganz in seinen Auftrag vertieft, ohne gelegentlich herumzualbern, wie es die Anderen schon manchmal taten.

Stundenlang mühte sich Lena ab, zu ihm vorzudringen.

Irgendwann gab Jeronimo sein Schweigen auf. Er vergrub seinen Kopf in Lenas Armen, ganz so als ob er sich einmal richtig ausweinen wollte. Und dann sprudelte all sein Kummer aus ihm heraus.

Er war sein Leben lang auf dem Rummel gelaufen. Ihm gefiel dieses Leben...sein Besitzer behandelte ihn gut! Und da war der Sohn des Besitzers, sein ganz besonderer Freund. Jeden Tag nach der Schule unternahmen sie etwas zusammen. Für Jeronimo war das der Ausgleich für das Arbeiten in der Bahn. Die beiden waren unzertrennlich, viele Jahre lang. Doch der Junge wurde größer und ihre Ausflüge seltener, bis sie irgendwann ganz aufhörten. Und der Junge kam plötzlich gar nicht mehr......

Von da an dachte Jeronimo, nichts mehr wert zu sein. Sein bester Freund hatte ihn verlassen und er wusste nicht mal warum.....

Lena drückte den Pferdekopf fest an sich. Mit den Fingerspitzen begann sie intuitiv über die Ohren zu streichen. Mit kreisrunden Bewegungen massierte sie Jeronimos Ohrspitzen, bis dieser sich langsam entspannte.

„Sei nicht mehr so traurig, kleiner Jeronimo!“ flüsterte Lena mitfühlend. „Du bist sehr viel wert! Dein Freund hat Dich verlassen, warum weiß ich auch nicht! Aber hier hast Du viele neue Freunde gewonnen. Einige von ihnen kommen nur wegen Dir, ist das nicht wert genug, wieder fröhlicher zu sein?“

Jeronimo schien das einzusehen und sein Gemüt verbesserte sich ein wenig, aber eine gewisse Bitterkeit blieb.

Einmal kam ein kleiner Junge, vielleicht neun oder zehn Jahre alt. Er saß im Rollstuhl. Begleitet wurde er von seiner übervorsichtigen Mutter und einem Onkel, der diese Art der Therapie für den Jungen initiiert hatte.

Lena begrüßte die drei. Ihr waren gleich die traurigen Augen des Jungen aufgefallen. Sie beugte sich zu ihm hinunter.

„Hallo, ich bin Lena. Wie heißt Du denn?"

„Das ist Dirk! Dirk, sag zu der Dame Guten Tag. Wo bleibt Dein Benehmen?"

Dirks Mutter gab ihm einen kleinen Schubs. Der Angesprochene sah Lena an.

„Tag", murmelte er unwirsch. Der ganze Rummel ging ihm auf die Nerven.

Sein Onkel Jochen hatte sich in den Kopf gesetzt, das er reiten solle. Und sein Arzt fand diese Idee auch noch gut. So ein Quatsch! Was soll dieses Zinnober, er würde seine Beine trotzdem nie wieder zum Laufen bewegen können, so wie früher. Bevor ihn das Auto angefahren hatte! Seitdem saß er in diesem Rollstuhl, wurde herumgefahren, wie ein kleines Baby. Seine Wirbelsäule war intakt. Doch seine Beine wollten nicht mehr so, wie er das gerne hätte. Jegliche Art der Krankengymnastik war bisher fehlgeschlagen, denn Dirk arbeitete gar nicht mit den Therapeuten, er resignierte. So fehlte ihm auch das Interesse an dieser neuen Therapie, dem Reiten.

Lena spürte die innere Ablehnung des Jungen. Hier würde sie sehr viel Fingerspitzengefühl brauchen, aber wozu war sie schließlich all die Jahre Krankenschwester. Bei ihren Patienten hatte sie oft dieselbe Haltung wie bei Dirk erlebt. Solche Menschen mussten erst wieder lernen zu vertrauen. Sie wollte gerade ein Gespräch mit ihm anfangen, da wurde sie von Dirks Mutter unterbrochen.

„Wissen Sie, seit seinem Unfall ist er so verstockt. Man kommt gar nicht richtig an ihn ran. Manchmal ist es nicht auszuhalten mit ihm. Dabei tun wir doch wirklich alles, um ihm sein Leben so angenehm wie möglich zu machen. --- Und jetzt soll er sich auf ein Pferd setzen, das ist doch bestimmt gefährlich. Dirk kann sich doch gar nicht richtig festhalten, er ist doch so hilflos."

Sie wandte sich zu ihrem Schwager:

„Eines sage ich Dir, Jochen, wenn Dirk etwas passiert, mache ich Dich verantwortlich dafür. Du hast Dir diesen Unsinn ausgedacht!"

„Beruhige Dich wieder, Diana. Du hast gehört, was der Arzt gesagt hat. Es kann nur besser werden dadurch. Vielleicht bekommt er sein Gefühl in den Beinen ja wieder. Wir waren uns doch einig, dass wir es versuchen werden. Was soll denn schon passieren. Glaubst Du, Frau Hansen setzt Dirk auf ein wildes Vieh und lässt ihn dann alleine los reiten?"

Aha, dachte Lena, die Mutter versucht aus Dirk ein hilfloses Kleinkind zu machen, das sie mit einer Mischung aus Angst und Unwissenheit in Watte packt. Kein Wunder, dass der Junge verstockt ist. Welcher

Zehnjährige möchte sich schon so am Gängelband führen lassen, selbst wenn er im Rollstuhl sitzt?

Zu Dirks Mutter gewandt sagte sie schließlich:

„Sie brauen wirklich keine Angst zu haben. Unsere Ponys sind absolut lieb, und außerdem sind wir immer dabei und werden Dirk festhalten. Vorausgesetzt er möchte überhaupt reiten?"

Beim letzten Satz sah sie den Jungen an. Sie konnte keinerlei Regung in dem hübschen sommersprossigen Gesicht wahrnehmen.

„ Na, was hältst Du denn davon? Wollen wir uns die Ponys gemeinsam einmal anschauen?"

„Ja, aber pass` auf, dass sie Dich nicht beißen oder treten!"

Dirks Mutter war das Ganze nicht geheuer. Onkel Jochen half Lena.

„Warum gehst Du nicht inzwischen zur Gräfin und regelst das mit der Anmeldung und den Formularen für die Krankenkasse und so? Ich begleite Dirk zu den Pferden, okay?"

Entschlossen packte er den Rollstuhl und schob ihn vor sich her. Kleinlaut fügte sich seine Schwägerin.

Die Ponybande kam neugierig zum Zaun um die Gäste zu begrüßen.

Lena stellte Dirk die einzelnen Tiere vor. Ausdruckslos betrachtete der Junge die vor ihm stehenden Pferde.

„Möchtest Du mal eines streicheln?“ fragte ihn Lena.

Dirk schüttelte unwirsch den Kopf. Sein Onkel ging in die Hocke und sah ihm ins Gesicht, dann fasste er ihn sanft an den Schultern.

„Jetzt hör mir mal gut zu, Kumpel! Ich weiß, Du bist verbittert über Deine jetzige Situation. Aber ich weiß auch, dass das nicht so bleiben muss. Du bist nicht gelähmt! --- Du kannst das Laufen wieder lernen, aber Du musst es selber wollen, verstehst Du? Meinetwegen sei weiter sauer auf alles und jeden. Lass Dich von Deiner Mama weiterhin in diesem Rollstuhl herumschieben und verhätscheln. Wenn es das ist, was Du willst, bitte! --- Aber dann hör auf so ein Gesicht zu machen, als ob alle anderen Schuld sind!“

Jochens Stimme wurde laut, so ereiferte er sich in seiner Rede.

„Kannst Du Dich noch erinnern, was wir vor dem Unfall alles zusammen unternommen haben? Menschenskind, was warst Du für ein Kämpfer! Du bist wie ein Wilder Fahrrad gefahren, hast Fußball gespielt, wir sind um die Wette gelaufen, bis wir keine Puste mehr hatten, weißt Du noch?

Wenn Du das irgendwann einmal wieder machen willst, dann wach jetzt endlich auf. Dirk! Kämpfe! Du wirst es schaffen!“

Jochen stand auf. Er wollte seinen geliebten Neffen eigentlich nicht so hart anpacken. Aber irgendwie waren die Nerven mit ihm durchgegangen.

Lena beobachtete die beiden. Scheinbar war es genau das, was Dirk gebraucht hatte, dieses Wachrütteln aus seiner Lethargie.

Er zeigte mit dem Finger in eine Richtung. Jeronimo stand wie immer abseits von den anderen und blickte stumpf vor sich hin.

„Den will ich streicheln, und auf dem will ich reiten! Darf ich?"

Dirk sah zu Lena und dann zu seinem Onkel.

„Natürlich, darfst Du", versicherte Lena und ihr fiel ein Stein vom Herzen, „komm, wir wollen ihn rufen. Er heißt Jeronimo!"

„Jeronimo, wie der berühmte Indianerhäuptling?!"

Dirk schien sich auszukennen und ein kleiner Funken Freude erhellte sein Gesicht.

„Na komm her, Jeronimo", rief er leise.

Wie auf Kommando hob der Wallach den Kopf und sah zu Dirk herüber. Langsam setzte er sich in Bewegung, wurde immer schneller und kam zum Schluss im Galopp herbeigeeilt. Mit ungewohntem Interesse beäugte das Pferd den Jungen, dann streckte er seinen Kopf über den Zaun.

Lena schob den Rollstuhl etwas näher heran, damit Dirk Jeronimo berühren konnte. Vorsichtig hielt Dirk dem Blauauge seine Hand vor die Nase. Der nahm die Witterung auf und knabberte schließlich mit seinen Lippen an den Fingern.

Sofort zog Dirk seine Hand wieder zurück.

„Keine Angst, er tut Dir nichts. Er möchte, dass Du ihn kraulst, “ erklärte ihm Lena. „Hier am Hals haben sie es gerne.“

Wieder streckte der Junge seine Hand aus. Berührte das Pony wie geheißen am Hals. Ein kleines Lächeln huschte über sein Gesicht.

Jeronimo prustete ihm leicht ins Ohr. Dirk kicherte. Jochen sah Lena an und schüttelt ungläubig den Kopf. Lena nickte nur, schweigend lächelnd. Dann wandte sie sich wieder an Dirk.

„Möchtest Du vielleicht einmal auf seinem Rücken sitzen, wie ein richtiger Indianer? Ganz ohne Sattel und so?“

„Nein, da falle ich bestimmt runter! Außerdem gibt es keine Indianer, die im Rollstuhl sitzen!“

„Du wirst nicht runterfallen, das verspreche ich Dir. Dein Onkel und ich stellen uns jeder auf eine Seite von Jeronimo und halten Dich fest, dann kannst Du gar nicht herunterfallen. Ist das in Ordnung?“

Dirk überlegte. Eigentlich wollte er schon gerne. Er fasste seinen ganzen Mut zusammen und willigte ein.

„Aber, Onkel Jochen, Du wirst mich bestimmt festhalten“, fragte er sicherheitshalber noch einmal nach.

„Na klar, Kumpel. Fest versprochen!“

Lena öffnete das Tor und führte Jeronimo an einer Leine heraus. Leise sprach sie zu dem Tier.

„Enttäusche mich nicht. Bitte sei ganz vorsichtig! Noch vorsichtiger als sonst. Es liegt nun ganz an Dir, dass dieser kleine Junge endlich wieder Freude am Leben erlangt. Und ich weiß, dass Du das kannst. Das ist nun Deine ganz spezielle Aufgabe. Das schaffst nur Du, glaube mir.“

Sie sah in Jeronimos Augen und spürte das Leuchten in ihnen.

Jochen hob Dirk aus seinem Rollstuhl, dann setzte er ihn vorsichtig auf den Rücken des Pferdes.

Aufgeregt, mit großen Augen ließ sich der Junge nieder. Noch etwas verkrampft krallte er seine Arme in die von Lena und seinem Onkel. Aber die Angst vor dem Neuen, Unbekannten ließ zusehends nach. Dirk strahlte über beide Backen.

„Und wie fühlt sich das an?“ fragte ihn Lena.

„Irgendwie ganz warm und weich. Das ist toll!“

„Sitzt Du bequem, oder drückt Dich etwas?“

„Nein, nein“, versicherte Dirk, „das ist gut so.“

Er ließ eine Hand los und streichelte sanft Jeronimos Fell, der regungslos dastand.

„Wollen wir mal eine paar Schritte versuchen?“ fragte Lena wieder.

Immer mutiger stimmte Dirk zu. Und so starteten sie langsam eine Runde im Hof.

Jeronimo setzte vorsichtig Huf vor Huf, mit stolz gebogenem Hals, als wollte er den anderen zeigen: Seht her, Ich, Jeronimo darf den kranken Jungen tragen. Ich bin wieder der Größte!

Dirk hielt sich inzwischen mit beiden Händen in der Mähne des Pferdes fest und vollendete gerade seine vierte Runde, mit dem glücklichen Lachen eines ganz normalen Jungen. So sah ihn seine Mutter, die gerade mit Adele über den Hof kam. Mit schreckgeweiteten Augen blieb sie stehen, unfähig auch nur irgendeinen Ton von sich zu geben.

Dirk nahm sie wahr, und winkte ihr fröhlich zu.

„Hallo, Mama, schau mal, was ich kann! Toll nicht wahr?“

Diana versuchte ihre Fassung wieder zu gewinnen.

„Ja, ja. Ganz toll. Sei vorsichtig. Bitte halte Dich fest. Jochen, ihr wolltet doch nur Pferde streicheln. Nicht gleich draufsetzen. Wie konntest Du nur! Ohne auf mich zu warten.“

Jochen grinste sie nur an.

„Reg` Dich wieder ab, Schwägerin. Freue Dich lieber mit Dirk. Es ist doch alles in Ordnung.“

Adele legte ihre Hand auf Dianas Schulter.

„Sie brauchen keine Bedenken haben, Frau Wolff. Sehen Sie doch, welchen Spaß ihr Sohn hat! Glauben Sie mir, Reiten ist eine wunderbare Therapie."

„Wenn Sie, dass so sagen, Frau von Hohenstein. Das mag ja alles stimmen. Aber ich habe nun mal immer Angst um Dirk. Ich kann einfach nicht raus aus meiner Haut. Ich sehe in allem eine Bedrohung."

„Sie machen sich Vorwürfe, weil Sie den Unfall nicht verhindern konnten, nicht wahr?"

Adele sah in die Augen von Dirks Mutter.

Diese erwiderte den Blick nur stumm und nickte.

„Aber Sie können sich nicht ein Leben lang von Ihren Schuldgefühlen auffressen lassen und Dirk deshalb in ein Glashaus setzen. Der Junge will leben, so wie alle anderen Kinder in seinem Alter auch. Schauen Sie, ich kann Ihnen nicht versprechen, dass Dirk wieder laufen lernt, wenn er auf den Pferden sitzt und reitet. Ich bin kein Arzt, das kann ich nicht beurteilen. Aber es ist in jedem Fall gut für seine Seele. Sehen Sie in seine Augen, in sein Gesicht. Haben Sie nicht selbst gesagt, dass Sie sich nicht erinnern können, wann Dirk das letzte Mal richtig gelacht hat?"

Diana traten Tränen in die Augen. Die Gräfin hatte Recht. Dirk schien so viel Spaß zu haben wie schon seit langem nicht mehr. Sie ging auf ihren Jungen zu, schluckte ihre Freudentränen tapfer hinunter und lachte Dirk an. Dann umarmte sie ihn heftig und streichelte ihm über seinen rotblonden Schopf.

„Schau mal, Mama. Ich kann reiten wie ein Indianer. Und keiner sieht, dass ich nicht laufen kann!"

„Das ist super, mein Schatz. Mach nur weiter so! Hauptsache, Du wirst wieder glücklich."

„Mama, Du musst nicht weinen. Jeronimo ist ein gaaanz liebes Pferd, und wir werden die allerbesten Freunde, nicht wahr Jeronimo?"

Als ob er diese Frage verstanden hätte, nickte der Wallach heftig mit dem Kopf und gab dann Diana einen kleinen Schubs, so dass ihr auch ein lautes Lachen entwich. Dankbar drückte sie Lenas Hand und umarmte ihren Schwager, dann wandte sie sich wieder an ihren Sohn.

„Na dann komm, Du kleiner Indianer. Gestatten Du und Dein neuer Freund Deiner dummen Mama Euch auf einer weiteren Runde zu begleiten?"

Jeronimo nickte wieder und alle lachten.

Dirk konnte sich den ganzen Nachmittag nicht mehr von seinem Freund trennen und auch das Tier schien einen Narren an dem Jungen gefressen zu haben. Nachdem Dirk wieder im Rollstuhl saß und die Erwachsenen sich zu einer Tasse Kaffee zusammensetzen wollten, blieben die beiden noch im Hof. Der Wallach lehnte seinen Kopf an Dirks Schulter und hörte aufmerksam zu, was dieser ihm alles erzählte. Erst nach langem Verhandeln, dass er sobald wie möglich wieder kommen dürfe, verabschiedete sich Dirk von Jeronimo.

Als das Auto mit dem Jungen den Hof verließ stand der Wallach noch lange am Zaun und blickte ihm nach.

Die Katzenschar nahm den Kindertrubel mit gemischten Gefühlen auf. So entschieden sich die einen, die von jeher etwas scheuer waren, bei Anwesenheit der lärmenden Gören den Hof zu meiden. Doch der Rest fand diese zu kurz geratenen Menschen einfach toll. Sie hatten Zeit zum ausgiebigen Spielen und zum Kuscheln. Manche brachten sogar kleine Leckerbissen mit. Hexe liebte diese Abwechslung auch. Sie fühlte sich als Oberchefin der Rasselbande und wachte mit Argusaugen über jedes einzelne von ihnen, solange sie auf dem Hof waren.

Das Wetter war hier draußen auf dem Land merklich kühler geworden. Der Herbst hatte die Blätter auf den Bäumen in den wunderschönsten Tönen gefärbt. Der Wind lies kleine, leise Lieder erklingen wenn er sanft durch das Laub raschelte.

Die Sonne schien an diesem Septembermorgen schon am wolkenlosen Himmel, doch die Kraft ihrer Wärme hatte spürbar nachgelassen.

Lena kuschelte sich noch tief in ihre Bettdecke. Sie war tief in Gedanken versunken. Es war der Tag ihres siebenundzwanzigsten Geburtstages. Sie war zufrieden mit sich selbst und dem Rest der Welt. Hier auf Hohenstein hatte sie ein neues Zuhause gefunden und unter die Vergangenheit einen dicken Schlussstrich gezogen.

Neue Freunde bestimmten jetzt ihr Leben. Freunde, die sie nie im Stich lassen würden, davon war sie überzeugt. Einige von ihnen lümmelten noch im Halbschlaf auf ihrem Bett herum. Brummi, der große Tiger, und Mingo, sein Adoptivsohn, beanspruchten natürlich wieder den meisten Platz. In voller Länge ausgestreckt, die Pfoten in alle Richtungen zeigend, lagen sie Seite an Seite quer über dem gesamten Bett. Dabei waren ihre Gesichter zu solch komischen Grimassen verzogen, dass Lena laut auflachen musste. Unwirsch blinzelte Mingo sie an. Der Kleine hatte sich zu einem wunderschönen, feuerroten Fellknäuel entwickelt, dessen längere Haarpracht ihn zu einem knuddeligen Teddybären machte. Nachdem er durch Lenas Lachen geweckt worden war, streckte er sich umständlich und riss sein Mäulchen zu einem herzerweichenden Gähnen auf. Dann tapste er auf Lenas Gesicht zu und überlegte, was man nun am besten anstellen könnte. Er schnüffelte ein wenig an der Nasenspitze, bevor er mit seiner Pfote vorsichtig darauf schlug.

Ha, ich habe Beute gemacht!

Und schon biss er mit seinen kleinen, spitzen und äußerst schmerzhaften Welpenzähnen fest in die Nasenspitze hinein.

„Aua, Du spinnst wohl! Lass sofort meine Nase los, Du kleines Biest. -- Ah!“

Lena verzog das Gesicht, rieb sich das schmerzende Riechorgan und packte den Möchtegernjäger am Kragen. Dabei schüttelte sie ihn unsanft.

„Das macht eine anständige Katze nicht!“

Mingo war nun sichtlich beleidigt.

Anständige Katze, pha! Kleine Kampftiger wollen etwas erleben!

Schmollend suchte er sich ein neues Spiel und versuchte dabei mit den anderen Katzen Streit anzufangen. Leider hatte er kein Glück, diesen aufgestellten Katzenzwerg nahm noch niemand so richtig für voll.

Lena dachte an den kleinen Dirk. Der Junge hatte durch das Reiten wieder neuen Lebensmut bekommen. Unermüdlich ließ er sich herumführen. Versuchte dabei immer wieder, seine Beine zu irgendwelchen Bewegungen zu bringen, was ihm schließlich, wenn auch mühsam, gelang. Welch eine Freude bei allen Anwesenden, als er zum ersten Mal mit den Füssen wackelte. Bei seiner Mutter Diana liefen natürlich gleich wieder Tränen. Aber das war nur verständlich. Inzwischen waren Dirks Beinmuskeln schon viel kräftiger geworden. Auch der Arzt zeigte sich sehr zufrieden. Aber was viel wichtiger war, Dirk kämpfte wieder. Er setzte es sich in den Kopf, richtig zu reiten. Ganz alleine und inklusive dem Auf- und Absteigen. Dazu musste er wieder laufen können, was er nun wie ein Besessener trainierte. Lena war sich sicher, Dirk würde es eines Tages schaffen.

Sie räkelte sich. Dabei bekam Brummi einen kleinen Schubser ab. Verwirrt, so unsanft geweckt zu werden, zu nachtschlafender Katzenzeit, hob er kurz den Kopf. Er warf Lena einen missbilligenden Blick zu.

„Tschuldigung, gnädiger Herr. Ich hoffe, Sie können mir noch einmal verzeihen!"

Lena zog eine Hand unter der Decke hervor und kraulte den verärgerten Kater unter dem Kinn, was diesen wieder versöhnte und ihm ein lautes Schnurren entlockte.

Lena dachte an die letzte Nacht. Heimlich war sie mit Hexe wieder in Theresas Zimmer gegangen. Sie hatte sich angestrengt umgesehen. Irgendwie musste man doch die Geheimtür auch von dieser Seite öffnen können?

Ziellos streifte sie umher. Sie nahm die kleine Pferdestatue von Tisch und betrachtete sie. Der Schweif war locker. Mit spitzen Fingern bewegte sie ihn nach oben. In diesem Moment wurde der Mechanismus betätigt und die Tür sprang auf. Vor Schreck wäre Lena die Skulptur beinahe aus den Händen geglitten. Sie stellte sie vorsichtig wieder zurück und betrat den verborgenen Raum.

Sie entzündete die Öllampe und schlug wieder den Teppich zurück. Diesmal hatte sie einen Schraubenzieher mitgebracht. Etwas anderes hatte sie nicht gefunden. Das musste genügen. Langsam setzte sie den Schraubenzieher an der losen Holzplanke an und hebelte sie heraus. In den steinernen Boden war eine kleine Nische eingelassen in der ein kleines Kästchen versenkt war. Lena nahm es heraus und stellte es auf den Tisch. Neugierig betrachtete sie es von allen Seiten. Es war mit Perlmuttintarsien versehen, eine wunderschöne, kostbare Handarbeit. Der Inhalt bestand aus einem kleinen, in Leder gebundenen Buch, einer eingerollten Schriftrolle und ein paar Schmuckstücken.

Aufgeregt über den Fund schlug Lena mit zittrigen Fingern den Umschlag des Buches auf.

In wunderschöner kalligraphischer Schrift war da zu lesen:

Mein Tagebuch

Theresa von Hohenstein

Lenas Herz begann schneller zu schlagen. Sie hatte tatsächlich Theresas Tagebuch gefunden. Vielleicht würde sie hierin Aufschlüsse über ihr Verschwinden erhalten. Sie würde es mit auf ihr Zimmer nehmen und in aller Ruhe lesen. Sie packte es zurück in die kleine Truhe und verschloss dann wieder sorgfältig das kleine Versteck.

Da, war da nicht ein Geräusch?

Schnell löschte sie das Licht der Öllampe, packte Hexe, die wohl ebenfalls etwas gehört haben musste, denn sie knurrte leise, am Kragen und verließ den unheimlichen Ort. Eilig bewegte sie den Schweif der Statue um die Geheimtür wieder zu verschließen. Keine Minute zu früh, denn durch die Felsengänge waren nun deutlich Schritte zu vernehmen.

Lena und Hexe verließen schleunigst Theresas Zimmer und verriegelten die Tür von außen. Wie der Blitz verschwanden sie in Lenas Zimmer. Erst dort wagte die junge Frau wieder durchzuatmen.

„Wir sind ganz schön wagemutig, wir zwei," flüsterte sie Hexe zu, „wer weiß, was uns erwartet hätte, wenn wir dem Typen da in die Hände gefallen wären?"

Hexe wedelte beipflichtend mit dem Schwanz.

Lena lauschte noch einmal angespannt, aber es blieb still im Haus. Langsam begann sich ihr Pulsschlag wieder zu normalisieren.

„Dann lass uns doch mal sehen, was wir da alles gefunden haben?"

Sie setzte sich auf die Kante ihres Bettes und öffnete das Kästchen erneut.

Sanft strich sie über den roten Samt im Inneren. Dann nahm sie ein paar Ohrringe und eine Kette heraus. Es handelte sich um in Altsilber gefasste rote Steine in Tropfenform. Ob es wertvolle Stücke waren, mochte

Lena nicht beurteilen. Aber Theresa, sie vermutete dass das Kästchen Theresa gehört haben musste, würde schon ihre Gründe dafür gehabt haben, sie hier auf zu bewahren.

Sie legte sie zurück und entfernte das purpurne Seidenband, das die Schriftrolle zusammenhielt. Vorsichtig wickelte sie das Dokument aus. Eine sehr alte Handschrift, die sie nicht zu entziffern vermochte, und ein Lageplan kamen zum Vorschein. Nachdenklich starrte sie auf die leicht verblasste Tinte und zuckte mit den Schultern. Der Lageplan musste mit den Gängen in der Höhle zu tun haben, aber ohne den Inhalt der Schrift daneben zu kennen konnte sie nicht viel damit anfangen. Lena beschloss bei nächster Gelegenheit in die Stadt zu fahren. Sie würde einen Kryptologen aufsuchen, der ihr vielleicht weiterhelfen konnte.

Schließlich nahm sie wieder das Tagebuch zur Hand. Andächtig öffnete sie es. Auf eng beschriebenen Seiten wurde das Leben einer so ganz und gar untypischen Fünfzehnjährigen wieder gespiegelt. Manchmal musste Lena lächeln. Der ein oder andere Satz hätte von ihr als Jugendliche stammen können. Aber bisher fand sie nichts, was mit dem Verschwinden des Mädchens in Zusammenhang gebracht werden könnte.

Sie gähnte und schaute auf die Uhr. Fast drei Uhr morgens. Lena klappte das Buch zusammen und verstaute das ganze Kästchen in der hintersten Ecke ihres Kleiderschrankes. Sie würde morgen weiterlesen und jetzt endlich schlafen.

Brummi machte sich wieder bemerkbar. Es sei nun an der Zeit, ein Frühstück einzunehmen. Mit großen Augen blickte er die in Gedanken versunkene Lena an und maunzte schließlich auffordernd.

Sich noch einmal ausgiebig streckend, beschloss Lena nun auch aufzustehen. Nachdem sie sich im Bad zurecht gemacht hatte, schlüpfte sie in ihre alten Jeans und einen ausgeleierten Pulli. Sie wollte von ihrem Geburtstag kein Aufhebens machen, und für die Stallarbeit taugten die alten Klamotten. Aus ihren Turnschuhen musste sie dann noch Mingo vertreiben, der inzwischen mit den Schnürsenkeln ums Überleben kämpfte.

Sie tauschte die Schuhe gegen eine schon recht lädierte Fellmaus ein, mit der sich der Kleine sofort angeregt beschäftigte.

Als sie unter dem maulenden Miauen ihrer hungrigen Zimmergenossen die Treppe hinunterging, schwebten ihr von der Küche bereits die herrlichsten Düfte entgegen.

Mhm, Apfelkuchen mit Zimt! Lena lief das Wasser im Mund zusammen. Mathildes Apfelkuchen gehörte zu ihren erklärten Lieblingsspeisen. Mit einem fröhlichen Guten Morgen betrat sie die Küche. Die Katzen verschwanden eiligst ins Freie, um sich über die gefüllten Näpfe herzumachen.

Die Haushälterin werkelte geschäftig am Herd, zog gerade ein Blech mit dampfendem Kuchen aus dem Rohr. Ihre Backen glühten. Der Hitze in dem Raum nach kochte und backte sie bereits seit längerem. Sie stellte den Kuchen ab und kam strahlend auf Lena zu.

„Alles, alles Gute zum Geburtstag! Das Du gesund bleibst und ... und überhaupt! Na, Du weißt schon, was ich meine!"

Mathilde umarmte Lena herzlichst.

„Danke. Das ist lieb von Dir! Woher wusstest Du überhaupt ...?"

„Tja„, grinste Mathilde verschwörerisch, „Frau Adele hat's aus Deinen Papieren, und dann hat sie bei mir einen Kuchen bestellt .... Und deshalb weiß ich es halt auch!"

„Wo ist denn die Gräfin überhaupt?"

Lena sah sich um, als ob Adele sich in einer Ecke versteckt haben könnte.

Mathilde zeigte durch das Fenster auf den Hof hinaus.

„Die findest Du im Stall! Mehr verrate ich aber nicht!"

Belustigt verzog sie die Miene und sah verschwörerisch an die Decke hinauf.

Lena runzelte die Stirn.

Was sollte das jetzt bedeuten?

Sie drehte auf dem Absatz kehrt und ging zum Stall. Auf dem Hof kam ihr Matthis entgegen. Er hielt einen riesigen Wiesenblumenstrauss in Händen und hielt ihn ihr vor das Gesicht.

„ Da! Für Dich, weil Du doch heute Geburtstag hast. Ich wünsche Dir alles Gute!"

Umständlich, wie es nun mal seine Art war, überreichte er seine Blumen. Verlegen räusperte er sich. Leise fügte er hinzu:

„Und das Du hier bleibst, auf Hohenstein!"

Lena nahm bewundernd den Strauß. Voller Sympathie umarmte sie den grobschlächtigen Knecht mit dem weichen Herzen und drückte ihn fest.

„Danke Matthis! Für die Blumen..... und vor allem, weil ihr hier alle so nett seid zu mir. Ihr seid für mich wie eine Familie geworden. Eine Familie, die ich nie hatte!"

Noch verlegener schaute Matthis auf seine Schuhe.

„Geh mal in den Stall", forderte er Lena auf, „ da wartet eine Überraschung auf Dich.

Fragend sah ihn Lena an. Doch Matthis zuckte nur mit den Schultern und zeigte zum Stall.

Kopfschüttelnd über so viel Geheimniskrämerei machte sich Lena schließlich auf den Weg. Als sie um die Ecke bog, traute sie ihren Augen kaum.

In der Boxengasse stand Moon. Ihre geliebte Mooni. Sie mochte alle Pferde. Aber Moon war ihr die Liebste von allen. Und die stand nun da, geputzt, dass sie nur so glänzte. Mit einem riesigen Blumenkranz um den Hals, den sie vergeblich versuchte zu verspeisen. Die Stirnhaare waren mit einer breiten roten Schleife zusammen gebunden. Daneben stand Adele und lächelte sie liebevoll an.

„Das ist mein Geschenk für Dich! Alles, alles Gute zum Geburtstag, liebste Lena!“

Damit überreichte sie Lena feierlich Moons Zügel. Ungläubig starrte diese die Gräfin an.

„Aber ich kann doch nicht..... Nein, das kann ich nicht annehmen!“

Tränen purzelten ihr über die Wangen. Adele nahm sie bei der Hand und umarmte sie fest.

„Doch das kannst Du. Du hast mir wieder Freude am Leben gegeben! Ich sehe jetzt wieder einen Sinn in meinem Dasein! Ich weiß doch, wie sehr Du die kleine Moon liebst, und wie sehr sie Dich liebt! Deshalb soll sie von nun an Dir gehören. Keine Widerrede!“

Ein paar samtige Nüstern drängten sich zärtlich zwischen die beiden ungleichen Freundinnen. Mit feuchten Augen schob Adele Lena von sich und drückte ihr die Zügel fest in die Hand.

Liebevoll knabberte die Stute mit ihren weichen Lippen an Lenas Ohr, als ob sie ihr sagen wollte: Du, das ist in Ordnung, das ich jetzt Dir gehöre!

„Moon gehört zu Dir, so wie noch vieles andere mehr!“

Leise flüsterte die Gräfin diese Worte. Lena konnte sie nicht mehr verstehen. Sie hatte bereits die Arme fest um Moon geschlungen und vergrub ihr Gesicht in deren Mähne. Sie spürte die Wärme, sog den Geruch des Pferdes ein. Sie liebte diesen Geruch. Er verdrängte die Sehnsucht in ihrem Herzen.

Nie hätte sie sich so ein Geburtstagsgeschenk träumen lassen.

Am Nachmittag kam Besuch. Viktor und David erschienen, um dem Geburtstagskind ihre Aufwartung zu machen. Beide hatten Geschenke mitgebracht. Viktor überreichte der verblüfften Lena eine Erste-Hilfe-Tasche für Pferd und Reiter, die man für unterwegs am Sattel befestigen konnte.

„Ich habe mir gedacht, dass Du das gut gebrauchen kannst, wenn Du auf Tour bist!“

Viktor schüttelte ihr herzlich die Hand. Lena freute sich riesig. David trat einen Schritt vor.

„Meinen Glückwunsch,“ begann er schüchtern, „hier, ich habe Dir auch etwas mitgebracht. Ich hoffe es gefällt Dir!“

Dabei sah er Lena, die tief errötete, verlegen an. Als sie das geblümte Papier entfernte, verschlug es ihr fast den Atem.

Ein ledernes Halfter, reich verziert mit silbernen, verschnörkelten Ornamenten und weinroten Stofftrödeln im südamerikanischen Stil kam zum Vorschein. Dazu ein paar passende Westernzügel. Bewundernd und sprachlos strich Lena über die wunderschöne Handarbeit. Als sie endlich die Fassung wieder gefunden hatte, sah sie David verwirrt an.

„Das kann ich unmöglich annehmen, das ist doch viel zu wertvoll! Du bist verrückt!“

„ Ach nein,“ beschwichtigte sie David lapidar, „das war einmal ein Geschenk von einem reichen Rancher, dem ich ein wertvolles Pferd gerettet habe. Doch für Kiros Bummsschädel ist das viel zu klein. Und bevor es bei mir noch ewig herum liegt... dachte ich..., “ er stockte.

„Na ja, nachdem Du doch jetzt auch Pferdebesitzer bist...... und auf Moons zierlichen Kopf passt es bestimmt gut!“

„Es ist wunderschön. So eine schöne Arbeit habe ich noch nie gesehen.“

Lena sah in Davids wasserblaue Augen. Sie fasste ihren ganzen Mut zusammen und streckte sich, um sein Gesicht zu erreichen. Dann drückte sie ihm für den Bruchteil einer Sekunde ihre Lippen zu einem freundschaftlichen Kuss auf die Wange, um sofort wie elektrisiert zurück zu weichen.

Die beiden standen sich gegenüber. Man hätte in diesem Moment eine Stecknadel fallen hören können.

Adele und Viktor hielten sich dezent im Hintergrund und grinsten sich vielsagend an.

Mathilde unterbrach die Situation, in dem sie laut polternd den Raum betrat.

„Der Kaffeetisch ist gedeckt! Wenn ich bitten darf!“

Wortlos führte Lena ihre Gäste zu Tisch.

Der Kuchen war phantastisch. Nachdem sie drei Stücke davon verzehrt hatte, hielt Lena es nicht mehr aus. Sie wollte unbedingt Moon das neue Halfter anprobieren. Schnell entschuldigte sie sich und erhob sich. David bot sich an, ihr zu helfen und die beiden verschwanden in den Stall.

„Passen gut zusammen, die zwei.“ Viktor schenkte sich noch Kaffee nach.

„Das wissen sie nur noch nicht, “ ergänzte Adele schelmisch lächelnd, „aber die Zeit wird es schon richten.“

Das Halfter passte wie angegossen. Die fast schwarze Färbung des Leders unterstrich den dunklen Rotton von Moons Fell. Im Stall unterhielten sich David und Lena über die Vorzüge und Nachteile von gebisslosen Halftern und noch allerlei belanglosen Dingen. Keiner von Ihnen wollte die knisternde Spannung zwischen ihnen wahrnehmen.

Nach einer Weile gesellten sich auch Adele und Viktor zu ihnen. Man beschloss den wunderschönen

Herbstnachmittag mit einem Ritt ausklingen zu lassen.

Unterwegs kam es immer wieder zu Rangstreitigkeiten zwischen Attila und Kiro. Attila, der Ältere und Erfahrenere versuchte, die Nase stets vorne zu behalten.

Dieser junge Spund soll sich gefälligst hinten anstellen!

Doch Kiro seinerseits, sich seiner Größe und Stärke bewusst und im Eifer seiner Jugend, sah es auch nicht ein, nachzugeben. Außerdem wollte sich sein Reiter neben Lena gesellen, die an der Spitze ritt. Um die beiden Streithähne auseinander zu halten, fiel die Gräfin leicht zurück und blieb mit Viktor, der auf Gina ritt, auf Abstand.

Ansonsten genossen alle den Ausflug und kehrten erst gegen Abend zum Hof zurück.

Kapitel 11

„Herr Doktor, Herr Doktor. Kommen sie schnell!" Mathilde lief ihnen bereits entgegen.

„Was um Gotteswillen ist denn passiert?"

Adele trieb Attila auf die Haushälterin zu.

„Der Matthis hat vorhin ein paar Katzen gefunden! Die waren tot! Und noch ein paar sind glaube ich kurz davor, zu sterben. Beeilen Sie sich! Vielleicht können Sie ja noch helfen!"

Die vier Reiter flogen fast zum Stall, schoben die Tiere, so wie sie waren, in ihre Boxen. Aufgeregt rannten Adele, Viktor und Lena zum Sanitätsraum. David eilte zum Auto, um seinen Arztkoffer zu holen. Als er zum Sanitätsraum kam, bot sich ihm ein schreckliches Bild.

Auf dem Tisch lagen drei Katzen. Apathisch, mit glasigen, eingefallenen Augen. Speichel tropfte aus ihren Mäulern. Viktor hörte bereits mit einem Stethoskop die zitternden, ausgetrockneten Körper ab.

David hob die Lefzen eines schwarzweissen Katers. Die sonst so rosigen Schleimhäute waren jetzt leichenblass. Blutleer! Er sah seinen Onkel an. Dieser nickte nur mit dem Kopf.

„Du denkst das gleiche wie ich! Gift! ---- Rattengift!"

Adele und Lena erstarrten. Wie kamen die Katzen an Gift? Jegliche Art von Insektiziden und Giften war auf Hohenstein verpönt, wegen der Tiere. Und jetzt gleich so viele Katzen auf einmal! Matthis stand in der Ecke und blickte traurig auf vier tote Katzen. Er hatte sie im Garten gefunden, mit schaurig verkrümmten Leibern. Lena erkannte die kleine Tappsi darunter, die so gerne bei Tisch klaute. Tränen traten ihr in die Augen.

David kramte derweil in seiner Tasche und beförderte Venenkatheder und Infusionsschläuche zum Vorschein. Adele schnitt Pflasterstreifen ab, um die Venenkatheder zu fixieren. Sie wies Lena an, aus dem Medikamentenschrank Infusionslösungen bereitzustellen.

Viktor zog ein Sammelsurium an Injektionen auf. Es war höchste Eile geboten. Selbst Mathilde beteiligte sich an den geschäftigen Aktionen, leise vor sich hin jammernd. Sie richtete Käfige her, bestückte sie mit Heizkissen und polsterte sie mit weichen Zellstofflagen.

Die drei erkrankten Katzen ließen alle Prozeduren ohne große Gegenwehr über sich ergehen. Zu geschwächt waren sie. Das Rattengift ließ sie langsam innerlich verbluten. Mit getrübtem Blick sahen sie an den Menschen vorbei ins Leere, willenlos, den Lebensatem langsam aushauchend.

„Wenn ich den erwische, der so etwas tut! … Den..., den bringe ich eigenhändig um, das schwöre ich," stammelte Matthis verzweifelt.

Er stand immer noch neben den toten Katzen und strich über ihre leblosen Körper. Tränen tropften aus seinen Augenwinkeln auf ihr Fell. Seine groben, abgearbeiteten Hände zitterten. Abrupt verließ er den Sanitätsraum und verschwand im Stall. Niemand sollte sehen wie er, ein ausgewachsener Mann, wegen so ein paar alberner Katzenviecher in Tränen ausbrach. Aber die Tiere waren sein Leben und er hing an jedem einzelnen von ihnen.

Die beiden Tierärzte hatten ihr Möglichstes getan. Die Katzen lagen in den Käfigen auf den wärmenden Matten um ihre Körpertemperatur aufrecht zu erhalten. Stetig tropfte Infusionslösung in die porösen Venen. Nun musste sich zeigen, ob die Behandlung noch rechtzeitig erfolgte.

Lena und Adele schliefen nicht in dieser Nacht. Pausenlos wechselten sie die Zellstofflagen, die durch die große zugeführte Flüssigkeitsmenge ständig voll gepinkelt wurden. Sie tauschten leere Infusionsflaschen durch volle aus und streichelten immer wieder die ausgemergelten Tiere.

Abwechselnd verteilten sie mit ihren Händen kraftspendende Energie.

Adele betete leise vor sich hinmurmelnd während der ganzen Zeit.

Hexe leistete ihnen Gesellschaft. Ganz still lag sie da, guckte verständnislos auf ihre miauenden Genossen.

Wieso bewegten die sich nicht? Was war mit ihnen geschehen?

Mathilde brachte den beiden Frauen Kaffee und belegte Brote, doch Hunger verspürte in diesen Stunden niemand.

Nachdem er sich wieder gefasst hatte, versorgte Matthis die Pferde und begann dann alle Katzen einzufangen, die er erwischen konnte. Es war bereits dunkel geworden und so schien ihm die Suche nach eventuell ausgelegten Ködern zwecklos. Er würde gleich bei Tagesanbruch damit beginnen, doch bis dahin musste er die verbliebenen Katzen in Sicherheit bringen. Mit Trockenfutter in einer Büchse lief er klappernd über den Hof um sie anzulocken und dann ins Haus zu bringen.

Auf diese Art und Weise gelang es ihm, den größten Teil der Tiere aus der Gefahrenzone zu schleusen.

Gegen Mitternacht hörte das Herz einer der drei vergifteten Katzen auf zu schlagen. Ein letztes Mal sah sie in Lenas Augen, als ob sie sich verabschieden wollte. Dann hörte sie auf zu atmen.

Im Morgengrauen starb die zweite. Nur der schwarzweiße Kater, der in der Blüte seines Lebens stand, vor Muskeln und Vitalität sonst nur so strotzte, schien den heimtückischen Anschlag zu überstehen. Schwach versuchte er seinen Kopf zu heben. Aus Dankbarkeit wollte er trotz seines Leidens schnurren. Doch selbst dafür fehlte die Kraft, so schmiegte er sich lediglich hilflos an Lenas Hand als Zeichen, dass er ihr bedenkenlos vertraute.

David erschien am zeitigen Morgen um nach den Patienten zu sehen. Er entschuldigte seinen Onkel, der sich in der Zwischenzeit um die wichtigsten Fälle anderer Patienten kümmern wollte, bevor auch er nach Hohenstein kommen würde.

Der junge Tierarzt versorgte den überlebenden Kater mit neuen Injektionen.

„Der kann es vielleicht schaffen! Er hat wahrscheinlich nicht so viel von dem Gift erwischt“, mutmaßte er. „Aber wir müssen sehen, dass wir den oder die Köder finden, bevor es die anderen Katzen tun!“

„Matthis ist schon unterwegs und sucht das gesamte Gelände ab!“

Adeles Gesicht war bleich von den Anstrengungen der letzten Nacht. Ihre Konstitution war nicht mehr die Beste.

„Ich bin zwar nur Veterinär. Aber ich verordne Ihnen, dass Sie sich jetzt ausruhen. Legen sie sich hin und versuchen Sie ein wenig zu schlafen!“

Davids Stimme schien besorgt.

„Nein, nein, mir fehlt nichts“, beeilte sich Adele zu sagen.

„Ich habe ihr auch schon gesagt, dass ich es alleine schaffe. Aber sie will nicht auf mich hören.“

Auch Lena war die Schwäche der Gräfin nicht entgangen.

„Also gut. Wenn ihr alleine zurecht kommt! Ich bin schon ein bisschen müde. Aber wenn etwas ist, ruft ihr mich sofort!“

Die beiden versprachen es.

Kurze Zeit später erschien Matthis. In den Händen hielt er eine Schachtel mit etwa einem Dutzend präparierten Fleischstücken. Kleine rosarote Körner waren darin versteckt.

„Das ist eindeutig Rattengift!“ David sah sich die Köder an.

„Und eindeutig für Katzen oder andere Fleischfresser ausgelegt,“ dabei sah er mit einem Seitenblick auf Hexe. „Denn Ratten oder Mäuse, für die man das Gift üblicherweise verwendet, würden die Körner auch ohne Fleisch fressen. Das ist Weizen mit geruchs- und geschmacksneutralem Gift präpariert. Da hat es schon jemand gezielt auf die Katzen abgesehen.“

„Wer kann denn nur zu so etwas fähig sein?“

Lena schauderte. Sie konnte sich nicht vorstellen, dass jemand unschuldige Katzen, die niemandem etwas zu leide taten, vergiften wollte.

„Wir sollten den Köder zur Polizei bringen! Aber ich bezweifle, dass die den Täter finden wird.“ David runzelte die Stirn.

„In nächster Zeit müssen wir besonders gut aufpassen, damit so etwas nicht wieder geschieht! Die Pferde bleiben erst einmal im Stall, oder höchsten falls auf dem Paddock. Sie auf die Weide zu bringen erscheint mir nicht ratsam. Wer weiß, was der oder auch die Täter noch vorhaben!“

Lena nickte nur. Der Gedanke, dass noch mehr Tiere zu Schaden kommen würden, oder dass sogar ihrer geliebten Moon etwas zustoßen könnte, war ihr unerträglich.

Matthis fand noch zwei erkrankte Katzen. Sie gehörten zu der scheueren Sorte, die sich lieber auf Distanz hielten. Menschen schienen ihnen unheimlich zu sein. Lena hatte sie nur ein paar Mal über den Hof huschen sehen. Doch in ihrem jetzigen Zustand war ihnen die Nähe zum Menschen egal.

David behandelte die beiden Tiere und Lena half ihm dabei.

Schweigend standen die beiden jungen Leute nebeneinander. Sie konnten gegenseitig ihren Herzschlag erahnen. Trotz der Situation schoss Lena die Hitze in den Kopf. Sie war sich über ihre Gefühle ganz und gar nicht im Klaren. Einerseits war ihr dieser attraktive, feinfühlige Mann sehr sympathisch. Anderseits jedoch vermutete sie, dass er etwas mit den Geschehnissen in dem Höhlengang zu tun hatte. Sie konnte sich einfach keinen erklärbaren Reim darauf machen. Sie musste endlich Klarheit bekommen.

Nachdem auch die beiden Tiere versorgt waren, entschuldigte sie sich.

„Ich möchte mich gerne etwas frisch machen! Und außerdem bin ich auch ziemlich kaputt," log sie, „es ist doch in Ordnung, wenn ich mich auch etwas ausruhe?"

Mathilde, die half, das Chaos der letzten Nacht zu beseitigen, nickte mitfühlend.

„Du siehst schrecklich aus! Verschwinde nur. Ich schaff′ das schon alleine. Wenn etwas ist, dann kann ich Dich ja rufen!"

Und damit schob sie Lena energisch zur Tür.

David verabschiedete sich auch gleich, er müsse in die Praxis.

Lena schloss die Tür zu ihrem Zimmer hinter sich. Sie lehnte sich an die Wand und rieb sich die Schläfen, um die Müdigkeit zu vertreiben. Sie wollte jetzt auf keinen Fall schlafen. Ihre innere Erregung trieb sie voran.

Für kurze Zeit verschwand sie im Bad. Eiskaltes Wasser lief über ihre Hände. Mit der hohlen Hand fing sie etwas davon auf und erfrischte damit ihr Gesicht. Langsam sah sie wieder etwas klarer. Nachdem sie sich noch kurz die Zähne geputzt hatte, war sie bereit. In Jeans und Sweatshirt, bewaffnet mit einer starken Taschenlampe, machte sie sich auf den Weg. Hexe folgte ihr auf dem Fuß. Lena war das nur recht. Mit dem Hund an der Seite fühlte sie sich wesentlich wohler.

Auf dem Flur sah sie sich um. Keine Menschenseele war zu sehen. Vorsichtig drehte sie den Schlüssel im Schloss zu Theresas Zimmer. Leise schlichen die beiden hinein und schlossen die Tür wieder hinter sich.

Im fahlen Schein des Tageslichtes, unterstützt von der Taschenlampe, wirkte der Raum noch unheimlicher, als in jener Nacht. Die Lampe stand noch unverändert auf dem Tisch. Und daneben saß, als ob sie schon auf Lenas Ankunft gewartet hätte, Bastet!

Lena blieb vor Schreck fast das Herz stehen. Wie war sie hier herein gekommen?

Mit ihren unergründlichen grünen Augen sah sie Lena durchdringend an. Sie wirkte wie das filigrane Kunstwerk eines Bildhauers - so makellos schön. Ihr Anblick faszinierte Lena immer wieder aufs Neue.

„Hallo, Du Schöne. Hast Du schon auf mich gewartet?“

Sanft strich Lena über das lackschwarze, seidige Fell.

Bastet erhob sich majestätisch. Ein forderndes Miauen kam zur Antwort.

„Was zeigst Du mir denn heute?“

Mit aufgerichtetem Schwanz sprang Bastet vom Tisch und marschierte zu der Tür, die zur Wendeltreppe führte. Sie stand offen. Lena war sich zwar ganz sicher, diese beim letzten Mal verschlossen zu haben, aber inzwischen wunderte sie sich über solche Dinge nicht mehr. Sie schnupperte. Es lag wieder dieser Geruch in der Luft. Eine Mischung aus Moder und diesem Männerparfum. Und da war noch etwas. Es roch eindeutig nach Zigarrenrauch. Lena konnte sich nicht erinnern, dass David rauchte. Und schon gleich keine Zigarren. Das wäre ihr mit Sicherheit aufgefallen. Ihr Onkel Heinrich rauchte diese ekligen braunen Dinger. Und danach roch er auch, wenn er gerade keine im Mund hatte. Als Kind assoziierte sie seine Person immer mit kaltem Zigarrenrauch. Sie schauderte bei dem Gedanken an diesen Onkel.

Aber wenn der Rauchgestank nicht von David war, von wem dann? Das mit dem Rasierwasser konnte schließlich auch ein Zufall sein. Sicher benützten diese Marke mehrere Männer. Insgeheim wünschte sich Lena diese Schlussfolgerung, auch wenn es sich ihr Herz nicht eingestehen wollte.

Sie folgte Bastet über die Wendeltreppe hinunter zu den Gängen. Zielstrebig lief die Katze den Tunnel entlang, bis sie schließlich in einen Seitenarm einbog. Lena sah sich noch einmal um. Hoffentlich wusste Bastet wirklich wohin sie rannte. Sie selbst würde sich in dem Wirrwarr hier alleine nicht mehr zu Recht finden. Doch diesen Gedanken verwarf sie sogleich wieder. Bastet kannte sich aus! Und sie wollte Lena zu etwas hinführen. Sie zweifelte inzwischen nicht mehr daran, dass dieses schwarze, geheimnisvolle Pelztier keine normale Katze sein konnte.

War etwas dran an der Legende von Bastet, der Katzengöttin aus dem alten Ägypten? Der geschichtlichen Überlieferung nach wandelte sie solange auf Erden, bis die Mörder ihres Ehegatten gerächt waren.

Bastet sah sich von Zeit zu Zeit nach der Menschenfrau um. Lena bemühte sich mit der kleinen wendigen Katze Schritt zu halten, doch in dem engen, niedrigen Schacht war es gar nicht so einfach, sich als Mensch behände fortzubewegen. Hexe tat sich da bedeutend einfacher. Für sie war das Ganze ein Spiel, welches sie total spannend fand. Sie steckte ihre dicke, schwarze Nase in jeden Felsspalt, beschnüffelte sämtliche unsichtbaren Spuren auf dem Boden. Ab und zu blieb sie stehen um aufgeregt freudig mit dem buschigen Schwanz zu wedeln. Begeistert sah sie dann Lena an.

Guck mal hier! Kennst Du diesen Geruch?

Doch Lena konnte es ja nicht sehen, geschweige denn riechen.

Lena konnte nicht mehr sagen, wie lange sie schon unterwegs waren. Sie hoffte nur, dass ihr Verschwinden auf Hohenstein noch nicht aufgefallen war. Bastet blieb plötzlich stehen. Der Gang endete hier. Lena hob die Lampe, um besser sehen zu können. Eine Metall-eiter führte nach oben. In der Decke des Stollens befand sich eine Öffnung, so groß, dass ein Mensch bequem durch passen würde. Ein hölzerner Deckel, ähnlich einer Falltür, versperrte lediglich den Ausgang.

Beherzt stieg Lena die Leiter hinauf. Mit den Schultern versuchte sie den Deckel hoch zu heben. Die schweren Holzplanken hochzudrücken verursachten ihren Schultern ziemliche Schmerzen. Lena ignorierte sie. Sie wollte dem Geheimnis um Theresa von Hohenstein auf die Spur kommen. Jetzt und heute!

Langsam gab die Tür nach. Ächzend, Millimeter um Millimeter schob sie sich in die Höhe. Lena versuchte in der Finsternis etwas auszumachen. Ein schwerer Teppich lag noch über der Falltür. Mit letzter Kraft gelang es ihr diesen wegzuschieben. Sie ließ ihren Blick um sich schweifen. Düsteres Tageslicht drang an ihre Augen. Wo war sie hier gelandet? Dann sah sie über sich einen kleinen Altar. Das war die Kapelle von Hohenstein!

Mit einem Ruck klappte sie die Tür um und zog sich hoch. Sie befand sich jetzt neben dem steinernen Altar. Bei ihrem letzten Besuch hier, als sie Bastet in der verschlossenen Kirche vorfand, hatte sie nur diesen Altar abgesucht. Auf die Möglichkeit, unter dem Teppich nachzusehen, war sie nicht gekommen.

Das Höhlensystem, durch das sie hierher gelangte, musste schon sehr alt sein. Da es bis zum Gut reichte und über verschiedene Ausgänge verfügte, diente es früher vielleicht als Fluchtweg vor irgendwelchen Angreifern, mutmaßte Lena.

Bastet strich um ihre Beine. Sie hatte nicht mitbekommen, wie das Tier die glatte Leiter herauf gekommen war. Eigentlich schien es ihr unmöglich, dass sich eine Katze an dem schmalen Metall festklammern könnte. Aber bei Bastet war wohl alles möglich.

Ein Kläffen aus der Tiefe erinnerte Lena daran, dass Hexe im Schacht wartete. Die Hündin wollte darauf aufmerksam machen, dass es ihr unmöglich war hier hoch zukommen.

„Ist schon gut, Hexe-Maus! Ich habe Dich nicht vergessen. Wir müssen sowieso zurück. Ich glaube kaum, dass wir hier in der Kapelle noch etwas finden!“

Fast ein wenig enttäuscht machte sich Lena auf den Rückweg. Wäre Bastet nicht wieder voraus gelaufen, hätte sie sich bestimmt verirrt. Nicht alle der Gänge endeten blind. Einige verzweigten sich in immer neue Gänge, in alle Himmelsrichtungen.

Konnte es möglich sein, dass Theresa hier unten einem Verbrechen zum Opfer gefallen war?

Wer wusste schon von diesem Höhlenlabyrinth?

Und wer schlich noch heimlich in diesen Gängen herum?

Unbemerkt gelangten Lena und Hexe wieder in das Haus. Keinem war ihr Verschwinden aufgefallen. Jeder vermutete, dass sie sich ausruhen würde.

Die vergifteten Katzen erholten sich langsam wieder. Matthis suchte täglich das ganze Gelände ab. Aber es wurden keine neuen Köder ausgelegt. Die Stimmung auf Hohenstein beruhigte sich wieder etwas. Schließlich mussten der so gut angelaufene Wanderreitbetrieb und die Reitstunden reibungslos weitergehen.

Kapitel 12

Es wurde kälter. Der Winter machte sich hier im Vorgebirgsland wesentlich schneller bemerkbar als anderswo. Die Tage begannen meist nasskalt und nebelig. Erst oft gegen Mittag verzog sich der dunstige Grauschleier, um der Sonne zu erlauben mit letzter Kraft die Erde ein wenig aufzuwärmen.

Doch Lena fand, dass auch der Spätherbst hier mehr Reize zu bieten hatte als in den grauen Betonschluchten der Großstadt.

Tief eingemummelt in einen dicken Fleece Pulli stand sie, mit von der Kälte geröteter Nase, im Stall und richtete zwei frische Boxen her. Trotz des wenigen Schlafes, den sie in letzter Zeit fand, da sie fast jede Nacht ein paar Stunden für die Erkundung der Höhlengänge opferte, summte sie fröhlich ein Lied vor sich hin. Sie war bester Laune. Robert und Gitti Leonhardt hatten sich für heute angesagt. Sie wollten eine Woche Urlaub hier verbringen. Und sie brachten diesmal ihre eigenen Pferde mit. Lena war schon sehr neugierig. Sicher waren ihre Pferde sehr teuer gewesen, wie alles an den Leonhardts, aber was spielte das schon für eine Rolle. Sie sah kurz mit liebevollem Blick auf ihre kleine Moon, die genüsslich an einem Heuhaufen knabberte. Für sie war es ihr wertvollster Besitz, auch wenn sie sicherlich vom rein materiellen

Wert her zu den Billigpferden gehörte. Wen interessierte das schon? Die Seele eines Tieres war es, was zählte. Für Lena zumindest.

Sie war so in Gedanken versunken, dass sie David gar nicht kommen hörte. Plötzlich stand er hinter ihr.

„Guten Morgen, schöne Frau!"

Mit der Zeit war der schüchterne David ein wenig aufgetaut und traute sich nun auch, ab und zu ein Späßchen zu machen. Er mochte Lena, nicht nur als Freundin. Aber das einzugestehen, dazu reichte sein Selbstwertgefühl noch nicht.

Lena strahlte ihn an. Gespielt süffisant erwiderte sie seinen Gruß.

„Ja, guten Morgen, Herr Doktor! Ausgeschlafen?"

Ihre grünen Katzenaugen funkelten. Längst war sie nicht mehr so spröde und abweisend. Und weil sie heute so guter Dinge war, verpasste sie ihm einen freundschaftlichen Willkommenskuss auf die Backe. Als sie seine Haut berührte durchzuckte sie es wie ein Blitzschlag. Sie nahm seinen männlichen Geruch war. Da war er wieder - dieser Rasierwasserduft aus der Höhle!

Auch David war von dieser neuen, unbekannten Intimität Lenas ein wenig geschockt. Mit großen Augen starrte er sie an.

„Ich bin bestimmt schon lange vor Dir auf den Beinen gewesen“, stammelte er, etwas unsicher. „ Ich habe schon einem Kälbchen auf diese Welt geholfen. Und das um vier! Aber was verschafft mir die Ehre Deines Kusses?“

Mutig fasste sich Lena ein Herz.

„Du riechst so verführerisch gut“, log sie.

„Also den Kuhstallgeruch habe ich abgeduscht, den kannst Du mir nicht mehr vorwerfen. Aber wenn Du das Rasierwasser meinst! Gefällt es Dir? Dann muss ich Onkel Viktor bitten, es mir ganz zu überlassen!“

Auf Lenas fragenden Blick hin, erklärte David ihr:

„Wir benützen zusammen ein Badezimmer. Und weil ich eigentlich über keine eigenen Duftwässerchen verfüge, bediene ich mich manchmal aus seinem Sammelsurium! Nach dem leckeren Kuharoma auf nüchternen Magen, erschien es mir nötig, meine Geruchsnerven wieder etwas zu entspannen. Der Stall des Bauern sah nämlich aus, als ob er mal wieder einer Generalreinigung bedarf. Und so roch er auch!“

Viktor, schoss es Lena durch den Kopf. Natürlich, sie erinnerte sich auch daran, den alten Tierarzt schon einmal mit einem Zigarrenstummel im Mund gesehen zu haben. Er lebte auch zu Theresas Verschwinden schon hier in der Gegend. Sollte er...? Diesen Gedanken wollte sie lieber gar nicht erst zu Ende denken. Viktor war ein so sympathischer Mensch.

„Erde an Lena. Bitte kommen!“ David wedelte mit der Hand vor Lenas Gesicht.

Sie schüttelte leicht den Kopf. „Entschuldige, ich war geistig woanders!“

„Wenn Dich natürlich mein Geruch fast ohnmächtig werden lässt, benütze ich das Rasierwasser selbstverständlich nicht mehr,“ scherzte David lachend.

„Quatsch, ist schon wieder gut. Heute kommen übrigens Robert und Gitti! Glaubst Du, dass du in den nächsten Tagen ein wenig von Deiner kostbaren Zeit übrig hast?“

„Kommt darauf an für was?“

Verschwörerisch grinsend hob David die Augenbrauen. Der Kuss eben hatte sein Herz ein wenig höher schlagen lassen. Und so flachste er mutig weiter.

„An was denkst Du denn? Natürlich wollen die Beiden die Gegend erkunden. Und es wäre schön, wenn Du mitkämest, das eine oder andere Mal.“

„Ach so!“ Davids Miene war gespielt enttäuscht.

„Ich dachte schon, Du wolltest mich zu einem Rendezvous einladen! ----Aber nein, im Ernst. Geht schon klar! Würde mich freuen, wenn ihr mich mitnehmt. Soviel habe ich auch noch nicht gesehen seit ich hier bin. Und Kiro freut sich bestimmt auch, mal wieder ein wenig mehr laufen zu können!“

Lena nickte erfreut.

„Jetzt muss ich aber sehen, dass ich weiter komme! Meine Patienten warten. Richte Gitti und Robert einen schönen Gruß aus. Ich schaue vielleicht heute Abend mal vorbei und sage hallo.“

Damit verabschiedete sich David. Beim Hinausgehen besuchte er noch seinen Kiro, der schon aufgeregt an die Boxenwand klopfte.

Wieso kam sein Kumpel heute nicht her zu ihm? -- Hier bin ich doch! Hallo!!

„Hi, Großer, wie geht es Dir. Hier hast Du eine Möhre.“

Er rieb den Hals des großen Grauen. Dieser zupfte verspielt mit seinen Lippen an Davids Jacke.

„Ist ja gut, Dir ist langweilig. Kann ich verstehen. Aber ich muss Dich enttäuschen, es warten noch Patienten auf mich. Deshalb muss ich weiter. Bye, bis später!“

Und damit verschwand David zum Ausgang.

Kiro sah ihm verständnislos nach. Beleidigt wieherte er ihm leise nach. Wie ein trotziges kleines Kind schlug er noch einmal mit dem Huf gegen die Boxenwand. Nachdem niemand auf seinen Krach reagierte, vergrub auch er, so wie alle anderen, seine Nase wieder in seinem Futtereimer um sein Frühstück zu beenden.

Als die Leonhardts ankamen gab es ein großes Hallo. Gitti stürzte aus dem sündhaft teuren Geländewagen um Lena überschwänglich um den Hals zu fallen.

„Hallöchen, da sind wir wieder! Ach ich freue mich ja so auf diesen Urlaub. Wie geht es Euch denn so? Was macht der Umbau?"

Die Worte sprudelten nur so aus ihrem Mund. Lena umarmte die doch so gegensätzliche Blondine.

„Hallo. Uns geht es soweit ganz gut. Naja, und was den Umbau betrifft, kannst Du Dir gleich selbst ein Urteil bilden!"

„Komm mit, Du musst Dir gleich unsere Kinder anschauen! Sie werden Dir bestimmt gefallen!"

Gitti zog Lena zum Transporter. Auch dieses Gefährt entsprach der allerneuesten technischen Entwicklung, hypermodern mit Klimaanlage und allen möglichen Schikanen. Inzwischen war auch Robert ausgestiegen. In seiner ruhigen und ausgeglichenen Art, aber nicht minder herzlich wie seine Frau, begrüßte er Lena.

„ Grüß Dich. Gut siehst Du aus!"

Ihn fröstelte leicht.

„Ganz schön frisch hier bei Euch. Man könnte meinen, nächste Woche schneit es."

„Nein, ganz so schlimm ist es auch wieder nicht," lachte Lena, „ aber im Vergleich zur Stadt glaube ich Dir, dass es Dir sehr kalt vorkommt. Daran wirst Du

Dich schnell gewöhnen. Du brauchst nur das Richtige zum Anziehen."

Und damit deutete sie auf seinen dünnen Cashmerepullover.

„Mit dem Teil bist Du hier ausgeschieden!"

„Ich werde als erstes etwas Wärmeres aus dem Koffer holen. Gitti hat mich noch gewarnt, dass es hier kälter sein wird als bei uns Zuhause, aber ich habe sie nur ausgelacht. Das war ein Fehler."

Seine Frau, eingehüllt in einen dicken, cremefarbenen Strickpullover mit wunderschönen Lederapplikationen, grinste ihn spöttisch an.

„Männer! Sie wissen ja immer alles besser!"

Robert streckte ihr nur kurz die Zunge heraus, dann machte er sich an der Verriegelung des Transporters zu schaffen. Als Lena die beiden gewaltigen Hinterteile in dem Trailer sah, machte sie große Augen. Das waren keine Pferde mehr, das waren ja schon Reitelefanten.

Als die beiden, ein massiger Hannoveraner in glänzendem Schokoladenbraun mit schwarzem Behang und einem Stockmaß über eins fünfundsiebzig, und sein Kumpel, ein ebenso gewaltiger Westfalenfuchs vor der zierlichen Lena standen, musste sie den Kopf weit in den Nacken legen, um zu ihnen hochsehen zu können. Staunend betrachtete sie die kräftigen Tiere. Dagegen würde Mooni wie ein kleines Pony aussehen.

Neugierig ließen die beiden Wallache ihre Ohren kreisen und blähten dabei ihre Nüstern, um die fremdartigen Gerüche orten zu können.

„Das ist Tivoli, der gehört Gitti." Robert zeigte auf den Roten. „Und der hier, dieses Ungeheuer, heißt eigentlich Rosenkavalier, " er schüttelte verständnislos den Kopf, „ aber ich nenne ihn Rambo, denn er benimmt sich auch so. Nicht wahr, Du altes Monster!"

Und damit tätschelte er den Hals des Genannten. Als ob er die Auskünfte über sich bestätigen wollte, nickte Rambo heftig mit dem Kopf und prustete seinem Besitzer ins Ohr.

„Lass das, Du Ferkel! Sonst kommst Du eines Tages wirklich in die Wurst. Ich habe es Dir schon oft prophezeit!"

Robert tat so, als ob er böse mit ihm sei. In der Tat sollte Lena bald merken, welch eigenartiges Kommunikationsverhältnis Robert zu seinem Pferd hatte. Er benützte alle möglichen negativen Ausdrücke, angefangen beim sturen Esel bis hin zum verfressenen Fettsack. Rambo ließ das alles kalt. Zum einen konnte er die Worte sowieso nicht verstehen, zum anderen merkte er an der Stimmlage seines Herrn, dass dieser so seine unerschütterliche Zuneigung zu ihm überspielte. Robert, als echter Mann, wollte sich von niemandem anmerken lassen, wieviel ihm ein Tier bedeutete.

Gitti hingegen zeigte ohne die männliche Scheu ihres Gatten, wie sehr sie an ihrem Tivoli hing. Für sie war er so eine Art Kindersatz. Ein Kind, das sie nie haben würde. Denn nach drei Fehlgeburten, die sie schon hinter sich hatte, hielten es die Ärzte für angebracht, ihr von einer weiteren Schwangerschaft abzuraten. Zuerst dachte Gitti, eine Welt würde für sie zusammenbrechen. Sie hatte sich immer eine große Familie gewünscht, und nun sollte sie nicht einmal ein einziges Kind haben dürfen. Sie fand das nur noch ungerecht. Nach einer Phase tiefster Depression schenkte ihr Robert dann den kleinen Tivoli, gerade mal ein Jahr alt, rotzfrech und verspielt, wie junge Pferde nun mal sind. Und Gitti begann langsam wieder glücklich zu werden. Sie hakte das Thema Kind ab, und befasste sich von diesem Tage an nur noch mit der Aufzucht und Erziehung ihres Ersatzkindes.

Sie drückte und sie herzte Tivoli ungeachtet dessen, dass ihr der Rote, nachdem er genüsslich ein Stück Apfel verzehrt hatte, den teuren Pullover vollsabberte.

„Guck mal, das ist mein Baby! Ist er nicht süß?"

Nun, mit einem Baby ließ sich der Riese wohl nicht gerade vergleichen, überlegte Lena, aber sie verstand was Gitti ausdrücken wollte und nickte beifällig.

„Entgegen aller Empfehlungen habe ich ihn selbst eingeritten", verkündete Gitti stolz, „ außer Robert und mir war noch niemand auf ihm gesessen, nicht wahr Schatz?"

„Das muss ich ihr neidlos zugestehen. Mit einer hartnäckigen Ausdauer, die man von ihr gar nicht gewohnt ist, hat sie aus einer wilden Hummel, die Tivoli in seiner Jugend war, ein hundertprozentiges Verlasspferd gemacht. Ich glaube, der würde sich für sie sogar umbringen!“

Robert nickte anerkennend.

Und in Lenas Augen stieg die Achtung für die liebenswerte, wenn auch ein wenig oberflächlich wirkende Rheinländerin noch ein wenig mehr.

Gitti und Robert verstauten ihre beiden Pferde in den hergerichteten Boxen, schnappten sich dann ihre Koffer und ließen sich von Lena ihr Zimmer zeigen.

Nach Lenas Geschmack waren die neuen Gästezimmer sehr schön geworden. Einfach eingerichtet, aber mit viel Liebe.

Auch ihr Besuch war begeistert. Demonstrativ ließ sich Gitti in das dicke Federbett fallen. „Da werde ich bestimmt gut schlafen!“ verkündete sie mit einem tiefen Seufzer.

Am Abend kam wie versprochen David vorbei. Man feierte ein großes Wiedersehen. Die Stimmung war ausgelassen. Und sogar Adele weilte bis tief in die Nacht bei dem fröhlichen Jungvolk. Es wurde die eine oder andere Flasche Rotwein geleert. Eine ausgiebige Tour für den nächsten Tag wurde ausgetüftelt und dann trennte man sich vernünftigerweise und doch schweren Herzens, um noch etwas Schlaf zu ergattern.

Mit etwas bleichen Gesichtern traten am nächsten Morgen vier Reiter ihre Tour an. Die Leonhardts auf ihren beiden Pferden, Lena auf Moon und Adele auf Attila.

David musste kurzfristig absagen. Eine schwierige Operation, bei der er seinem Onkel assistieren sollte, war ihm dazwischen gekommen. Er versprach sobald wie möglich nachzukommen. Er würde eine Abkürzung nehmen und wollte sie bis zum Mittag einholen. Lena war zwar etwas enttäuscht, aber sie zeigte es nicht.

Es versprach ein herrlicher Tag zu werden. Sie ritten über verschlungene Bergpfade zu einem wunderschönen Felsental. Die Morgennebel über den taunassen Wiesen begannen sich gerade zu verziehen. Der angrenzende Wald lag noch in dichtem Dunstschleier. Ein paar Feldhasen wurden von ihrem Frühstück aufgeschreckt und suchten aufgeregt das Weite. In der Ferne hörte man einen Kuckuck rufen.

Die Gruppe ritt zunächst schweigend, in sich gekehrt, voran. Selbst die sonst so gesprächige Gitti hing eher dösend in ihrem Sattel. Bei jedem von ihnen machten sich noch das Schlafdefizit und das ein oder andere Glas zu viel bemerkbar.

Noch ahnte keiner von der schrecklichen Tragödie, die sich anbahnte.

Der Ausflug blieb nicht unbemerkt. Eine dunkel gekleidete Gestalt beobachtete, wie schon so oft in den vergangenen Wochen, die Reiter heimlich mit einem

Feldstecher von einem Hochsitz aus. Nach dem sie sich vergewissert hatte, in welche Richtung die vier unterwegs waren, schlich sich die Gestalt schattengleich davon. Jagdgrüne Cordhosen steckten in schwarzen Springerstiefeln. Darüber versteckten ein ebenso grüner Parka und eine dunkle Wollmütze, die nur die Augen freigab, die unheimliche Person. Sich nach allen Seiten umblickend, verschwand sie hinter einem Gebüsch in die Felsenhöhlen. Zielsicher eilte sie durch die dunklen Gänge. Nach kurzer Zeit erreichte sie den Ausstieg zur kleinen Kapelle, durch welchen sie auch gekommen war. Sorgfältig verschloss sie die Falltür und anschließend die Kapelle, den Geheimschlüssel wieder an seinem Platz deponierend.

Schwer keuchend sprang die Gestalt in einen unauffälligen Jeep und raste davon. Schweißperlen bildeten sich auf der Stirn, wurden von der Wollmütze aufgesogen. Die zitternden Hände umklammerten krampfhaft das Lenkrad. Mit einem Seitenblick auf den Rücksitz nahm der Unbekannte die Umrisse einer länglichen Tasche wahr und versuchte seine Nerven zu beruhigen. Er musste das jetzt durchziehen, jetzt oder nie.

In rasanter Fahrt steuerte er den Jeep über die Gebirgsserpentinen. Selbst als er nach einigen Kilometern in einen Schotterweg abbog, bremste er die halsbrecherische Geschwindigkeit nicht ab. Sein Ziel war ein nahegelegenes Waldstück, von dem aus er das gesamte

Tal würde überblicken können. Er musste es erreichen, bevor Lena und ihre Reitertruppe daran vorbei gezogen waren. Als er die ersten Bäume erreichte, brachte er den Jeep mit blockierenden Reifen zum Stehen. Hastig stieg er aus und griff nach der Tasche auf dem Rücksitz. Von hier aus musste er zu Fuß weiter laufen.

Sein Atem ging schwer. Körperliche Anstrengung war nicht gerade seine Stärke und außerdem lagen seine Nerven blank. Wenn dies hier schief ging, konnte er einpacken. Mit letzter Kraft schleppte er sich zu einem zwischen dichtem Nadelgehölz verborgenem Jagdansitz. Er packte mit fahrigen Handbewegungen die mitgebrachte Tasche aus. Ein Jagdgewehr kam zum Vorschein. Sorgfältig lud er es und stellte es vorsichtig neben sich. Durch den Feldstecher konnte er die sich langsam herannahenden Reiter ausmachen. Er würde noch genügend Zeit haben sich zu beruhigen, bis sie in seine Schussweite kommen würden.

Allmählich taute die frische Morgenluft ihre Gemüter wieder auf. Gitti schwatzte nun unermüdlich auf Lena ein. Erzählte ihr die Lebensgeschichte von Tivoli, von ihrem Leben in Düsseldorf und war natürlich auch brennend daran interessiert, ob sich zwischen Lena und David nun endlich etwas anbahnte.

„Ich verstehe Dich gar nicht, so ein gutaussehender Mann wie er. Und Du willst mir erzählen, dass Du nicht heiß auf ihn bist!“

„Nein, wirklich nicht. Wir sind nur Freunde,.... und das bleibt auch so, “ beharrte Lena stur.

„Welche Ratte hat Dich denn gebissen? Entschuldige bitte, aber Du bist doch noch jung. Da hat man doch auch mal...... na, Du weißt schon was ich meine. So Gelüste eben!“

„Ich habe die Nase voll von den Männern! Sie können mir alle gestohlen bleiben.“

Zwar glaubte Lena selbst nicht mehr so recht an das, was sie da sagte, aber das wollte sie einfach nicht zugeben. Ohne dass sie es irgendwie provozierte, machte ihr Herz innerlich Luftsprünge wenn sie David in ihrer Nähe wusste. Sie spürte dann, wie ihr die Hitze zu Kopf stieg und wie leicht er sie in Verlegenheit bringen konnte. Nur, nach der Sache mit Stefan hatte sie zu viel Angst vor einer neuen Enttäuschung und so hielt sie sich auf Distanz.

Gitti schüttelte nur ihren hübschen Lockenkopf, soviel Sturheit ging über ihren Horizont.

Robert ritt neben Adele. Beide unterhielten sich angeregt über Pferdezucht. Das Gespräch von Lena und Gitti hörten sie zu Lenas Glück nicht. Das wäre ihr dann schon etwas peinlich gewesen.

Der Weg begann schmäler zu werden und sie mussten sich hintereinander halten. Attila schritt mit stolz geschwungenem Hals voran. Er fühlte sich als der Anführer und verhielt sich aus so.

Hexe rannte mit erhobenem Schwanz ein paar Meter voraus, blieb kurz stehen und raste sofort wieder zurück, um im selben Moment wieder kehrt zu machen. Auf diese Art und Weise legte sie gut und gerne die dreifache Wegstrecke zurück. Aber darum scherte sie sich nicht. Sie fand diesen Ausflug einfach herrlich. Die Hitze des Sommers war vorbei und für einen Hund begannen die Temperaturen wieder angenehmer zu werden.

Urplötzlich hielt sie inne. Ihr Gefühl sagte der Hundedame, dass da etwas nicht stimmt. Angespannt hielt sie ihre Nase in den Wind, konnte aber nichts wahrnehmen.

Doch, da musste etwas sein...!

Wachsam lief sie weiter, immer den Kopf nach allen Seiten drehend.

Lena bemerkte Hexes Unruhe. Aufgeregte Bilder flogen ihr zu, kreuz und quer durcheinander. In dem Wirrwarr an Informationen versuchte Lena herauszufinden, was Hexe so verstörte.

Doch die Hündin wusste es selber nicht!

Niemand bemerkte, wie ein paar hundert Meter entfernt ein Gewehr angelegt wurde. Durch das Zielfernrohr suchte sich die vermummte Gestalt auf dem Ansitz ihr Opfer aus. Die Atemzüge waren inzwischen wieder gleichmäßig, die Nervosität hatte sich etwas gelegt. Langsam schob sich ein Zeigefinger über den Abzug, in grausiger Gewissheit, gleich bei günstigster

Gelegenheit eiskalt abzudrücken. Präzise folgte der Gewehrlauf den Bewegungen seines chancenlosen Opfers.

Doch noch jemand war an diesem Morgen heimlich unterwegs, hatte die Gestalt keine Sekunde aus den Augen gelassen. War ihr bis hierher gefolgt. Lautlos kletterte das Wesen den Baum hinter dem Ansitz hinauf. Lauerte dann abwartend auf seine Chance. In dem Moment als der Finger den Abzug betätigen wollte, schlug es zu. Mit einem wütenden, furchteinflößenden Keifen sprang es dem Fremden ins Genick, schlug ihm seine messerscharfen Krallen tief in das Fleisch hinein. Die spitzen Raubtierzähne bissen blitzschnell immer wieder zu.

Ein entsetzter Aufschrei und ein Schuss, hart und laut wie ein Peitschenschlag, zerfetzten die Stille. Auch Gitti schrie schrill auf.

Hexe zuckte erschrocken zusammen und sah in die Richtung, aus der der Schuss gekommen war. Die Pferde scheuten ausnahmslos und die Reiter hatten alle Mühe, sie im Zaum zu halten.

Attila bäumte sich getroffen auf. Die Gewehrkugel hatte sich in seine Schulter gebohrt und verursachte ihm höllische Schmerzen. Wie wahnsinnig galoppierte er in panikartigem Schockzustand davon, ungeachtet seiner schlimmen Verletzung. Eine Blutspur rann an seinem linken Bein entlang. Verzweifelt versuchte Adele ihn zum Anhalten zu bewegen, aber die mentale Verbindung zwischen den Beiden war abgerissen.

Attila wollte nur noch eines. Weg von diesem schrecklichen Ort, die unerträglichen Schmerzen einfach abschütteln. Kopflos rannte er immer weiter, ohne ein Ziel.

Robert gelang es schließlich als erstes, seinen Rambo zu beruhigen. Dann trieb er ihn mit festem Schenkeldruck an und verfolgte den flüchtenden Friesenwallach. Durch die schmerzende Schulterverletzung hatte Attila viel von seiner sonstigen Schnelligkeit eingebüßt. So kostete es dem schwerfälligeren Rambo wenig Mühe ihn einzuholen. Robert lenkte ihn in einem Bogen um Attila herum und schnitt ihm dann den Weg ab. Der Schwarze musste bremsen um auszuweichen und in diesem Moment konnte Robert die Zügel greifen. Irgendwie schaffte er es, das total verängstigte Tier zum Anhalten zu bewegen. Robert sprang ab und stellte sich vor ihn.

„Hoooh. Stopp, mein Guter. Ist alles gut.“

Er strich Attila über den schweißbedeckten Hals. Der Wallach zitterte am ganzen Körper. Die Gräfin flog förmlich aus dem Sattel, mit einer Behändigkeit, die man ihr gar nicht mehr zutrauen würde. Mit schreckgeweiteten Augen bemerkte sie die Verletzung an der Schulter des Pferdes.

„Oh mein Gott, Attila. Was ist passiert? – Wieso.... Woher....?“

Die Worte kamen nur in Bruchstücken aus ihrem Mund. Das Entsetzen war ihr ins Gesicht geschrieben. Robert hielt Attilas Zügel immer noch fest in der Hand. Der große Schwarze stand jetzt stocksteif vor ihm. Sein Atem ging stoßweise.

Lena und Gitti kamen angaloppiert.

„Schnell Lena! Deine Erste-Hilfe-Tasche! – Wir brauchen etwas um die Blutung zu stoppen!“

Robert presste ein Taschentuch auf das blutende Loch in Attilas Schulter. Es färbte sich in Sekundenschnelle rot.

Lena riss die Satteltasche von Moons Rücken. Mit eigenartig ruhigen Bewegungen kramte sie nach den benötigten Verbandsmaterialien. Ohne viele Worte begann sie die Wunde abzudecken. Sie presste zwei dicke Verbandsrollen auf einen Tupfer und versuchte mit einer dritten Rolle das Ganze zu fixieren. Im Krankenhaus war sie oft genug mit Notfällen, wie diesem, konfrontiert gewesen. Sie hatte schon viele Male Ärzten bei ähnlichen Vorfällen assistiert.

Die Handlungsabläufe prägen sich im Unterbewusstsein ein und bleiben dort für immer gespeichert. Der Patient in diesem Fall war zwar anatomisch anders aufgebaut als sonst, aber Lena sah in diesem Moment nur eine zerfetzte Schulter.

Sie gehörte nicht zu den Menschen, die in solchen Stresssituationen die Nerven verlieren und sich jammernd in eine Ecke verkriechen.

Die Frage nach dem Wieso und Warum würde sich für sie erst stellen, wenn sie Attila fürs Erste versorgt wusste. Sie war mit Sicherheit nicht minder geschockt als die anderen Anwesenden.

Der Vermummte auf dem Ansitz hatte sein Ziel verfehlt. Er drückte den Abzug genau in dem Moment, als er von hinten angesprungen wurde, und verzog dabei den Gewehrlauf um wenige Zentimeter.

Schmerzerfüllt ließ er das Gewehr fallen und schlug wie verrückt um sich. Fast hätte er das Gleichgewicht verloren und wäre vom Hochsitz gefallen. Er konnte die Bestie in seinem Nacken nicht abschütteln. Immer tiefer bohrten sich die dolchartigen Krallen in die Haut. Schließlich gelang es ihm irgendwie, das Vieh zu packen und davon zu schleudern. In wilder Panik stolperte er die Leiter hinunter, ungeachtet der Tatsache, dass ihm bei dem Kampf die Wollmütze vom Kopf gezogen wurde. Sie hing zerfetzt in einem Gebüsch. Auch Gewehr und Tasche ließ der Schütze zurück. Er musste weg von hier.

Mit blutüberströmtem Gesicht rannte er zu seinem Wagen, setzte sich hinter das Steuer und verschwand so unbemerkt wie er gekommen war.

Etwas unterhalb der Baumgrenze schlich eine schwarze Katze des Weges. Sie humpelte ein wenig und fast könnte man meinen, dass sie bedrückt wirkte. Sie blickte sich noch einmal um und sah in der Ferne das verletzte Pferd. Trauer erfüllte sie. Dann trat sie leise ihren Heimweg an.

Die Blutung an Attilas Schulter war fürs Erste gestoppt. Jetzt hatte auch Lena Zeit ihrem Entsetzen Luft zu machen.

„Wer war das bloß? Wieso ist auf Attila geschossen worden?

Robert zuckte mit den Schultern. Er versuchte Herr der Lage zu bleiben.

Gitti stand nur da, schneeweiß im Gesicht mit aufgerissenen Augen, unfähig auch nur einen Muskel zu regen. Lautlos liefen ihr Tränen über das Gesicht. Ihr Mann nahm sie in seine Arme und drückte sie.

„Ist gut Schatz. Es wird alles wieder gut!“

Sanft streichelte ihr Robert über das zerzauste Haar.

„Reiß Dich jetzt zusammen! Wir müssen sehen, dass wir das jetzt gemeinsam zu einem guten Ende bringen!“

Gitti nickte tapfer, wie in Trance. Unter einem Tränenschleier sah sie Robert in die Augen.

„Geht schon wieder. Ich war nur so geschockt! Lass gut sein. Kümmere Dich um die Anderen!“

Und damit schob sie ihn sanft von sich.

Robert wandte sich an Adele und Lena.

„Wir müssen zusehen, dass wir von hier wegkommen. Aber Attila schafft den Weg in seinem Zustand nicht.

Irgendeiner muss voraus reiten und einen Hänger holen. Und auch gleich David oder Viktor Bescheid geben.“

Die Einzige, die den kürzesten Weg nach Hohenstein zurück kannte war Lena. Sie vergewisserte sich noch einmal, ob Attila ausreichend versorgt war und spurtete dann auf ihrer Moon in Richtung Hohenstein. Die kleine Stute war sich wohl der Tragweite ihrer Aufgabe bewusst. Ihr großer Freund war in Not und sie musste ihn retten. Ohne dass ihre Reiterin sie weiter antrieb, flog sie über die Felder dahin. Ihre Zähigkeit zahlte sich hier aus. Das Blut eines Quarterhorse, einer Pferderasse, die gezüchtet wurde um Distanzrennen auszutragen, floss schließlich in ihren Adern.

Lena gingen alle möglichen Gedanken durch den Kopf.

Weshalb schoss jemand auf ein unschuldiges Pferd? Ein Jäger konnte es unmöglich gewesen sein. Er hätte auch auf große Entfernung erkennen können, dass es sich nicht um ein Reh oder so etwas Ähnliches handeln konnte. Es musste Absicht dahinter stecken. Jemand wollte Attila umbringen!!

Auf den Gedanken, dass vielleicht nicht der schwarze Wallach das Opfer des Anschlages sein sollte, kam sie in diesen Momenten nicht.

David war mit der Operation schneller fertig als geplant. Der Eingriff bei einem Schäferhund, dem ein Tumor aus der Bauchhöhle entfernt werden sollte, erwies sich als inoperabel. Nachdem Viktor und er den

Leib des Tieres öffneten, mussten sie leider feststellen, dass außer dem männerfaustgrossen Geschwür an der Bauchspeicheldrüse auch andere Organe schon von Krebszellen befallen waren. In Übereinkunft mit dem Hundebesitzer erlösten sie den zehnjährigen Rüden von seinem Leiden. Noch in Narkose injizierten sie ihm eine Flüssigkeit, die seinen Herzschlag enden ließ.

Bei den Aufräumarbeiten in dem kleinen Operationsraum bemerkte Viktor die Unruhe seines Neffen. „Ich schaffe das hier auch alleine. Verschwinde schon endlich. Dann siehst Du sie eher wieder!“ Der ältere Tierarzt sah David von der Seite mit einem wissenden Lächeln an. Der konnte nicht verhindern, dass ihm eine leichte Röte ins Gesicht schoss.

„Quatsch. Ich helfe Dir noch, hier Ordnung zu machen,“ beeilte er sich zu sagen, obwohl er eigentlich lieber gleich los rennen wollte. Er fühlte sich wie ein kleiner, dummer Junge wenn er an Lena dachte. Sie war so anders als all die Frauen, die er bisher kennen gelernt hatte.

In seinem bisherigen Liebesleben gab es genügend Affären. Wenn man so aussah wie er, fiel es einem leicht, die Frauen herum zu kriegen, auch wenn man kein Draufgängertyp war. Doch die Beziehungen endeten meist schon nach kurzer Zeit. Die Gründe hierfür waren immer dieselben. Die Frauen beklagten sich, David hätte nicht genügend Zeit, er sei mehr mit seinem Beruf liiert als sonst etwas. Sie wollten nicht akzeptieren, dass Tierarzt eigentlich kein Beruf, sondern eine Berufung ist. Und David nahm es mit dieser Berufung sehr ernst. Sein Job in Argentinien auf der Rinderranch war hart. Wenn er wieder mal die halbe Nacht damit zubrachte, ein verkehrt liegendes Kalb auf die Welt zu holen, war sein Bett anschließend eben leer. Die derzeitige Freundin war gegangen. Irgendwo war es ihm fast gleichgültig. Bislang gab es noch keine Frau, für die er bereit war etwas von dem aufzugeben, dass er so sehr liebte.

Nur wenn er Lena ansah, wenn er mit ihr zusammen ausritt oder sie sonst etwas unternahmen, war er sich nicht mehr so sicher. In seinem Herzen machte sich ein Gefühl breit, dass er bis zum heutigen Tage immer unterdrückt hatte.

War das Liebe?

Man hatte ihm vor so vielen Jahren das Liebste in seinem Leben genommen. Seine wunderschöne, herzensgute Mutter und seinen ebenso stolzen, wie mutigen Vater, der bis zum Tod um sein bisschen Land kämpfte. Seitdem war sein Herz wie versteinert. Niemals würde er es mehr zulassen, dass man ihn so verletzte.

Viktor beharrte darauf alleine aufzuräumen.

„Verschwinde jetzt endlich, bevor ich handgreiflich werde," scherzte er und hielt David ein Skalpell unter die Nase.

„Also gut, wenn Du unbedingt darauf bestehst. Wir sehen uns heute Abend beim Essen. Vergiss nicht! Acht Uhr, auf Hohenstein. Mathildes Essen lässt man nicht warten! Bye, Sir."

Und damit machte er auf dem Absatz kehrt.

David war damit beschäftigt Kiro zu satteln, nachdem er den Grauen in Windeseile vom Schmutz befreit hatte. Wie alle anderen Pferde liebte es auch Kiro, sich im Dreck zu wälzen und anschließend eher einem schmutzverkrustetem Fabelwesen mit abstehender Mähne und Schweif zu ähneln, denn einem Pferd. Aber für eine gründliche Reinigung nahm sich David heute keine Zeit. Er wollte schnellstens die Anderen einholen und seine Lena wiedersehen.

Gerade als er den Stall verließ, bog Moon auf den Hof ein. Klitschnass geschwitzt bremste sie vor David, um einen Zusammenstoß zu verhindern.

Mit fragendem Blick fing der junge Mann eine aufgelöste Lena auf, die mit Tränen in den Augen in seine Arme fiel.

„Attila! Man hat ihn angeschossen. Er ist schwer verletzt. Komm schnell! Du musst ihm helfen! Er verblutet!"

„Angeschossen? Wie konnte denn so etwas passieren?"

David schob Lena, zärtlich aber bestimmt, von sich. Während sie ihm aufgeregt alle Einzelheiten schilderte, bugsierte er den verblüfften Kiro, der sich schon auf den bevorstehenden Ausritt freute, wieder in seine Box.

„Sorry, mein Alter. Ich werde mich wieder revanchieren. Aber jetzt musst Du leider hier bleiben!"

Matthis kam angelaufen und wurde kurz informiert. Er wurde schreckensbleich. Sein Attila war angeschossen worden!

Wie in Trance kümmerte er sich um die ausgelaugte Moon, rieb sie trocken und legte ihr anschließend noch eine Decke über. Dann brachte er sie in ihre Box und versorgte sie mit Futter und frischem Wasser.

Im Laufschritt begaben sich derweil David und Lena zu seinem Wagen, hängten einen Trailer an und fuhren los. Während der Fahrt informierten sie Viktor über das Autotelefon. Der versprach in der Praxis alles für den Notfall vorzubereiten.

„Ich rufe auch gleich die Kriminalpolizei an, und schicke sie zu Euch", versprach er.

„Wieso die Kripo?" Lena sah David an.

„Na, überlege doch mal. Ist Dir noch nicht der Gedanke gekommen, dass der Anschlag vielleicht nicht Attila, sondern einem von Euch Menschen gegolten haben könnte?"

Die junge Frau machte große Augen. Von dieser Seite aus hatte sie die Sache wirklich noch nicht betrachtet. Sie erschauerte.

„Denn wer sollte schon ein Interesse daran haben, ein unschuldiges Pferd zu erschießen? Welchen Nutzen hätte er davon?“ David fuhr mit ernster Stimme fort.

Lenas Hirnzellen begannen zu arbeiten. Laut begann sie ihre Gedanken auszusprechen.

„Und die toten Katzen? Hängt das Ganze vielleicht zusammen? - Das könnte gut möglich sein. Die Katzen leben seit vielen Jahren auf Hohenstein. Niemand hat sich bisher daran gestört. Die nächsten Anwesen sind mehrere Kilometer entfernt. Also richten die Tiere auch bei niemanden Schaden an. Weshalb dann plötzlich Gift?“

Sie unterbrachen ihre Unterhaltung. Lena hatte David den ungefähren Aufenthaltsort der Gruppe geschildert. Er verließ nun die öffentlichen Straßen und bog in einen Feldweg ein. Die Fahrt wurde holprig und Lena musste sich mit beiden Händen festhalten, um nicht in ihrem Sitz hin und her geschleudert zu werden. Stumm, in Gedanken versunken, saßen sie nebeneinander.

Der Feldweg endete abrupt im Nichts. David lenkte nun den Geländewagen vorsichtig über eine Wiese, damit er den Hänger nicht verlor. Für Lena schien diese Fahrt nie enden zu wollen. Sie schickte mehrere Stoßgebete zum Himmel, dass es Attila den Umständen entsprechend gut ginge.

Endlich erreichten sie die Gruppe. Attila stand immer noch unbeweglich da. Blut sickerte wieder durch den

Druckverband. Adele hatte sie Arme um ihn geschlungen. Der mächtige Kopf des Wallachs ruhte auf ihren zarten Schultern. Tränenüberströmt sah die Gräfin David an. Ihre feingliedrigen Gesichtszüge wirkten in diesem Moment so hilflos.

„Du musst ihm helfen. Bitte! Er muss wieder gesund werden!“

Adeles Stimme zitterte. Lena trat zu ihr und nahm sie in den Arm.

Nachdem er den Verband entfernte, untersuchte David die Wunde eingehend.

„Das sieht nicht besonders gut aus“, begann er mit tonloser Stimme, seine innere Erschütterung unterdrückend.

Bei sich dachte er, mein Gott, das kann man unmöglich wieder reparieren, die Kugel hat einen verdammt großen Schaden angerichtet. Wahrscheinlich ist das gesamte Schultergelenk zersplittert. Aber er wollte die anderen, insbesondere Adele und Lena, nicht zu sehr schockieren.

„Hier kann ich nicht viel für ihn tun. Wir müssen ihn so schnell wie möglich in die Praxis bringen. Dort müssen wir die Schulter röntgen und dann sehen wir weiter.“

Er brachte einen neuen Druckverband an und gab dem Schwarzen mehrere Injektionen. Darunter eine gegen Tetanus, eine gegen den Schock und nicht zuletzt etwas gegen die fürchterlichen Schmerzen, die Attila haben musste. Dann platzierten sie den Trailer so, dass das Tier möglichst wenig zu laufen hatte, um verladen zu werden.

Mehrere Polizeiwägen hielten am Ende des Feldweges. Beamte der Spurensicherung und der Kriminalpolizei stiegen aus. Den Rest des Weges mussten sie zu Fuß gehen. Mit ihren normalen Straßenfahrzeugen wären sie unmöglich weitergekommen.

Inspektor Jochen Semmler, ein schlanker Mittvierziger von unscheinbarer Gestalt, kam auf die Beteiligten zu. So wie ihn stellte man sich den typischen Beamten vor. Anzug, Krawatte, Trenchcoat. Die Haare korrekt mit Pomade geglättet. Das Gesicht blass, ein wenig aufgedunsen.

Semmler hatte schlecht geschlafen, sein Schädel brummte und die Fahrt hierher verbesserte seine Laune auch nicht gerade.

Seine Frau eröffnete ihm gestern Abend, dass sie sich scheiden lassen würde, sie liebe ihn nicht mehr. Für Semmler brach eine Welt zusammen. Sicher, er arbeitete viel, verbrachte den größten Teil seiner Freizeit auf dem Fußballplatz und ab und zu genehmigte er sich auch ein paar Bierchen mit Freunden beim Stammtisch. Aber ihm wäre nie der Gedanke gekommen, dass Rita, seine Frau, sich unwohl fühlen könnte. Sie verfügte doch über alles. Sie hatten ein hübsches gepflegtes Reihenhaus in der Stadt. Rita war Geschäftsführerin in einer Modeboutique. Deshalb konnten sie sich bequem auch zwei Autos leisten und Rita konnte nach Lust und Laune shoppen. Kinder hatten sie keine. Irgendwie klappte es nie so recht damit. Aber das war doch kein Grund, alles hinzuschmeißen. Dann, als er gestern vom Stammtisch nach Hause kam, machte sie ihm wieder eine Szene. Sie brauche einen Mann, der mehr auf sie einginge. Der auch mal mit ihr was unternähme. Der für sie da wäre! Zum Teufel, verstehe einer die Frauen. Er tat doch alles für sie? Das hat er ihr dann auch gesagt. Und sie! Sie hat ihre Koffer gepackt und ist zu ihrer Freundin gezogen. Fürs Erste!

Aus diesem Grund war Semmler heute extrem schlechter Laune, sein Assistent Max Wiesinger kannte die Stimmungen seines Chefs. Er verhielt sich möglichst unauffällig, damit er etwaigen Wutanfällen, die durchaus häufiger vorkamen, aus dem Weg ging.

Semmler marschierte auf David zu.

„Tag, Inspektor Semmler, von der Kripo Bad Reichenhall. Können sie mir bitte den Sachverhalt schildern?“

„Tut mir leid Inspektor. Kann ich nicht! Ich bin selbst erst gerade angekommen. Ich war nicht dabei.“

„Was tun Sie dann hier?“ unterbrach ihn Semmler unwirsch.

Dieser aufgeblasene Fatzke mit seinem amerikanischen Dialekt kam ihm gerade recht um Dampf ab zu lassen.

„Wenn Sie mich ausreden ließen, könnte ich Ihnen erklären, dass ich der Tierarzt bin und hier einen Notfall zu versorgen habe!“

Davids Stimme bekam einen warnenden Unterton. Wenn er etwas nicht ausstehen konnte, waren es so selbstgefällige, arrogante Typen wie dieser Inspektor hier.

„Wer war dann alles dabei?“

Semmlers Blick streifte die Runde. Robert trat auf ihn zu, stellte sich vor und erzählte ihm in sachlichem Ton, was sich zu getragen hatte. Hier war er ganz der korrekte Geschäftsmann, der keine Gefühle zuließ. Aber in seinem Inneren war er zutiefst aufgewühlt. Doch das ging sein Gegenüber nichts an.

„Wiesinger, schreiben sie das alles auf“, befahl Semmler in strengem Ton.

Der nickte nur stumm mit dem Kopf.

„Wo ist das verletzte Tier?“ fragte Semmler und sah sich wieder um. „Die Spurensicherung soll sich seiner annehmen.“

David hatte jetzt aber endgültig die Nase voll. Er baute sich vor Semmler auf, dabei überragte er den Polizisten um gut einen Kopf. Verächtlich sah er auf ihn herab.

„Das Tier, “ begann er und ahmte den amtlichen Tonfall Semmlers nach, „befindet sich bereits im Anhänger. Es ist schwer verletzt und muss schnellstens behandelt werden. Werfen Sie durch die Klappe da einen Blick darauf und dann lassen Sie mich endlich losfahren und meine Arbeit tun!"

„Sie können doch nicht einfach den Tatort verändern, bevor er von der Polizei frei gegeben wird!"

Semmlers Stimme kam in Rage. Sein Gesicht färbte sich rot und seine Backenknochen begannen zu beben. Wie immer, wenn er richtig wütend war.

Dieser Akademikerfuzzi sollte ihn kennenlernen. Niemand sprach so mit ihm. Niemand!

„Doch, das kann ich sehr wohl. Auch wenn nach deutschem Gesetz ein Tier immer noch als Sache behandelt wird. Es ist ein lebendiges Wesen. Und ich als Arzt sage Ihnen, dass es jetzt abtransportiert wird, damit es wie jeder Schwerverletzte ordentlich versorgt werden kann. Allright, Sir? Lassen Sie mich durch!"

Oder ich vergesse mich, dachte er noch, doch diesen Kommentar behielt er lieber für sich. Er wollte sich keinen Ärger einhandeln, den dann der arme Attila würde ausbaden müssen.

Er ließ den Inspektor kurzerhand einfach stehen und nahm die Gräfin am Arm.

„Kommen Sie Adele, Sie fahren mit mir. Ich bringe sie unterwegs zum Arzt. Sie sehen nicht besonders gut aus. — Lena, Du fährst auch mit."

Ohne eine Reaktion des verblüfften Semmlers abzuwarten hielt er den beiden Frauen die Wagentür auf. Er sprach kurz mit Robert und Gitti, die versicherten, dass sie den Weg zurück auch alleine finden würden. Robert wollte auch alles mit der Polizei klären. Dann setzte David sich hinters Steuer und fuhr los.

Wortlos starrte ihm der Inspektor nach. Sein Assistent musste sich ein Grinsen verkneifen. Das geschah dem Alten ganz recht. Was musste er auch immer so unverschämt zu den Leuten sein. Der Doktor hat es ihm aber gezeigt. Wiesinger zeigte sich schadenfroh.

Max Wiesinger, Ende Dreißig, war ein Gemütsmensch. Er bemühte sich zunächst in allen Menschen das Gute zu sehen. Viele seiner Freunde verstanden deshalb nicht, warum er dann ausgerechnet bei der Polizei gelandet war.

„Vielleicht gerade deswegen“, hatte er ihnen darauf geantwortet und verschmitzt gelächelt, so wie er es meistens tat. Durch sein ruhiges, freundliches Wesen war er allseits beliebt. Sowohl bei seinen Kollegen als auch bei den Menschen, mit denen er sonst noch zu tun hatte: Opfer, Zeugen und auch Täter.

Oft flippte Semmler schon bei Kleinigkeiten aus. Wiesinger war dann derjenige, der versuchte einzulenken, um die Polizei nicht in einem völlig schlechten Licht dastehen zu lassen. Er konnte Semmler nicht besonders gut leiden. Aber der war sein Vorgesetzter, also musste er sich fügen. Nach außen hin! Doch Wiesinger wusste, eines Tages würde seine Chance kommen. Er würde sie ergreifen, und dann konnte er dem selbstgerechten Semmler alles heimzahlen. Aber immer mit der Ruhe!

Das Team von der Spurensicherung fand den Hochsitz im Wald. Man stellte das Gewehr samt Tasche sicher, sowie die zerfetzte Wollmütze. Mehr Anhaltspunkte gab es nicht.

Für den erbosten Semmler stand sowieso fest, dass es sich bei dem Täter um einen erklärten Tierhasser handeln musste. Auch der Vorfall mit den vergifteten Katzen ließ sich damit erklären. Er würde das so in seinen Bericht schreiben. Die ganze Angelegenheit regte sein kriminalistisches Interesse nicht besonders an. Mit Tieren hatte er nicht viel am Hut. Und Pferde waren ihm wegen ihrer Größe sowieso nicht geheuer. Da kein wertvolles Rassepferd im Spiel war, würde man den Fall bald abschließen und das ganze ad acta legen.

Wiesinger war damit keineswegs zufrieden. Doch seine vorsichtigen Einwände wurden rigoros abgewiesen. In seinem Innern fühlte er, dass hinter diesem Anschlag mehr steckte als sein Chef vermutete. Und diesmal ließ er sich nicht wieder unterbuttern.

Nein, diesmal würde er es diesem Idioten zeigen. Mach Du nur!

Wiesinger hielt den Mund. *Er würde sich nicht mit Semmler streiten. Er würde schon Mittel und Wege finden, in diesem Fall alleine weiter zu recherchieren.*

Kapitel 13

Während der Fahrt zur Praxis sprachen sie kein Wort. Adele stierte zutiefst geschockt vor sich hin. Lena hielt ihre Hand, versuchte sie zu trösten, obwohl sie selbst mit den Nerven fix und fertig war.

Ihr gingen Davids Worte nicht aus dem Kopf.

Wenn der Anschlag nicht Attila gegolten hatte, wer sollte dann das Opfer sein? Die Gräfin? Aber weshalb? Sie war eine so gütige und liebenswerte Person!

Sie überlegte weiter.

Robert ritt hinter Adele, und dann folgte Gitti. War der Schuss vielleicht für einen der beiden Rheinländer gedacht? ---

Sie mochte die beiden sehr. Dabei wusste sie doch gar nicht viel über sie.

Und wenn am Ende gar sie getroffen werden sollte? Wenn sie jemand beobachtet hatte, bei ihren nächtlichen Exkursionen in den Höhlen, und sie jetzt aus dem Weg haben wollte?

Lena fragte sich fieberhaft, ob sie David in die Geschichte einweihen sollte.

Doch er könnte genauso gut der Täter sein. Er war nicht bei dem Ausflug dabei. Er wusste wohin sie unterwegs waren. Vielleicht kam er gerade aus dem

Wald zurück, als sie ihm in Hohenstein in die Arme ritt?

Sie spann ihre Gedankenfäden weiter.

Was, wenn er ihnen mit dem Auto hinterher gefahren war? Bei dem Hochstand auf sie gewartet hatte, an dem die Polizei die Tatwaffe fand. Um dann auf sie zu schießen? Nein, David konnte nicht so hinterhältig sein und ein Pferd erschießen! Niemals! --- Hätte sie sich so in ihm täuschen können?

Mit durchdringendem Blick sah sie David von der Seite aus an, als ob sie in seiner Seele lesen wollte.

Doch der Tierarzt war seinerseits geistig abwesend. Inbrünstig hoffte David, dass sich seine erste Diagnose nicht bestätigen würde.

Viktor hatte bereits alles vorbereitet. Mit einem transportablen Röntgengerät wurde Attilas Schulterpartie von allen Seiten geröntgt.

Als Lena die entwickelten Aufnahmen im Betrachter sah, wurde ihr übel. Sie hatte in ihrem Leben schon viele Knochenfrakturen gesehen, bei Menschen. ...Sie hatte es im Krankenhaus hautnah miterlebt, wie es in manchen Fällen Monate, ja sogar Jahre dauerte, bis eine so zerstörte Gliedmaße wieder hergestellt war. Die Patienten mussten dafür lange Zeit bewegungsunfähig im Bett liegen bleiben.

Attilas Schultergelenk war in unzählige Splitter zerborsten. Ein einziger Knochenbrei. Dass er überhaupt noch fähig war, ein paar Schritte zu tun konnte nur an dem großen Schock liegen, den er erlitten hatte.

Doch wie sollte man bei einem Pferd, das bestimmt sechshundert Kilogramm auf die Waage brachte, solch einen Schaden wieder gutmachen können?

Lenas Augen ruhten auf David und Viktor. Die beiden unterhielten sich im Ärztejargon, ungeachtet der Tatsache, dass Lena ihrem medizinischen Fremdwortkauderwelsch durchaus folgen konnte.

Mit jedem Satz wurde die Farbe in Lenas Gesicht fahler. Die feingliedrigen Züge erstarrten zu einer Maske.

David drehte sich zu ihr um. Ungläubig starrte sie in sein ernstes, fast hilfloses Antlitz. Sie schüttelte lautlos den Kopf. Ihre Lippen formten sich zu einem stummen Schrei.

Nein!!! Das durfte nicht sein! --- Bitte lieber Gott, wenn es Dich gibt, dann lass es nicht zu. Ich will es nicht hören, was er mir jetzt gleich sagen wird. Ich will nicht!!!

Davids Mund war zu einem schmalen Strich zusammen gepresst. Seine Zähne gruben sich tief in das Fleisch seiner Lippen. Aschgrau und alt wirkte er in diesem Moment.

Verdammt, warum nur musste er mit seiner Vermutung recht haben!

Er trat auf Lena zu, nahm sie in seine starken Arme und drückte sie fest an sich. Da wusste die junge Frau, dass sie richtig verstanden hatte.

Langsam versuchte David ihr die Diagnose zu erklären.

„Du hast die Röntgenaufnahme gesehen. Es ist..... alles ist kaputt... das gesamte Schultergelenk.... ein Trümmerhaufen..."

Leise, seine eigene aufkommende Traurigkeit unterdrückend, brachte er diese Worte hervor.

Laut aufschluchzend barg Lena ihr Gesicht an seiner Schulter.

„Aber man könnte doch bei einer Osteosynthese die Splitter mit einer Metallplatte...", begann sie unter Tränen.

„Diese vielen Splitter kann man nicht mehr alle reponieren. Es würde Monate dauern, bis er ohne Schmerzen wäre. Man müsste ihn so lange fixieren, dass kein Gewicht auf dieses Bein trifft. Das bedeutet, mit einem Tragegurt an einer Art Flaschenzug befestigen, und an der Decke aufhängen. Aber das Gelenk würde sich mit Sicherheit versteifen. Er könnte nie wieder laufen. Verstehst Du? Nie wieder! ---- Du kannst ein Pferd leider nicht in einen Rollstuhl setzen und es herum schieben!"

Tröstend streichelte er mit seiner Hand über ihre Schulter.

„Ich würde Dir gerne etwas anderes sagen. Glaub mir. Wenn es irgendetwas gäbe womit man Attila helfen könnte, Viktor und ich, wir würden es tun."

Lena glaubte ihm. Sie wusste nur zu gut, dass er Recht hatte. Hemmungslos schluchzte sie in seinen Armen. Und der große, starke Mann hielt sie einfach nur fest. Er starrte ziellos in die Ferne. Warum nur war auch er manchmal so entsetzlich machtlos?

Adele drückte Attilas Kopf an ihre Brust. Viktor hielt sie an den Schultern.

Er hatte den großen Schwarzen mit auf die Welt gebracht. Er hat ihn aufwachsen sehen. Hatte miterleben dürfen, wie so ein wundervoller Kerl aus ihm wurde.

Dann, als Theresa so plötzlich verschwand, änderte sich das Verhalten des Wallachs. Er wurde mit einem Schlag ernst. Er vertraute plötzlich den Menschen, die er nicht sehr gut kannte, nicht mehr. Vorbei sein ungestümes, verspieltes Wesen. Sein keckes, fast freches Auftreten. Etwas in seiner Seele war schon vor langer Zeit gestorben!

Und er, Viktor, durfte trotzdem all diese Jahre sein Freund sein. Und jetzt war er nicht in der Lage seinem Freund zu helfen. Jetzt war er verdammt dazu, seinen Freund von dessen Schmerzen zu erlösen.

Viktor sah in die ausdruckslosen Augen des Pferdes. Attila schien zu wissen wie es um ihn stand.

Die Gräfin streichelte zärtlich über die weichen Nüstern.

„Er soll auf Hohenstein sterben dürfen!“

Ohne jemanden anzusehen, sprach sie mit zittriger Stimme.

Viktor nickte dazu nur tonlos. Ein Knoten im Hals vor Trauer enthob ihn seiner Stimme.

David schob Lena langsam von sich. Er verabreichte Attila noch einmal eine große Dosis Schmerzmittel, damit er auf dem Transport zum Gut nicht unnötig leiden musste.

Vorsichtig verfrachteten sie ihn auf den Hänger. Adele bestand darauf, bei ihm zu bleiben. Sie wollte auf der Fahrt alleine Abschied nehmen. Abschied von dem letzten Stückchen, dass ihr von ihrer Tochter geblieben war.

Über das Autotelefon sagte David auf Hohenstein Bescheid. Als sie eintrafen, stand bereits Mathilde, mit rot verweinten Augen unter der Tür. Matthis, sonst kein besonderer Gefühlsmensch, hielt sie im Arm.

David fuhr den Trailer möglichst nahe an den kleinen Friedhof heran. Man würde Attila hier im Kreise seiner Familie bestatten.

Langsam humpelte der Wallach über die Rampe. Ohne jeglichen Widerstand trat er seinen letzten Gang an, den Blick weit in die Ferne schweifend. Er hatte keine Angst. Ganz ruhig stand er da.

Viktor gab ihm zunächst ein starkes Beruhigungsmittel. Mit vereinten Kräften halfen sie alle dem Tier, damit es sich langsam zur Seite legen konnte. Adele kniete sich nieder. Sie bettete den Kopf in ihren Schoss, strich liebevoll über die Backenknochen. Sie vergaß alles um sich herum. Ein letztes Mal küsste sie ihn ganz sanft zwischen die Augen.

„Mach's gut mein Alter! Jetzt gehst Du dahin, wo Du eigentlich hingehörst. Dorthin, wo Deine Seele schon all die Jahre gewesen ist. Bei Deiner einzigen großen Liebe. Grüß mir mein Kind, hörst Du! Vergiss es nicht! Sage ihr, dass ich sie liebe. Dass sie...., dass ihr in meinem Herzen immer weiterleben werdet!"

Der Schwarze war ganz still. Seine Augenlider flatterten ein wenig.

Er war so müde. Er wollte schlafen. Komisch, er spürte sein verletztes Bein gar nicht mehr. Die Schmerzen hatten aufgehört. Er fühlte sich auf einmal so frei. Frei wie ein Vogel, der zu den Wolken flog.

Ein letztes Mal schickte er seine Bilder zu Lena.

Er ließ sie sehen, wie er wieder mit seiner Theresa über die Felder galoppierte, frei und unbekümmert. Dann hob das Paar ab von der Erde, geradewegs der untergehenden Sonne entgegen. Immer weiter entschwanden sie, bis sie schließlich nur noch als schwarzer Punkt am Ende des Horizontes zu sehen waren.

Lena rannen die Tränen herunter. Sie wusste, dass Attila nun endlich frei sein würde. Frei von all dem Schmerz, der ihn die ganzen Jahre gequält hatte.

Auch sie kniete nieder und vergrub ihr Gesicht in der zottigen Mähne.

Im Geiste verabschiedete sie sich von ihm. Ließ seine Seele los. Ließ sie ziehen in ein besseres Dasein.

David zog die Injektion mit dem überdosierten Narkosemittel auf. Viktor nahm sie ihm aus der Hand.

„ Ich habe ihn auf diese Welt gebracht..., ich werde ihn auch von diesem Leben erlösen!“

Wie eine Maschine kniete er sich hin, tastete nach der Vene und stach vorsichtig die Kanüle hinein.

Attilas Augen ruhten noch einmal auf dem Tierarzt. Stumm schienen sie ihm zu danken. Dann wanderte sein Blick zu Adele und dann zu Lena.

Oder war es seine Theresa?

Die Bilder verschwammen zu Nebeln vor seinen Augen.

Geliebte Theresa! Warte auf mich! Ich komme gleich zu Dir. Dann werde ich Dich auf meinen Rücken über die Wiesen tragen, so wie früher. Weißt Du noch?

Noch ein letzter Atemzug. Der Herzschlag verstummte.

Der starke, schwarze Kämpfer war tot.

Seine Tränendrüsen entleerten sich. Als große Kullertränen purzelten sie einzeln über seine Backen auf die Erde. Seine Gesichtszüge waren jetzt entspannt. Fast könnte man annehmen, dass er wie ein Mensch lächelte. Lächelte, in der Gewissheit, nun wieder bei seiner Theresa sein zu können?!

Hexe stand vor dem kleinen Friedhofstor. Ganz unglücklich und hilflos wirkte sie. Und als Attilas Seele in die endlosen Weiten der Ewigkeit aufbrach, stimmte sie ein monotones, fast schauriges Geheul an, ein letztes Lied für einen wunderbaren Freund.

Und wieder bemerkte niemand das kleine Wesen, das entfernt auf einem Baum mit traurigen, grünen Augen die Szene verfolgte. Wie ein zierlicher, schwarz behaarter Körper lautlos diesen Baum verließ und verschwand, verschwand im Nichts!

Kapitel 14

Der Winter hatte Einzug gehalten auf Hohenstein. Still und leise über Nacht war der erste Schnee gefallen. Überzog das ganze Land mit einer feinen Schicht aus glitzernden, weißen Eisstaub, wie Puderzucker.

Mingo war mit Brummi und Hexe im Hof. Der kleine Rote, inzwischen schon zu einem stattlichen Kerl mit langen, noch etwas schlaksigen Beinen herangewachsen, betrachtete die weiße Pracht höchst interessiert.

Huch, das war ja kalt!

Der Kater schüttelte entsetzt die Pfoten. An dieses Gefühl musste er sich erst einmal gewöhnen.

Dann landete eine Schneeflocke auf seiner Nase. Die Augen zum Schielen verdreht, prüfte er dieses fremdartige Ding da.

Patsch, patsch, Dir werde ich es zeigen. Niemand setzt sich ungestraft auf meine Nase.

Doch je mehr Mingo um sich schlug, desto mehr Schnee wirbelte er auf. Immer wilder wurde die Jagd auf die Flocken. Er drehte sich im Kreis. Schlug hierhin und dorthin. Aber immer wenn er denn vermeintlichen Feind zwischen den Pfoten gefangen hatte blieben nur ein paar Wassertropfen davon übrig.

Brummi und auch Hexe fielen in das Spiel mit ein. Übermütig balgten sie über den Hof. Freuten sich wie kleine Kinder über den Schnee. In den langen, zottigen Haaren der Hündin blieben die Schneekristalle kleben und bald sah sie aus wie paniert.

Auch Lütte, das Fohlen, hatte seinen Spaß. Nachdem sie Matthis beim Stall ausmisten wieder einmal entwischt war, stand sie nun mit großen Augen auf dem Hof. Vorsichtig blähte sie ihre Nüstern und untersuchte den unbekannten Bodenbelag. Sie schnaubte und blies dabei etwas von der weißen Pracht in die Luft.

Oh Gott, was ist das?

Entsetzt machte sie einen Satz rückwärts. Aber ihre Neugier bekam wieder Oberhand. Nachdem sie feststellte, dass Schnee völlig harmlos, lediglich etwas rutschig beim Laufen war, stob auch sie über die noch dünne Schneedecke.

Lütte entdeckte Brummi. Sie hatte zwar schon des Öfteren Katzen auf dem Hof gesehen, aber keine von ihnen ließ sich bisher genauer von dem vorwitzigen kleinen Haferschlingel untersuchen. Also nahm sie die Gelegenheit war und schlich sich leise an das getigerte Etwas heran. Brummi hatte das Ganze natürlich schon lange registriert. Ein Pferd, vor allem so ein junges, aufgewecktes Pferd wie Lütte, würde sich niemals unbemerkt einem Kater wie Brummi nähern können.

Das Fohlen blähte wieder die Nüstern. Ganz nahe war Lütte nun bei Brummi. Ihre Nasenspitze berührte schon den aufgereckten Schwanz des Katers. Mutig streckte sie ihren Kopf noch etwas weiter, gab Brummi vorwitzig einen kleinen Schubs und prustete ihn dabei verspielt an.

Das war zu viel!

Die Untersuchung hatte der Kater ja noch regungslos geduldet. Über so etwas war er erhaben.

Aber schubsen? Das ließ er sich nun wirklich nicht bieten! Schließlich war er hier der Ältere! Und nur weil dieses vorwitzige Möchtegern-Pferd unwesentlich größer war als er selbst, hieß das noch lange nicht, dass es ihm keinen Respekt zollen musste! Er war doch so etwas wie der Chef auf dem Hof!

Wenn auch selbst ernannt und von keinem außer Mingo bestätigt. Doch das tat hier nichts zur Sache. Jetzt ging es um seine Ehre. Wütend klappte Brummi die Ohren zur Seite, verzog das Gesicht zu einer beleidigten Grimasse, drehte sich um und verpasste der erschrockenen Lütte rechts und links einen Prankenhieb.

Allerdings nur mit leicht ausgefahrenen Krallen! Man war ja schließlich keine Unkatze!

Doch diese Züchtigung genügte dem kleinen Pferdekind vollauf. Lütte wieherte wehleidig und machte auf dem Huf kehrt in Richtung Stall, um sich lautstark bei Matthis zu beklagen.

Zufrieden, mit hoch erhobenem Kopf stolzierte Brummi davon.

Diesem frechen Lümmel hat er es aber gezeigt!

Lena befand sich auf dem Weg zu Adeles Zimmer. Die Gräfin hatte nach ihr geschickt. Seit Attilas Tod verließ sie das Haus nur noch selten.

Adele erlitt kurz nach dem Vorfall erneut einen Herzanfall. Stur wie sie war, beharrte sie darauf das Krankenhaus bereits nach kurzer Zeit wieder zu verlassen.

Doch diesmal schien sie sich nicht wieder zu erholen. Bleich und ausgezehrt schlich sie herum, verließ das Gutshaus nur, um zum Friedhof zu gehen.

Matthis hatte für Attila eine große Grube neben dem Gedenkkreuz von Theresa ausgehoben und ihn dann beerdigt. Er schnitzte in ein schlichtes hölzernes Kreuz seinen Namen und steckte es in die Erde. Dann hängte er noch Attilas Halfter daran und pflanzte auf den Hügel ein paar kleine Blumen, zwischen die er eine kleine rotschimmernde Totenleuchte stellte.

Jeden Tag ging Adele zu dem kleinen Friedhof um Zwiesprache mit ihren Lieben zu halten. Dann verschwand sie wieder in ihrem Zimmer.

Der Tagesablauf des Gutes lag nun ganz allein in Lenas Hand.

Nach dem Anschlag auf Attila halfen ihr Robert und Gitti wo sie nur konnten. Sie verlängerten sogar ihren

Urlaub um ein paar Tage. Doch Robert konnte sein Geschäft nicht unbegrenzt alleine lassen, und so mussten die beiden irgendwann doch wieder abreisen.

Auch David und Viktor packten mit an. Aber der Zulauf wurde trotz des einbrechenden Winters immer mehr. Es sagten sich immer wieder neue Reitschüler an, und Lena wollte keinen wegschicken, um die neue Existenz von Hohenstein nicht zu gefährden. Doch die beiden Tierärzte mussten sich auch um ihre Patienten kümmern.

Verzweifelt kämpfte sich Lena nachts durch den Papierkrieg. Das Finanzamt wollte wohl oder übel auch befriedigt sein. Durch die Ereignisse der letzten Zeit musste sie immer wieder Theresas Tagebuch, die Höhle und all ihre Geheimnisse aufschieben. Zu wichtig war die Zukunft des Gutes und all seiner Bewohner.

Da Lena sich noch nicht zutraute selbst Reitstunden zu geben und auch die Arbeit auf dem Hof immer mehr wurde, musste man kurzerhand eine zusätzliche Hilfe einstellen. Lena entschied sich nach langem Überlegen für eine junge Frau namens Stephanie Bräuer. Sie erschien ihr als beste Lösung, womit sie wieder einmal Recht behalten sollte.

Stephanie, oder kurz Steffi, um was sie selbst gebeten hatte, war ein burschikoser Typ. Die blonden Haare waren modisch kurz geschnitten und frech mit Gel gestylt, so dass sie meistens wie bei einem Igel vom

Kopf abstanden. Ihre Kleidung entsprach ihrem ganzen Wesen. Zu ausgebeulten Reithosen und klobigen Boots trug sie flippige Pullis, die ihr oft bis zum Knie reichten. Aber sie war sich für keine Arbeit zu schade. Sie schuftete, trotz ihrer zierlichen Erscheinung, wie ein Mann. Und sie konnte sowohl mit den Tieren, als auch mit den manchmal ziemlich unbeholfenen, erwachsenen Reitschülern, die seit neuesten Hohenstein unsicher machten, sehr gut umgehen.

Ihren eigenen Auskünften zufolge war sie auf einem Reiterhof aufgewachsen. Nach der Scheidung von Steffis Vater hatte ihre Mutter ziemlich schnell Ersatz gefunden. Dieser Typ, wie sie ihn bezeichnete, war zum Kotzen. Und so gab es immer öfter Streit zwischen Mutter und Tochter.

Bis zu dem Tag, als Steffi unter der Dusche stand. Nichtsahnend seifte sie sich gerade ein, als sie Blicke hinter sich spürte. Ruckartig drehte sie sich um. Da stand der Typ im Badezimmer mit der einen Hand in der offenen Hose und hatte einen total verklärten Blick. Da reichte es ihr. Wutentbrannt verpasste sie ihm eine schallende Ohrfeige. Sie schnappte sich ein Handtuch und rannte an dem Verdutzten vorbei zu ihrer Mutter, um den Vorfall zu erzählen. Doch wie enttäuscht ist eine Tochter, wenn ihre eigene Mutter dem Liebhaber, der das Ganze natürlich vollkommen anders hinstellte, mehr Glauben schenkt als ihrem Kind?

Steffi hatte die Nase gestrichen voll, packte bei Nacht und Nebel ihre Sachen zusammen und verschwand.

Sie würde schon irgendwo unterkommen. Allerdings gestaltete sich die Angelegenheit etwas schwieriger als erhofft. Die Einundzwanzigjährige hatte außer einem Rucksack und einer gefüllten Sporttasche auch noch einen ziemlich massigen Kaltblutwallach namens Franz-Josef und eine kleine Mischlingshündin namens Rosie im Schlepptau, die sie auf keinen Fall zurück lassen wollte.

Wer weiß, was denen sonst einfallen würde!

So schaffte sie es nach ihrem überstürzten Auszug gerade mal bis zu einem Bauernhof eine Ortschaft weiter. Es war bitterkalt und sie war mit ihrem Gefolge zu Fuß unterwegs, so dass der Bauer mit ihr Mitleid hatte und ihr Unterkunft gewährte. Auch für Franz-Josef und Rosie gab es ein warmes Plätzchen und was zu futtern. Nur war das keine Dauerlösung. Steffi wollte allen beweisen, dass sie für sich selbst sorgen konnte, deshalb brauchte sie so schnell wie möglich eine Arbeit.

Ein paar Tage später erzählte ihr der freundliche Bauer, dass auf Gut Hohenstein eine Hilfe gesucht würde.

Steffi packte die Gelegenheit am Schopf, setzte sich in den Bus und fuhr hin.

Lena war ihr sehr sympathisch und die beiden wurden sich schnell einig. Noch am gleichen Tag fuhr Steffi zurück um ihre Sachen zu holen. Selig, auf Wolken schwebend, rannte sie in den Stall.

„Franz-Josef, Rosielein, packen! Wir haben vielleicht ein neues Zuhause gefunden!“

Zärtlich umarmte sie die beiden in der Größe so sehr verschiedenen Tiere.

„Ist das nicht toll? Frauchen hat es Euch doch versprochen. Wir halten zusammen, was auch kommen mag!“

Rosie schlabberte mit ihrer nassen Zunge über Steffis Gesicht.

Wenn Frauchen glücklich war, war sie es auch!

Schnell packten sie ihre Habseligkeiten zusammen. Der Job auf Hohenstein war genau das, was Steffi sich vorgestellt hatte. Sie konnte ihre Tiere behalten und durfte das tun, was sie schon immer am besten konnte.

Aufgeregt verfrachtete Steffi das riesige schokoladenbraune Kaltblut mit dem zottigen Kötenbehang an den Beinen in einen Hänger. Rosie, oder Röselchen, wie sie sie auch manchmal nannte, wuselte ihr eifrig umherspringend um ihre Beine.

„Natürlich kommst Du auch mit! Du darfst bei mir vorne im Auto sitzen!“

Die kleine, zierliche Rosie, die mit ihren kurzen schwarzen Haaren den Eindruck machte, als ob sie bei diesem Wetter erfrieren würde, hatte verstanden. Freudig bellend sprang sie zu Steffi in das Auto des Bauern, der ihr freundlicherweise angeboten hatte, sie nach Hohenstein zu bringen.

Nachdem Franz-Josef in einer schönen großen Box im Stall versorgt war, bezog sie mit Rosie ein kleines Zimmer im Gästehaus und war mit sich und dem Leben wieder so richtig zufrieden.

Lena musste bei dem Gedanken an die quirlige Steffi lächeln. Mit ihrer Fröhlichkeit brachte sie wieder Leben nach Hohenstein. Seit dem Tag, als Attila wegen dieses mysteriösen Schusses sterben musste, war die Stimmung auf dem Gut ziemlich bedrückt.

Die Polizei tappte im Dunkeln. Semmler hatte sich inzwischen zwar wieder etwas beruhigt, und musste wohl oder übel der Sache nachgehen. Er hatte ein schlechtes Gewissen wegen des Disputs mit diesem jungen Tierarzt. Er war zu weit gegangen. Das wusste er genau. Um jeglichem erneuten Zusammentreffen mit David aus dem Wege zu gehen, übertrug er die Ermittlungen in diesem Fall nur zu gerne auf Wiesinger. Nicht ohne jedoch ab und zu ein paar abfällige Bemerkungen über den für ihn so lapidaren Vorfall, wie er es nannte, zu machen.

Max Wiesinger machte sich zunächst mit Feuereifer an die Arbeit, musste aber bald einsehen, dass er nicht großartig weiterkam. Er war ein paarmal auf Hohenstein erschienen und informierte Lena über den Stand der Dinge. Insgeheim wollte er auch Lena wiedersehen. Diese hübsche junge Frau mit den großen, grünen Augen hatte mächtigen Eindruck auf ihn gemacht. So fand er alle erdenklichen Gründe, ein weiteres Mal auf das Gut hinaus zu fahren um so die Möglichkeit zu haben, Lena zu sehen. Doch leider gab es nicht viel zu ermitteln.

Das Gewehr war nicht registriert und es waren keine Fingerabdrücke darauf zu finden. In den Maschen der Wollmütze machte man jedoch einen erstaunlichen Fund. Abgebrochene Krallenstücke an denen menschliches Blut klebte. Krallen, die von einer Katze stammten, von einer Katze mit schwarzem Fell. Das war aber dann leider auch schon alles, was man herausfand.

Lena schwieg, als Wiesinger diese Mitteilung machte. Instinktiv wusste sie, dass es nur Bastet gewesen sein konnte, die den Täter angegriffen hatte. Doch wem sollte sie dies erzählen. Niemand würde ihr Glauben schenken.

Eine Katze, die einen Menschen angriff, weil er gerade im Begriff war, ein Pferd zu erschießen?! --- Doch Lena wusste, dass es nur so gewesen sein konnte.

Mehrmals fasste sie den Vorsatz, David in die Geschichte einzuweihen. Doch dann verließ sie wieder der Mut.

Würde er ihr glauben?

Lena stand vor Adeles Tür. Sie lauschte. Doch kein Laut drang durch die schwere Holztür. Leise klopfte sie. Eine schwache Stimme bat sie einzutreten. Adele lag in ihrem Bett. Blass und fahl war sie im Gesicht. Das düstere Novemberwetter ließ die Stimmung noch kläglicher wirken. Auch die kleine Nachttischlampe erhellte den Raum nur spärlich.

„Hallo! Komm her zu mir, ich habe noch etwas zu klären mit Dir!“ Die Stimme der Gräfin klang kraftlos.

„Wie geht es Dir heute?“

Lena griff Adeles Hand und drückte sie leicht.

„Kann ich irgendetwas für Dich tun?“

Sie sah in zwei graugrüne gütige Augen, die auf ihr ruhten.

„Ja, Du kannst etwas für mich tun! Sieh mal da drüben auf dem kleinen Tisch. Dort liegt ein Vertrag und außerdem Moons Papiere. Ich möchte, dass alles seine Richtigkeit hat. Du musst nur bei dem Kreuz unterschreiben.... dann bist Du ganz offiziell Eigentümerin von ihr....“

Adele machte eine Pause. Das Reden strengte sie zusehends an.

Auf Lenas fragenden Blick entgegnete sie nur: „Wenn mir etwas passiert.... Du musst doch beweisen können.... na, dass sie wirklich Dir gehört....Also frag bitte nicht,..... unterschreibe einfach...... Vertrau mir!“

Flehentlich sah Adele Lena an.

Die starrte auf das Papier, das auf dem Tisch lag. Sie las nur die Überschrift, Vertrag zwischen Frau Lena Hansen und Frau Adele, Gräfin von Hohenstein stand da. Durch das dämmrige Licht fiel es ihr schwer den Rest zu entziffern. Am unteren Ende sah sie das Siegel eines Notars.

„Lena bitte, unterschreibe einfach. Du kannst es lesen, wenn ich es vom Notar zurück habe."

Die junge Frau nahm auf das Drängen der Gräfin hin den Stift zur Hand und setzte ihre Unterschrift auf das Schriftstück, ohne den Inhalt gelesen zu haben. Sie vertraute Adele, wenngleich ihr die Umstände schon etwas seltsam vorkamen. Aber sie wollte die ältere Freundin nicht unnötig aufregen.

Adele nahm ihr die Papiere aus der Hand und ließ sie in der Schublade ihres Nachttisches verschwinden.

Dann nahm sie Lenas Hand und zog sie näher zu sich heran.

„Setz Dich zu mir!"

Mild lächelte Adele nun. Sie hatte nun die Gewissheit, dass die Zukunft geregelt war.

„Lena, Du bist mir in der Zeit, die Du hier bist zu einer sehr guten Freundin geworden. Ja, ich kann sagen, dass Du für mich wie eine Art Ersatz für meine verschwundene Theresa bist. ---- Ich habe es schon lange aufgegeben, daran zu glauben, dass sie noch lebt. Eine Mutter spürt das, glaube mir, auch wenn sie es nicht wahr haben will. --------- Ich habe keine Kraft mehr. -

---- Ich spüre, es geht bald zu Ende mit mir. Aber Du bist jung und stark. Du wirst es zu einem guten Ende bringen. Das weiß ich genau."

Lena spürte, wie ihr Tränen in die Augen stiegen.

„Sag doch so was nicht. Du wirst bald wieder gesund!"

Doch auch sie wusste insgeheim, dass die alte Dame die Wahrheit sprach. Sie würde diesen Winter nicht überleben.

„Du weißt genauso gut wie ich, dass ich bald sterben werde. Also lass uns nichts vormachen. Noch eines ist da, um dass ich Dich bitten möchte... Lena, versprich mir, dass Du so bleiben wirst, wie Du jetzt bist. Lass Dich in allem von Deinem Herzen leiten. Dann wirst Du eines Tages die Antworten auf Deine Fragen finden! Ich selbst habe keine Kraft mehr. Vollbringe Du es! Ich weiß, dass Du es kannst!"

Die Stimme der Gräfin wurde immer leiser.

„Ich bin müde jetzt, ...will ein wenig schlafen.... Geh jetzt!"

Adeles Augen fielen zu. Unruhig waren ihre Atemzüge. Aber Lena schien ein kleines Lächeln auf dem ausgezehrten, bleichen Gesicht zu entdecken. Eine Weile noch beobachtete Lena die schlafende Frau. Dann verließ sie leise auf Zehenspitzen den Raum.

Was hatte Adele gesagt, Du wirst es zu einem guten Ende bringen?

Lena begriff den Inhalt dieser Worte nicht, aber sie war auch so mit Kummer erfüllt, dass sie nicht weiter darüber nachdachte.

Sie ging mit schleppendem Schritt zu ihrem Zimmer.

Das Tagebuch, die Karte, sie musste endlich hinter das Geheimnis kommen.

Sorgfältig verschloss sie hinter sich die Tür, damit sie niemand dabei überraschen würde wenn sie in diesem Relikt las.

Lena stellte sich die fünfzehnjährige Theresa vor, wie sie in ihrem Zimmer saß und diese Zeilen schrieb. Aber vor ihrem geistigen Auge sah sie sich selbst an Theresas Schreibtisch sitzen, versunken aus dem Fenster starrend, nach den richtigen Worten suchend um die bewegenden Gedanken in ihrem Kopf zu Papier zu bringen.

Vorsichtig, als könne sie etwas beschädigen, blätterte Lena weiter. Was sie las, entsprach nicht im Mindesten dem, was Fünfzehnjährige normalerweise so von sich geben. Ihr schien als ob die Schreiberin bereits wesentlich älter gewesen sein müsste. Sie las Theresas Weltanschauungen, die in ihrem tiefsten Sinn sehr vernünftig klangen. Dazwischen fand sie immer wieder Gedichte, von Theresa selbst verfasst. Tiefgründig, zum Teil sehr theatralisch, aber in Lenas Augen keineswegs dumm oder kitschig.

Dann stieß sie auf etwas Ungewöhnliches.

Es handelte sich um einen Eintrag, der nur wenige Monate vor Theresas Verschwinden gemacht wurde.

„Ich habe heute einen Teil von Hohensteins Vermächtnis gefunden!“,... stand da, ohne weitere Zusätze oder Erklärungen.

Was könnte das wohl bedeuten? Ein Vermächtnis!?

Lena konnte sich keinen Reim daraus machen. Aufgeregt las sie weiter.

Heute ist mir jemand in den Geheimgang gefolgt! ...Ich habe mich versteckt, so dass man mich nicht entdeckt hat. Aber ich konnte die Person nicht erkennen! Ich dachte, mein Herz bleibt stehen, solche Angst hatte ich. Doch ich werde jetzt nicht aufgeben, so kurz vor dem Ziel!.....

Lena runzelte die Stirn. Also wusste damals außer Theresa noch jemand von den Höhlen. Wer könnte das nur gewesen sein?

...Heute habe ich herausgefunden, wer mich verfolgt hat. Ich musste T. die ganze Geschichte erzählen. Zuerst hat er mich ausgelacht, aber als ich ihm die Ohrringe und die Kette gezeigt habe, hat er mir geglaubt. Ich musste ihm hoch und heilig versprechen, nicht mehr alleine in die Höhle zu gehen. Er war ganz besorgt um mich! Ich glaube, er ist ein kleines bisschen verliebt in mich. Und wenn ich es recht überlege... ich denke, dass ich ihn auch mag.....

Vor lauter Aufregung war Lenas Mund ganz trocken geworden. Schnell nahm sie einen Schluck aus einer

Wasserflasche, bevor sie mit dem Lesen fortfuhr. Also gab es doch jemanden in Theresas Leben. Warum auch nicht. Ein junges Mädchen, hübsch und liebenswert. Ganz natürlich, dass sie einen Verehrer, oder sogar einen Freund hatte. Was bedeutete das „T“?

Augenblicklich vertiefte sie sich wieder in das Tagebuch. So entnahm sie daraus, dass sich zwischen Theresa und dem geheimnisvollen „T.“ eine liebevolle Romanze entwickelte, von der anscheinend niemand wusste. Niemand, außer einer einzigen Person. Theresa erwähnte sie kurze Zeit später.

...Heute hat mir das Ekel aufgelauert. Er weiß das zwischen mir und T.. Er hat mich erpresst. Wenn ich nicht netter zu ihm bin, wird er alles meinen Eltern erzählen. Dieser Mistkerl!! Meine Eltern dürfen das nie erfahren! Zumindest jetzt noch nicht! Ja, ich liebe T.! Aber zunächst müssen wir uns noch verstecken. Das Ekel macht mir etwas Angst! Ich werde aber T. nichts sagen, sonst dreht er vielleicht durch. Das schaffe ich schon irgendwie. Wir sind so nahe dran. Ich will jetzt noch nicht aufgeben!...

Kopfschüttelnd starrte Lena auf diese Worte. Theresa schrieb in Rätseln. Bestimmt hatten diese ominösen Personen mit ihrem Verschwinden zu tun. Aber wer waren sie?

Wenige Einträge weiter stachen einige Zeilen Lena besonders ins Auge. Sie hoben sich durch ihr Schriftbild von den übrigen ab. Die Buchstaben waren krakelig, die Sätze schienen flüchtig hin gekritzelt. Die innere Aufregung und das Zittern von Theresas Händen konnte Lena förmlich spüren.

... ich habe Angst! Das Ekel hat heute versucht mich zu küssen. Ich habe mich gewehrt, da hat er mich geschlagen. Aber ich konnte weglaufen. Und ausgerechnet jetzt bist Du, mein geliebter T., nicht hier. Ich zähle die Stunden, bis wir uns wieder in den Armen liegen dürfen. Nur um unserer Liebe willen muss ich noch schweigen. Es würde niemand verstehen. Und wenn sie erfahren, dass ich alleine in irgendwelchen Höhlen herum schleiche, würden sie es mir nur verbieten. .. Ich glaube, ich habe heute den richtigen Gang entdeckt. ...

Dann folgten noch einige unwesentliche Eintragungen bezüglich ihrer unerschütterlichen Liebe zu T.. Das Ekel wurde nicht mehr erwähnt. Und plötzlich hörten die Eintragungen ganz auf. Der letzte Satz wurde einen Tag vor Theresas Verschwinden geschrieben.

...Ich weiß jetzt, wo ich weitersuchen muss. Ich werde das Geheimnis lüften, und dann wird alles gut!..

Also hatte Theresa etwas entdeckt, von dem nur sie wusste. Sollte sie für dieses Wissen mit dem Leben bezahlt haben?

Lena schloss das Buch. Ein mulmiges Gefühl überkam sie. Auch sie war, nach all diesen Jahren, nicht alleine in den Gängen tief unter der Erde gewesen. Scheinbar hatte Theresa ihr Geheimnis damals nicht preisgegeben, und die betreffende Person suchte immer noch danach. Dann würde sie auch in Gefahr sein. Nervös kaute sie an ihrer Unterlippe.

Schließlich entfaltete sie noch einmal die Schriftrolle. Dass es sich um eine Art Lageplan der Höhlengänge handeln musste, war ihr inzwischen klar. Angestrengt versuchte sie die fremdartigen, handschriftlich verzerrten Lettern zu entziffern. Vergeblich. Wieder beschloss sie, einen Graphologen aufzusuchen. Sie hatte keine Ahnung, wo man so einen Fachmann finden könnte. Da fiel ihr Gedanke auf Max Wiesinger. Der junge Polizeibeamte war ihr sehr sympathisch. Natürlich nicht so sehr wie David, räumte sie sich selbst sofort ein, aber als Kumpel war er bestimmt in Ordnung. Sie müsste ihm ja nicht die Wahrheit erzählen, irgendeine Geschichte würde ihr schon einfallen.

Mit diesem festen Vorsatz packte sie Theresas Nachlass wieder in den Schrank. Der Stall wartete.

Als sie über den Hof lief, kamen ihr der kleine Dirk auf Jeronimo und seine Mutter entgegen. Der Junge strahlte übers ganze Gesicht.

„Hallo Lena, schau mal was ich kann!“

Damit hielt er sich am Sattelhorn fest, spreizte die Beine etwas vom Sattel ab und ließ vorsichtig seine Fußspitzen hin und her wippen.

Diana, seiner Mutter, liefen vor Freude Tränen über die Wangen. Als ihr Schwager vor etlichen Wochen das Reiten als Therapie für Dirk vorgeschlagen hatte, bezweifelte sie stark jegliche Besserung seiner Querschnittslähmung. Aber ihr Sohn schien so in seiner Besessenheit aufzugehen, einmal alleine mit Jeronimo auszureiten, dass er all den aufgestauten Frust über seine Behinderung vergaß wenn er mit seinem vierbeinigen Freund zusammen war.

Dreimal die Woche fuhren sie nach Hohenstein. Wenn es nach Dirk ginge, würde er am liebsten jeden Tag her kommen, aber letztendlich musste er sich mit dreimal begnügen.

Unermüdlich drehte er auf dem sanften Wallach seine Runden. Und dank der Unterstützung von Steffi, die für den Jungen, genauso wie für alle anderen Reitschüler auch, ein besonderes Gespür hatte, war es ihm heute gelungen, endlich wieder, wenn auch nur ein bisschen, Herr über seine Beine zu werden.

Lena war sprachlos. Mit großen Augen ging sie auf Dirk zu und klopfte ihm auf die Schultern.

„Mensch, Dirk, das ist ja super. Ich freue mich ja so für Dich!“

„Das habe ich alles Jeronimo zu verdanken! Und natürlich Steffi,“ fügte er hinzu. Er drehte sich zu der jungen Reitlehrerin um, die hinter ihnen herlief. Selig strahlte er sie an.

„Das hast Du alles Deinem starken Dickschädel zu verdanken!“

Steffi zwinkerte lustig mit den Augen.

„Denk daran, was ich Dir gesagt habe. Du kannst alles erreichen, wenn Du nur fest daran glaubst!“

Dirk nickte und umarmte seinen Jeronimo.

„Eines Tages werde ich ganz alleine los reiten. Ich werde ihn alleine putzen, satteln und dann ohne Hilfe aufsteigen.“

Und dann flüsterte er dem Pony ganz leise ins Ohr: „Nicht wahr, mein Freund. Du wirst mir dabei helfen?“

„Nun übertreibe es mal nicht gleich!“

Diana bremste kopfschüttelnd seine Euphorie. Aber Lena unterbrach sie.

„Nein wieso denn. Lassen Sie ihn doch. Er hat Recht. Nun hat er es bereits soweit geschafft, warum nicht noch weiter? --- Lass Dich nicht unterkriegen, Dirk. Wenn Du bis zum Frühjahr schaffst, was Du Dir vorgenommen hast, verspreche ich Dir jetzt etwas. Dann werden wir beide, nur mit Moonie und Jeronimo, ganz alleine einen spannenden Ausflug zu Pferde machen. Ist das ein Angebot?“

Diana sah Lena fassungslos an. „Das ist aber jetzt nicht ihr Ernst?“

„Doch, mein voller!“

Und Lena hielt Dirk die flache Hand hin. Begeistert schlug der Junge darauf.

„Das wäre phantastisch! Ich werde es schaffen, ganz bestimmt!“

Am Abend kam unerwarteter Besuch. Max Wiesinger stieg in sehr ungewöhnlichem Outfit aus seinem Auto aus. Zu ausgewaschenen Jeans trug er einen verschlissenen Armeeparka und eine dunkelblaue Wollmütze. Dazu ein paar Cowboystiefel. So stand er vor der Eingangstür.

Mathilde öffnete.

„Ja, der Herr Kommissar! Was führt Sie denn noch so spät zu uns heraus? Gibt es wohl Neuigkeiten?

Haben‘s den Verbrecher endlich dawischt, der unsere Viecherl auf dem G´wissen hat?“

„Guten Abend. Nein, nein. Leider gibt es immer noch nichts Neues. Ich bin heute Abend privat hier!“

„Ach, dann wollen‘s bestimmt zur Lena, gell? Warten´s einen Moment ich hol sie schnell. Aber so kommen‘s doch herein!“

Mathilde wollte schon kehrt machen, aber Wiesinger hielt sie auf.

„Nein, warten sie! Eigentlich.... eigentlich wollte ich zu Fräulein Bräuer!“

Wiesinger war etwas verlegen.

Mathilde sah ihn an, stutzte ein wenig und lächelte dann schelmisch.

„Ja, warum haben's des denn nicht gleich gesagt! --- Die Steffi, die ist schon auf ihrem Zimmer. Drüben im Gästehaus. Finden's da hin, oder soll ich mitgehen?"

„Danke, das finde ich schon. Schönen Abend noch!"

Wiesinger ging zum Gästehaus hinüber. Mathilde sah ihm noch ein wenig nach.

Soso, der Wiesinger und die Steffi! Na, warum nicht? Aber angezogen ist er.....!

Die Haushälterin schüttelte unverständlich den Kopf.

So was ist bei der Kripo? Der schaut heut aus, als ob er selber ein Verbrecher wär`!

Dann schloss sie die Haustür hinter sich. Sie musste diese Neuigkeit gleich Lena erzählen.

Wiesinger klopfte leicht an Steffis Zimmertür. Von drinnen hörte man sofort ein wütendes Kläffen. Daraufhin ertönte ein scharfes: „Rosie aus! Ist ja schon gut, ich habe gehört, dass jemand vor der Tür steht!--- Moment, ich komme gleich!"

Wenig später wurde die Tür einen Spalt geöffnet. Steffis schräger Igelkopf kam zum Vorschein.

„Hallo!?"

Der Polizist setzte ein breites Grinsen auf.

„Hallo, Du, äh... Sie,... haben mir doch angeboten, das Reiten beizubringen...!“

„Ja, klar! Und?“ Steffi blickte ihn unschlüssig an.

„Na, ich habe heute Abend frei. Da bin ich eben mal vorbei gekommen, wenn es recht ist!? Ich hoffe ich störe nicht?“

„Nein, nein. Du störst überhaupt nicht. Komm doch einen Sprung rein.“

Steffi trat schnell zur Seite um ihn einzulassen.

„Du kannst übrigens einfach Steffi zu mir sagen! Das mit dem Sie macht mich zu alt.“

Rosie beschnüffelte den Besuch eifrig. Schwanzwedelnd kam sie zu dem Entschluss, Wiesinger zu mögen. Der beeilte sich auch gleich und beförderte aus seiner Jackentasche einen Hundekuchen zum Vorschein, den er Rosie überreichte. Gierig schnappte sich die Hündin die Bestechung und verschwand unter dem Tisch damit.

Aus der anderen Jackentasche zog Wiesinger schließlich noch eine Flasche Sekt hervor.

„Ich hoffe Sie... Du magst die Sorte? Ich dachte mir, wenn ich meine erste Reitstunde überlebe, müssen wir anschließend darauf anstoßen!“

Treuherzig wie ein kleiner Junge sah er in Steffis braune Rehaugen. Er war fasziniert von dieser jungen Frau. Zwar hatte er anfangs für Lena geschwärmt, musste aber bald einsehen, dass diese nur Augen für diesen südamerikanischen Tierarzt hatte.

Dann sah er eines Tages Steffi, die gerade Reitstunden gab. Wie hypnotisiert starrte er sie an. Ihre zierliche Figur, die verrückte Frisur, ihr jovialer Umgangston, einfach alles an dieser Frau ließ seinen Herzschlag schneller werden. Er war so entrückt, dass er gar nicht merkte, wie sie zu ihm herüber kam und ihn einfach ansprach.

Ob er auch reiten wolle?

Auf den Boden der Realität zurückgeholt verneinte er entsetzt.

Er könne gar nicht reiten!

Diese energische und temperamentvolle Erscheinung entgegnete daraufhin nur lapidar: Dann wird es aber Zeit, dass Sie es lernen!

Also gut, Wiesinger würde alles tun, nur um sie wieder zu sehen. So überwand er seine Scheu und fasste sich ein Herz. Deswegen war er heute hier. Mit bangem Herzen, aber fest entschlossen, dieses kleine Persönchen zu erobern.

„Ich heiße übrigens Max!"

„Okay, Max, schmeiß Deinen Kittel hier über den Haken und setz Dich erst mal."

Steffi deutete auf das kleine Sofa.

Wiesinger sah sich um. Der Raum war klein, vielleicht dreizehn, vierzehn Quadratmeter. Das Mobiliar stammte von Hohenstein. Ein einfaches Bett, ein Schrank, ein Tisch mit zwei Stühlen und eben das besagte Sofa. Steffi hatte das Zimmer nach ihrem Geschmack dekoriert. Dunkelblaue Bettwäsche, ein paar Poster an den Wänden und über das Sofa war ein Plaid mit Navajomuster drapiert. Ein kleiner Fernseher in einer Ecke lief leise, ungeachtet nebenbei.

„Warte ´nen Moment, ich komme gleich wieder!"

Steffi verschwand für einen kurzen Augenblick im angrenzenden kleinen Bad. Sie warf einen prüfenden Blick in den Spiegel, fuhr sich schnell mit den Händen durch die Haare und war mit ihrem Aussehen zufrieden.

Sie setzte sich auf einen Stuhl, Max gegenüber.

„So, Du hast es Dir überlegt. Du möchtest also, dass ich Dir das Reiten beibringe?"

„Ja, ich würde es gerne einmal versuchen. Wie gesagt, ich bin noch nie auf einem Pferd gesessen. Und jetzt ist mir, ehrlich gesagt, schon etwas flau im Magen."

Steffi lachte.

„Gekniffen wird nicht! Wo Du schon mal da bist! Es ist zwar schon dunkel draußen und im Schein unserer alten Hoffunzel werden wir auch nicht mehr viel sehen, aber zum Draufsetzen und ein paar Runden im Hof drehen reicht es schon noch. Also komm, dann lass es uns angehen. Ich zieh mir schnell eine Jacke über."

Sie verließen das Gästehaus. Steffi wollte schnell noch im Haus Bescheid geben. Schließlich konnte sie nicht einfach über Lenas Kopf hinweg Max eine Reitstunde geben. Sie würde zwar bestimmt nichts dagegen einzuwenden haben, aber der Ordnung halber sollte sie es trotzdem wissen.

Lena saß im Büro am Schreibtisch und brütete noch über den Abrechnungen, als Steffi sie fand.

„Hi, Lena! Du, es ist doch in Ordnung, wenn ich noch eine Reitstunde gebe? So privat meine ich!"

„Na klar, da brauchst Du doch nicht zu fragen. Mach nur." Lena blinzelte ihr zu. „Ist es wohl unser Herr Kommissar Wiesinger?"

Steffi sah grinsend zur Decke.

„Mathilde hat mir schon von seinem abenteuerlichen Aussehen berichtet. Er würde sehr einem Straßenräuber ähneln."

„Ja, gut. Er hatte wohl nichts anderes, was ihm für diesen Zweck brauchbar schien!"

Die Reitlehrerin zuckte mit den Schultern.

„Ich wünsche Euch viel Spaß. Pass nur auf, dass er nicht gleich beim ersten Mal runter fällt, sonst überlegt er sich das mit der Reiterei vielleicht noch mal," neckte Lena, bevor sie ihren Kopf wieder in den Büchern vergrub.

Max wartete bereits im Stall auf Steffi. Gemeinsam gingen sie zu Franz-Josefs Box. Das schwerfällige Kaltblut schob neugierig seinen massigen Schädel über die Tür.

„So, das ist Franz-Josef. Der gehört mir. Und wage es ja nicht über seinen Namen zu lachen, sonst ist er nämlich beleidigt!“

Max verbiss sich also die Spöttelei, die ihm bereits auf den Lippen lag und begrüßte das Pferd.

Interessiert schnüffelte der Braune den Fremden ab.

Hatte der Typ vielleicht was zum Fressen dabei?

Franz-Josef knabberte am Kragen von Max Parka.

Nein, also das war nicht genießbar!

Dann versuchte er dem Mann die Wollmütze vom Kopf zu ziehen.

„Franz-Josef, lass das. Das tut man nicht.“

Steffi gab dem Flegel einen Klaps auf die Nase. Dann öffnete sie die Boxentür, stülpte dem Wallach ein Halfter über und sattelte ihn. Wiesinger sagte keinen Ton mehr. Beim Anblick des riesigen Tieres, auf dem er gleich sitzen sollte, verschlug es ihm die Sprache. Sein Mund war ganz trocken, seine Kehle wie zugeschnürt.

„Du brauchst keine Angst zu haben. Franz-Josef ist ein ganz lieber. Er tut Dir nichts. Streichle ihn mal. Du wirst sehen, er beißt nicht.“

Vorsichtig streckte Max die Hand aus. Mit gemischten Gefühlen berührte er sachte Franz-Josefs Kopf. Der blähte interessiert die Nüstern. Dann kam eine dicke, nasse Pferdezunge zum Vorschein und schlabberte über die Hand des Mannes.

Entsetzt zog dieser seinen Arm zurück.

Steffi lachte.

„Er mag Dich! Das ist seine Art zu sagen, dass er Dich mag!"

Max versuchte ein schüchternes Lächeln zustande zu bringen.

„So, so, seine Zuneigung! --- Na, wenn Du das sagst!"

Wieder berührte er das Tier. Diesmal bereits wesentlich mutiger. Steffi führte Franz-Josef ins Freie, der diese abendliche Abwechslung richtig spannend fand. Sie befahl dem Tier stehenzubleiben.

„Meinst Du, Du schaffst es so aufzusteigen, oder brauchst Du eine Leiter?"

Das spitzbübische Grinsen in ihrem Gesicht war nicht zu übersehen.

Wiesinger würde sich keine Blöße geben. Energisch wehrte er ab.

„Danke, ich brauche keine Leiter. Das geht auch so!"

Steffi verlängerte den linken Steigbügel und zeigte Max, wie er aufsteigen solle. Mit zusammengebissenen Zähnen gelang es ihm schließlich, seinen Fuß in den Steigbügel zu stecken und den Rest seines Körpers hochzuziehen.

„Gar nicht so schlecht für das erste Mal! Kann's losgehen?"

Max nickte. Er war stolz auf sich. Nach und nach wich die Spannung in seinem Körper. Seine Haltung lockerte sich und er nahm die Anweisungen seiner hübschen Reitlehrerin bewusst war.

Runde um Runde stapfte das Kaltblut über den leicht verschneiten Hof. Die beiden Menschen bemerkten gar nicht, dass es um sie herum bereits stockfinster geworden war. Erst als Max ein heftiges Stechen in seinen Fußspitzen spürte und das Gefühl in seinen dünn behandschuhten Fingern nachließ, wurde ihm bewusst, wie lange er schon im Sattel saß. Tapfer versuchte er die Schmerzen in seinen Gliedmaßen zu unterdrücken.

Steffi sollte ihn auf keinen Fall für ein Weichei halten!

Aber auch ihr wurde inzwischen langsam kalt. Nur Rosie, die die ganze Zeit neben Franz-Josef herum wuselte, wollte eigentlich noch nicht mit dem lustigen Spiel aufhören.

„Ich glaube, das war für heute genug. Du wirst morgen sowieso Deinen Hintern nicht mehr spüren. Hoffentlich musst Du keinen bösen Räuber fangen!"

Max empörte sich.

„Wieso denn, ich fühle mich sauwohl hier oben. Ein Sofa könnte nicht bequemer sein!“

„Warte es nur ab. Reden wir morgen darüber!“

Der Polizist strahlte.

„Soll das heißen, dass ich morgen wieder kommen darf?“

Steffi blickte ihn abschätzend von der Seite aus an.

„Wiederkommen? Von mir aus!--- Aber ich bezweifle, dass Du morgen schon wieder Lust aufs Reiten hast. Du hast Dich ganz gut gehalten fürs erste Mal. Nur nicht gleich übertreiben. --- Dafür darfst Du mich aber morgen zum Pizzaessen einladen, okay?!“

Max bewunderte wieder die direkte Art dieser kleinen, zierlichen Person.

„Einverstanden! So um halb acht?“

Steffi nickte.

Franz-Josef war versorgt. Sie standen beide am Stalltor, unschlüssig, wie sie nun den Abend beenden sollten. Wie zwei unbeholfene Teenager. Max scharrte verlegen mit seiner Stiefelspitze im Schnee. Steffi hatte die Hände tief in ihren Jackentaschen vergraben.

„Also dann“, begann sie, „ ich glaube, es wird Zeit für mich hinein zugehen!“

„Ja, es ist ziemlich frisch geworden hier draußen. Ich muss auch los!“

Es folgte ein tiefer gegenseitiger Blick in die Augen. Steffi fasste sich ein Herz, stellte sich auf die Zehenspitzen und gab Max einen zarten Kuss auf die Lippen. Wie von einen Stromschlag elektrisiert, durchfuhr es Max´ Körper. Er nahm das zierliche Persönchen in seine starken Arme und presste sie an sich. Er erwiderte den Kuss. Doch diesmal leidenschaftlicher, fordernder. Ihre Lippen öffneten sich und seine Zunge begann zärtlich ihren Mund zu erforschen. Im schneller wurden die Bewegungen. Wie zwei Ertrinkende klammerten sie sich an einander und verschmolzen zu einem Körper. Sie vergaßen die Kälte um sich herum, waren minutenlang der Welt entrückt.

Ein aufgeregtes Kläffen holte sie wieder in die Realität zurück. Rosie war an Max hochgesprungen.

Was machte dieser Mensch da mit ihrem Frauchen? Einen Hundekuchen durfte er ja mitbringen! Aber das gab ihm noch lange nicht das Recht, jetzt sein geliebtes Frauchen aufzufressen! --- He, Du da, was soll das?

Energiegeladen, wild entschlossen Steffi zu verteidigen schlug Rosie Saltos in der Luft. Doch erst als sie an Max Hosenbein zerrte, ließen die Beiden voneinander ab.

„Rosie, aus! Ist ja schon gut. Lass das!“

Steffi packte die Hündin am Kragen.

„Er tut mir nichts. Das hast Du falsch verstanden!“

Misstrauisch äugte Rosie zu Max. So ganz sicher war sie sich da nicht.

Gut, für heute wollen wir es dabei belassen! Aber ich werde Dich im Auge behalten, Mensch!

Sie stellte sich hinter ihr Frauchen und warf Max einen giftigen Blick zu.

„Das hätte ich der kleinen Kröte gar nicht zugetraut, dass sie Dich so verteidigen würde. Sie sieht so harmlos aus!“

„Das ist das Los von uns Kleinen, dass wir oft unterschätzt werden!“

Steffis Gesicht war gerötet. Ihre Backen glühten.

Ein liebevolles Lächeln huschte über die Züge des Mannes. Er fasste Steffis Hand und liebkoste sie mit seinen Lippen.

„Ich glaube, ich gehe jetzt. Es ist schon spät! Ich habe morgen Frühdienst!“

Die Frau nickte fast unmerklich.

Noch einmal fanden sich ihre Lippen zu einem Kuss, bevor sie sich endgültig verabschiedeten.

Als Max zu seinem Wagen stapfte, löste sich ein Schatten von der Eingangstür des Haupthauses.

„Guten Abend, Herr Wiesinger. Entschuldigung, wenn ich Sie so überfalle!“

Der Polizist drehte sich um.

Lena kam auf ihn zu. Es schien, als ob sie auf ihn gewartet hätte. Dann hat sie bestimmt auch den intimen Zärtlichkeitsaustausch mit Steffi beobachtet. Das war Max sichtlich peinlich. Doch Lena tat, als ob sie von nichts wüsste.

„Ich hätte da ein Anliegen,“ begann Lena, „ vielleicht können Sie mir da weiterhelfen?“

„Selbstverständlich, wenn es in meiner Macht steht. Um was handelt es sich denn?“

Die leichte Röte aus seinem Gesicht war verschwunden, das Herzklopfen hatte sich gelegt. Ruhig sah Max in Lenas Gesicht.

Lena zog die Schriftrolle aus ihrer Tasche.

„Ich habe da ein Schriftstück gefunden. Es muss schon sehr alt sein! Leider kann ich es nicht lesen, es wird wohl eine frühere Form der deutschen Schreibweise sein. ----- Und ich dachte, da Sie doch bei der Polizei sind, kennen Sie vielleicht jemanden, der mir das übersetzen kann?!“

Sie sah ihn mit bittenden Augen an, streckte ihm die Rolle entgegen.

Interessiert öffnete Max das Pergament. Im Schein der Innenbeleuchtung seines Autos versuchte er etwas vom Inhalt zu entziffern.

„Oh, das kann selbst ich nicht lesen.“ Nachdenklich kratzte er sich am Kopf.

„Aber sie haben Recht, ich wüsste da schon jemanden, der den Inhalt herausfinden könnte. Darf ich es mitnehmen. Ich würde es gerne einem Kollegen auf dem Präsidium zeigen. Der kennt sich mit so etwas aus!“

„Das wäre toll, wenn Sie das für mich tun würden!“

Lena strahlte Max an.

„Vielen Dank. Und entschuldigen Sie noch einmal den Überfall. Ich wollte Euch nicht nachspionieren! Es ist mir nur wichtig, das mit der Schriftrolle!“

Wiesinger wurde wieder etwas verlegen.

„Kein Problem! — Und um Die Schriftrolle kümmere ich mich, versprochen!“

Lena hob zum Abschied die Hand, bevor sie sich zurück ins Haus begab. Keiner der Beiden bemerkte die giftigen Blicke, die hinter einer Gardine im Gästehaus zu ihnen herüber geworfen wurden.

Neugierig hatte Steffi aus dem Fenster gesehen, als sie keinen Wagen abfahren hörte. Sie sah, wie sich Lena mit Max unterhielt. Leider konnte sie kein Wort verstehen, und so keimte in ihr eine wachsende Eifersucht.

Kapitel 15

David bog mit seinem Jeep in die Allee ein, die nach Hohenstein führte. Er hatte sich für heute frei genommen. Nachdem das Wetter an diesem Morgen bereits Aussicht auf einen wundervollen, strahlenden Wintertag gab, wollte er endlich einmal wieder mit Kiro einen ausgedehnten Ausritt machen.

Die Sonne am wolkenlosen, blauen Himmel lugte schon hinter den Bergspitzen hervor, und ließ den frischen Schnee, der auf den Bäumen und Wiesen lag, wie tausend Edelsteine funkeln.

In bester Laune ließ der junge Tierarzt seinen Wagen vor sich hin rollen. Er hatte viel gearbeitet in den letzten Tagen, so dass er sich diesen freien Tag redlich verdiente. Kiro würde bestimmt schon sauer auf ihn sein. Doch dafür würde er ihn heute ausreichend entschädigen.

Insgeheim hoffte er, dass Lena ihn vielleicht begleiten würde. Immer öfter ertappte er sich dabei, dass er an sie dachte, ihr wundervolles Antlitz vor Augen. Längst hatte er seinen Vorsatz aufgegeben, auf eine Frau ganz zu verzichten. Seit er dieses wundervolle Wesen getroffen hatte und ihr näher gekommen war, stellte er sich vor mit ihr zu leben. Doch dieses engelhafte Wesen mit den katzengrünen Augen wollte von niemandem etwas wissen, und schon gleich nicht von ihm.

David seufzte laut, doch sogleich huschte ein Strahlen über sein Gesicht als er die Frau seiner Träume auf dem Hof erspähte.

Lena balancierte gerade eine Fuhre Pferdehinterlassenschaften über ein schmales Brett zu dem dafür vorgesehenen Misthaufen. Freundlich winkte sie ihm zu.

„Guten Morgen, Herr Doktor. Ja, was verschafft uns denn heute so zeitig die Ehre?“

Auch Lenas Miene erhellte sich, als sie David sah. Sie hatte diese Nacht schlecht geschlafen. Stundenlang wälzte sie sich in ihrem Bett hin und her. Der Inhalt von Theresas Tagebuch ging ihr nicht mehr aus dem Kopf.

„Auch guten Morgen!“

David streckte grinsend seine Arme in den Morgenhimmel, um die leichte Steifheit aus seinen Gliedmaßen zu vertreiben.

„Ich schwänze heute den Dienst und gönne mir einen gepflegten Ausritt. Das habe ich mir verdient!“

„Und was machen dann ihre Patienten, wenn sie krank werden?“

Lena stichelte fröhlich weiter und siezte ihn dabei spöttisch.

„Dann müssen sie mit Onkel Viktor vorlieb nehmen, wie die letzten dreißig Jahre auch! Oder sie warten bis morgen. Ich mache heute keinen Handstrich, außer vielleicht um zu verhindern, dass Du gleich im Mist landest.“ Mit einem lässigen Schulterzucken nahm er lachend der strauchelnden Lena die entleerte Schubkarre ab und reichte ihr helfend die Hand, bis sie trockenen Fußes wieder auf dem Pflaster stand.

„Eigentlich wollte ich Dich ja fragen, ob Du Lust hast, mitzukommen?“

Mit unschuldigen Augen sah David Lena bittend an.

„Oh, das wäre toll. Aber ich habe heute Stalldienst, und wie es aussieht brauche ich noch gut und gerne drei Stunden bis ich fertig bin. Da musst Du wohl leider auf mich verzichten!“

In Lenas Gesicht war ihre Enttäuschung abzulesen.

„So, so, drei Stunden. Und wenn ich Dir helfe, brauchen wir nur eine Stunde. Dann kannst Du mich begleiten,“ konterte David vergnügt, „also lass es uns angehen!“

Damit nahm er ihr erneut die Schubkarre ab und verschwand im Stall ohne weitere Reaktionen abzuwarten. Völlig überrumpelt, aber mit der wundervollen Aussicht auf einen schönen Tag an seiner Seite, blieb Lena nichts anderes übrig als David zu folgen.

David sollte Recht behalten. Sie misteten und fütterten um die Wette, alberten dabei herum wie kleine

Kinder. Sie bewarfen sich mit Heu und jagten sich gegenseitig. Doch nach knapp einer Stunde blitzte der Stall aus allen Ecken und sämtliche Tiere malmten genüsslich ihr Frühstück.

„Komm lass uns auch frühstücken. Ich habe jetzt Lust auf eine schöne Tasse heißen Kaffee und auf Mathildes leckere Brötchen.“

Lena griff David am Arm und zog ihn einfach mit sich, ohne erst lange seine Reaktion abzuwarten. Doch David rührte sich nicht von der Stelle. Er nahm Lenas Hand und hielt sie fest. Als sie ihm das Gesicht zuwandte, sah er ihr tief in die funkelnden, katzengrünen Augen. Jetzt war er nicht mehr der herumblödelnde Junge, jetzt war er der Mann, dem klar wurde wie schön diese Frau vor ihm war.

Augenblicklich wurde ihm bewusst, wie sehr er sie in dem Moment begehrte. Sie war die Frau, nach der er immer gesucht, die er aber bisher nirgends gefunden hatte. Doch nun stand sie leibhaftig vor ihm. Wie in Trance zog er sie zu sich heran. Seine starken Arme umschlossen sie zärtlich.

Viel zu verblüfft um sich zu wehren, ließ es Lena mit sich geschehen. Gefangen vom Zauber des Moments, unfähig sich zu bewegen, stand sie da und fühlte plötzlich eine angenehme Wärme in sich aufsteigen. Ein Gefühl des Geborgenseins machte sich in ihrer Seele breit. Die anfängliche Steifheit wich nach und nach einem hingebungsvollen Anschmiegen. Lena hob den Kopf, um zu Davids Gesicht aufschauen zu können. Da war immer noch dieser geheimnisvolle, tiefsinnige Blick in seinen wasserblauen Augen. Lautlos schienen sie um Erlaubnis zu fragen, ehe sich seine Lippen schüchtern auf die ihren pressten. Doch Lena ließ ihn gewähren. Als Antwort auf seine stumme Frage begann sie seinen Kuss sanft zu erwidern.

Sekunden nur dauerte dieser Zärtlichkeitsaustausch, doch Lena kam es wie eine Ewigkeit vor. In ihrem Kopf wirbelten die Gedanken nur so durcheinander. Ihre Seele schrie Ja, doch die Vernunft blockte dagegen mit einem entschiedenen Nein.

Es durfte nicht sein. Noch nicht! Was, wenn David doch mit der Sache zu tun hatte? Sie konnte ihm noch nicht vertrauen. Erst musste sie diese Sache zu Ende bringen.

Jäh stieß sie ihn von sich.

„Lass das, bitte..., ich kann nicht!“

Uneins mit sich selbst starrte Lena auf den Boden. Sie konnte David jetzt nicht in die Augen sehen.

Verwirrt gab David sie frei.

„Entschuldige, ich wollte Dich nicht so überfallen. Es ist nur...,“ verlegen suchte er nach Worten, „ich dachte Du wolltest es auch?!“

„Ja, ...nein, ich weiß es nicht. Ich kann es Dir nicht sagen, noch nicht.... Frage mich bitte nicht weiter!“

Lenas Augen fühlten sich mit Tränen. Tränen der Verzweiflung und auch der Wut. David sollte sie nicht so sehen. Fluchtartig lief sie davon.

Sie öffnete hastig Moons Box, packte die erstaunte Stute am Halfter, saß auf und trabte ohne David noch einmal anzusehen, davon.

„Warte. Lena! Was ist los...!?“

Davids Worte blieben unbeantwortet. Er sah fassungslos hinter der entschwindenden Gestalt her, die jetzt über den Hof galoppierte und aus seinem Gesichtsfeld entschwand. Noch bevor er Lenas seltsame Stimmungswandlung begreifen konnte, wurde sein Gedankengang unterbrochen.

Ein fröhliches Pfeifen, begleitet von einem dumpfen und einem eher kläffendem Bellen drang in den Stall. Kurz darauf bogen Hexe und ihre neue Freundin Rosie schwanzwedelnd um die Ecke, gefolgt von einer im Gesicht noch etwas verknitterten Steffi. Die beiden Hunde begrüßten David freundlich. Sie sprangen wie wild an ihm hoch. Doch David war jetzt nicht in der Stimmung, mit den beiden zu spielen.

„ Einen wunderschönen guten Morgen!“

Steffi kam mit einem Sattel unter dem Arm auf David zu.

„Von welchem Affen ist denn Lena heute gebissen worden? Die ist gerade an mir vorbei geritten, als ob eine Meute wilder Hunde hinter ihr her sei. ...Und was ist Dir über die Leber gelaufen?"

Fragend sah Steffi den Mann vor ihr an.

David erwiderte nur kurz Steffis Gruß. Auf Konversation hatte er jetzt schon gar keine Lust. Schulterzuckend drehte er sich um und begab sich zu Kiros Box. Ohne noch einen Gedanken an Mathildes Frühstück zu verschwenden, sattelte er den Grauen, saß auf und ritt ebenfalls davon. Er wollte nur raus hier. Und er musste Lena finden. Er wollte sie zur Rede stellen. Diese Situation wollte er so nicht auf sich beruhen lassen.

Kopfschüttelnd sah ihm Steffi nach.

Nachdem sie eine weite Ebene erreicht hatte, ließ Lena ihre Moon in einen leichten Trab zurückfallen. Sie war ohne Zaumzeug und ohne Sattel losgezogen. Ziemlich unvernünftig bei diesem Wetter, wie ihr im nach hinein schien. Aber noch unvernünftiger war der Verzicht auf Handschuhe. Langsam kroch ihr die Kälte bis in die Fingerspitzen. Doch sie war entschlossen jetzt noch nicht zurückzukehren. Darum zog sie die Ärmel bis über die Hände und krallte die tauben Finger fest in Moons Mähne. Zielstrebig ritt sie voran. Sie wusste genau, wohin sie wollte. Sie musste endlich dem Geheimnis der Höhle auf die Spur kommen.

Das Gelände begann leicht anzusteigen und die Reiterin stoppte ihr Tier um zu verschnaufen. Langsam ließ sie ihren Blick schweifen. In den tief verschneiten Büschen und Bäumen war nichts auszumachen. Sie drehte sich um und bemerkte beruhigt, dass ihr auch niemand gefolgt war.

Trotzdem wurde ihr etwas mulmig zumute. Sie kam nun in die Nähe des Höhleneingangs.

Moon schnaubte leise und lies ihre Ohren kreisen, als ob sie Geräusche vernommen hätte. Lena sah vor sich frische Fußspuren in dem sonst unberührten Schnee.

Sie erblasste.

Die Spuren führten genau in Richtung Höhle. Also war der Fremde wieder unterwegs. Vielleicht beobachtete er sie und wartete nur auf eine günstige Gelegenheit. So wie damals, als der arme Attila sterben musste.

Lena war sich inzwischen sicher, dass der Anschlag nicht dem Pferd gegolten hatte.

Was war, wenn der Täter heute wieder zuschlug? Wenn er sein Vorhaben heute zu Ende bringen würde? Stand sie als Opfer auf seiner Liste? Wusste er, dass sie heimlich in der Höhle herumschnüffelte?

Eine innere Unruhe erfasste Lena. Nervös suchten ihre Augen das angrenzende Wäldchen ab, doch sie konnte immer noch nichts Verdächtiges entdecken.

Sie musste von hier weg! Wenn der Unbekannte wieder schoss - vielleicht traf die Kugel diesmal sie selbst oder Moon?

Aber die frischen Fußspuren bedeuteten auch, dass David nicht derjenige sein konnte der hier anscheinend etwas suchte.

Mit einem leisen Zungenschnalzen wendete sie ihr Pferd. In weitem Bogen ritt sie um den Höhleneingang herum, immer vorsichtig die Gegend erkundend. Lena verfolgte die Fußspuren zurück. Sie fanden im angrenzenden Wald ihren Ursprung. Da dort aber der Schnee nicht hoch genug lag, war es unmöglich auszumachen, woher der Fremde gekommen war.

Was sollte sie tun? .....Aber sie musste endlich wissen, wer in der Höhle noch herumschlich!

Doch ihr wurde auch bewusst wie töricht sie aufgebrochen war. Ihre Finger waren inzwischen wie Eiszapfen so klamm. Und eine Taschenlampe hatte sie auch nicht.

Missmutig trat sie den Heimweg an. Heute Nacht würde sie vom Gut aus wieder aufbrechen.

Auf halbem Wege kam ihr David entgegen.

„Sag mal, was sollte das denn?“ Vorwurfsvoll sah er sie an.

Verlegen wendete Lena ihren Blick zu Boden. „Es tut mir leid! Du hast mich überrumpelt, da hab ich die Nerven verloren!“

David lenkte sein Pferd neben Moon.

„Ich dachte, Du magst mich auch ein wenig leiden!“ begann David leise. „Wenn ich gewusst hätte, dass Du mich so als Scheusal empfindest, dann hätte ich Dich nicht geküsst! Entschuldige bitte!“

„Nein, nein! Du bist kein Scheusal. Es ist nur so........ich will...wollte mich auf keine Beziehung mehr einlassen...und dann kamst Du.......“ Lena stammelte die Worte nur so heraus. „ Und nun bin ich mir meiner Gefühle nicht mehr so sicher, und......“

Die letzten Silben ihrer Worte verstummten, als David sich unvermittelt zu ihr herüberbeugte, sie ihn den Arm nahm und ihre Lippen mit den seinen verschloss.

Instinktiv waren die beiden Pferde stehen geblieben und wunderten sich über die seltsamen Aktivitäten ihrer Menschen.

Vorsichtig lies David Lena wieder los. Der jungen Frau war die Röte ins Gesicht gestiegen. Ein seliges Lächeln machte sich breit.

„Ich liebe Dich, Lena!“ Fest sah David ihr in die Augen.

„Ich liebe Dich auch!“ Lena strich David mit ihrer Hand über die Wangen.

Da wurde David bewusst, dass sie überhaupt keine Handschuhe anhatte und ihre Finger blau gefroren waren. Schnell zog er sich seine von den Fingern und streifte sie ihr über. Dankbar nahm sie diese Geste an und rieb ihre Hände aneinander, um wieder Gefühl darin zu bekommen.

„Komm lass uns aufbrechen, bevor Du mir hier noch erfrierst.“

Lena versuchte sich wieder an Moonis Mähne festzuhalten, was ihr aber nicht gelang. Zu klamm waren ihre Finger.

David beugte sich wieder zu ihr hinüber, umarmte sie und zog sie entschlossen zu sich. Als sie vor ihm im Sattel saß, nahm sie seine körperliche Nähe wahr und glücklich schmiegte sie sich an seine breite Brust.

Mit einem Arm Lena festhaltend und mit dem anderen Kiros Zügel umfassend, trieb er den Wallach an.

„Auf geht's, Kiro, nachhause!“

Er schnalzte ein paar Mal mit der Zunge und der Graue verfiel in einen leichten Trab. Lena sah sich nach der kleinen Moon um, doch die Stute zuckelte bereits in Kiros Windschatten hinterher.

Auf dem Hof hob David eine klappernde Lena aus dem Sattel. Matthis, der die beiden kommen sah, nahm ihnen die Pferde ab.

Da sich Lena außerstande sah, auch nur einen Schritt zu tun, trug sie David schnell hinauf in ihr Zimmer.

Er setzte sie auf dem Boden ab und schloss die Tür hinter sich. Er streifte ihr die Jacke ab und rubbelte ihr ein paar Mal über den Rücken, um sie zu wärmen. Mit den Armen verfuhr er ebenso.

Willenlos lies Lena alles mit sich geschehen. Sie steckte die Hände unter Davids Jacke und vergrub den Kopf an seiner Brust.

Fest nahm er sie in den Arm und drückte sie an sich. Schließlich führte er sie zu dem kleinen Sofa, ließ sie setzen, packte ihre Stiefel und zog sie von den Füßen.

„Wir werden Ärger mit Mathilde kriegen, weil wir mit den Stiefeln durchs Haus gegangen sind!“ flüsterte Lena.

„Was soll‘s!“ raunte David ihr ins Ohr und begann sie auf den Hals zu küssen. Hingebungsvoll erwiderte sie seine aufkommende Leidenschaft.

Das Feuer der Liebe war in ihr erwacht. Weg waren alle Zweifel und Bedenken. Sie wollte es nun genauso wie er.

Raum und Zeit verloren gänzlich ihre Bedeutung. In diesem Moment gab es nur noch diesen Mann und diese Frau, die sich fallen ließen im Fieber ihrer Lust.

Kapitel 16

Ein paar Tage später kam Max Wiesinger wieder auf den Hof.

Steffi strahlte als sie seinen Wagen schon von weitem erkannte. Fröhlich winkte er ihr zu.

„Komme gleich! Warte einen Moment. Muss schnell Lena etwas bringen!“ Max erklomm die Stufen zum Haupthaus.

Als er in der Eingangshalle auf Mathilde traf, fragte er nach Lena.

„Ja, der Herr Kommissar! Grüß Gott! Gehen´s no nüber ins Büro. Die Lena ist scho wieder am Arbeiten!“ stöhnte Mathilde. „ Sie is ja so fleißig! Aber sie muss aufpassen, dass sie sich net übernimmt.“

Max ging an der Haushälterin vorbei in den Flur. An der Tür zum Büro klopfte er kurz und öffnete auf ein Zeichen.

„Hallo Herr Wiesinger! Schön, dass sie vorbeikommen! Konnten Sie was erreichen?“ Lena ging auf Max zu und reichte ihm die Hand zum Gruß.

„Ja, mein Kollege hat die Schrift auf dem Papier übersetzt! Hier, hab es ihnen mitgebracht!“ Max reichte Lena die Schriftrolle.

Aufgeregt nahm sie Lena ihm ab und legte sie auf den Schreibtisch. Sie wollte erst abwarten, bis Max wieder gegangen war und so war sie froh, als dieser sich auch gleich verabschiedete.

„Vielen Dank Herr Wiesinger! Sie haben etwas gut bei mir!“ Lena begleitete Max wieder zur Tür.

„Bitte, keine Ursache! Soll sich um eine Art Lageplan handeln! Ist hier auf dem Gut wohl ein Schatz versteckt?“ witzelte er spöttisch.

Unsicher grinste Lena zurück:“ Ach Quatsch, bestimmt nicht! War halt nur neugierig was die Schrift zu bedeuten hat!“

Und mit diesen Worten sah sich Max auch schon entlassen. Kopfschüttelnd machte er sich auf den Weg zu seiner Steffi.

Lena nahm die Rolle und atmete tief durch. Mit zittrigen Händen entfaltete sie das alte Papier. Dabei kam auch ein weißes Blatt zum Vorschein, auf welches Max Kollege die Übersetzung geschrieben hat.

Es war tatsächlich ein Lageplan der Höhlen. Die Kapelle war eingezeichnet, der kleine Raum hinter Theresas Zimmer und viele kleinere Nischen, die Lena noch nie gesehen hatte.

Aber in der letzten Zeit war es ihr auch unmöglich auf Exkursion zu gehen. Jeden Abend kam David vorbei und blieb fast die ganze Nacht.

Sie genoss seine Nähe und ihre neu gefundene Intimität, so dass sie ihn auch nicht wegschicken wollte.

Lena war so in das Studieren der Schriftrolle vertieft, dass sie die herannahende Person gar nicht wahrnahm, bis ihr von hinten jemand die Augen zuhielt.

Erschrocken fuhr sie zusammen.

„Hast Du ein schlechtes Gewissen?“ hörte sie David fragen.

Ruckartig packte sie die Rollen zusammen und versuchte, sie vor ihm zu verbergen. Schnell stand sie auf und drehte sich zu ihm herum, die Rollen hinter dem Rücken haltend.

Sie nahm sich zusammen, stellte sie sich auf die Zehenspitzen und küsste David auf den Mund.

„Da braucht man kein schlechtes Gewissen zu haben“, versicherte sie, „wenn Du dich so lautlos anschleichst muss man doch erschrecken“.

Zärtlich nahm er sie in seine Arme. Doch Lena wich leicht zurück.

„Warte einen Moment! Ich muss nur noch das hier aufräumen!“ und blitzschnell ließ sie die Rollen in einer Schublade des Schreibtisches verschwinden.

Dann wandte sie sich wieder David zu und zog ihn an sich.

Gott sei Dank, er hat nichts gemerkt!

Schon ein paar Mal hatte sie überlegt, David von ihrem Geheimnis zu erzählen. Doch irgendetwas hielt sie davon ab.

Das hier war ganz allein ihre Sache! Sie musste das, warum auch immer, alleine zu Ende bringen!

Lena und David waren ganz intensiv mit Küssen und Schmusen beschäftigt, als plötzlich draußen Mathildes Schreien zu vernehmen war.

„O Jessas, oh Jessas,....... Lena, David, wo seits ihr denn? Kommts schnell, die Frau Gräfin...!“

Laut jammernd rannte die Haushälterin durch die Flure. Wie vom Blitz getroffen stürzten Lena und David hinaus. Mathilde kam ihnen entgegen. Tränen rannten über ihre Wangen.

„Schnell, die Frau Gräfin.... sie hatte wieder einen Anfall!“

Ohne zu zögern hechtete David in Adeles Schlafzimmer, Lena hinterher. Leichenblass lag Adele in ihrem Bett und rührte sich nicht!

David ergriff ihren Arm und fühlte den Puls. Ohne sich umzudrehen rief er zu Mathilde: „Rufen sie die Rettung und den Notarzt. Sie sollen am besten gleich einen Helikopter schicken. Adele muss schnellstens in die Klinik!“

Er wandte sich zu der entsetzen Lena: „Hol bitte meine Tasche aus dem Wagen!“

Die beiden Frauen verstanden und eilten los. Der Tierarzt öffnete die obersten Knöpfe von Adeles Nachthemd und tätschelte dann leicht ihre Wangen.

„Adele....Adele... können sie mich hören?!"

Adeles Augenlider flackerten leicht. Ein Stöhnen entrang sich ihren Lippen. Ihre Atmung war schwer und keuchend. In diesem Moment war auch schon Lena mit der Tasche an das Bett getreten.

„Stau ihren Arm!" Ohne lange zu überlegen zog David mit einer Spritze eine Flüssigkeit aus einer Ampulle auf.

Lena griff sich einen Venenstauer und machte Adeles Arm frei. Sie wusste, dass das, was David da tat, nicht rechtens war, aber es war Adeles einzige Chance. David war Tierarzt und mit der Behandlung von Menschen überschritt er eindeutig seine rechtlichen Kompetenzen. Aber bis ein Humanmediziner eintraf konnte es schon zu spät sein. Jede Minute zählte.

Langsam spritze David das Medikament in Adeles Vene. Schon nach wenigen Augenblicken ließ die Anspannung im Körper der Gräfin nach und ihr Atem ging merklich leichter.

Sie öffnete die Augen.

Lena setzte sich auf die Bettkante und hielt ihre Hand. Ein schwaches Lächeln huschte über das aschfahle Gesicht der alten Dame.

Ihr Blick wanderte hinüber zu David, der fachkundig eine Infusion anlegte und einfach an die Stehlampe neben dem Bett hing.

„Danke!“ flüsterte sie. „Aber lassen Sie mich bitte ein paar Minuten mit Lena alleine!“

David lehnte ab. Doch Adele blieb stur.

„Bitte, es ist wichtig!......sehr wichtig!“ fügte sie hinzu. „Ich...muss...mit...ihr reden!“

Lena sah David an. „Laß nur! Ich pass schon auf! Warte kurz vor der Tür!“

Unter leisem Protest verließ David das Zimmer.

Adele sprach mit stammelnden Worten. „ Lena, es geht nun zu Ende mit mir!“

Die junge Frau wollte protestieren. „Nein, Du wirst wieder gesund! Der Hubschrauber wird gleich da sein und dann bringt der Dich in die Klinik!“

Doch Adele wehrte ab.

„Mein Kind......glaub mir....ich spüre mein Ende nahen. Aber hab keine Angst!.....Ich fürchte mich auch nicht.......Endlich werde.....ich meine....kleine... Theresa....wiedersehen!“

Die Gräfin machte eine Pause. Das Reden strengte sie zusehends an.

Unbemerkt war ein schwarzer Schatten auf das Bett gesprungen und saß nun mit tiefgründigen grünen Mandelaugen am Fußende.

Bastet! Was tat sie hier! Wie kam sie hier herein?

Doch Lena hatte bereits aufgegeben nach den Gründen zu suchen, warum die schwarze Katze manche Dinge tat.

„ Bastet! – Sie wird Dir helfen! Ich weiß nicht warum.....aber sie ist der Schlüssel zu allem!“

Unbeweglich starrte die schwarze Katzengöttin auf die alte Frau. Lena schien es, als ob tiefe Trauer in ihrem Blick lag.

Und plötzlich waren da wieder Bilder, die sie wahrnahm.

Da war Adele, als junge wunderschöne Frau. Sie hatte ein ebenso hübsches Mädchen im Arm, mit langen dunklen Haaren und Augen, so tiefgründig grün wie die einer Katze. Die beiden Frauen lachten und scherzten und küssten sich auf die Wangen. Auf einmal drehte sich das Mädchen um, verstummte kurz und sah Lena direkt in die Augen. Dann huschte ein Lächeln über ihr Gesicht und sie winkte Lena fröhlich zu.

Lena erschrak fürchterlich. Gänsehaut breitete sich auf ihrem Körper aus. Sie drehte sich zu Bastet um, doch die Katze war wieder lautlos entschwunden.

David betrat das Schlafzimmer, die Notärzte auf dem Fuß. Sie hoben Adele auf eine Trage und schnallten sie fest.

Einer der beiden Ärzte sah sich die Infusionsflasche genauer an, las etwas von Tieren und blickte streng zu David hinüber. Dieser zuckte nur entschuldigend mit den Schultern.

Kopfschüttelnd wechselte der Mediziner die Flasche gegen eine aus seinem Koffer aus und lies sich noch den Namen des Medikamentes sagen, das David der Gräfin injiziert hatte.

Beim Hinausgehen klopfte er David kurz auf die Schulter: „Herr Kollege“, sagte er leise, „gute Vorarbeit! Also nur damit Sie es wissen: ich habe nichts gesehen!“ und damit deutete er auf Davids Arztkoffer mit dem Veterinärzeichen drauf.

Zwinkernd verabschiedete er sich und David brachte ein leichtes Lächeln zustande.

In kürzester Zeit wurde die Gräfin in die nächste größere Klinik geflogen. Lena wollte es sich nicht nehmen lassen mitzufliegen, doch der Notarzt wehrte ab.

Mit hängenden Schultern blieb sie am Boden zurück, als der Helikopter langsam in die Luft aufstieg und entschwand.

Mitten in der Nacht klingelte das Telefon.

Lena fuhr hoch. Sie hatte es nicht fertiggebracht ins Bett zu gehen. Also verbrachte sie die Nacht auf dem Sofa vor dem Kamin. David musste zu einer Geburt weg und so starrte Lena alleine auf die lodernden Flammen.

Nein, alleine war sie nicht. Denn ringsherum lagen die unterschiedlichsten Katzen. Brummi und Mingo neben ihr auf einer Decke, der einäugige Kater und die kleine Langhaarkätzin auf dem Sessel gegenüber und der Rest irgendwo auf dem Boden. Zu ihren Füßen saß Hexe, den Kopf auf ihren Schoß gebettet. Traurig kuschelte sich die Hündin an Lena. Sie spürte, dass irgendetwas nicht stimmte. Auch die Katzen gaben keinen Mucks von sich. Andächtig verharrten sie.

Lena war kurz eingenickt, doch der Lärm des Telefons ließ sie blitzschnell hellwach werden. Die Klinik war am anderen Ende der Leitung. Tonlos nickte Lena nur zu dem, was man ihr mitteilte. Langsam legte sie den Hörer wieder zurück auf die Gabel. Stumm schweifte ihr Blick ins Leere. Tränen kullerten aus ihren Augen und fielen zu Boden.

Adele von Hohensteins Seele wurde abberufen. Ihr Herz hatte für immer aufgehört zu schlagen.

Ohne die üblichen Rivalitätsrangeleien drängten sich alle Tiere ganz nahe um Lena. Ganz still und leise gaben sie ihr Trost und nahmen ebenfalls im Geiste Abschied von ihrer Herrin.

Kapitel 17

Ein paar Tage nach Adeles Tod erhielt Lena einen Anruf vom Anwalt der Gräfin, Dr. Johannes Klein. Es handelte sich um das Testament. Die Eröffnung sollte in einer Woche in seiner Kanzlei stattfinden.

Er bat Lena samt Mathilde und ihrem Bruder Matthis zu diesem Termin zu sich. Etwas verwundert sagte Lena schließlich zu.

Aus dem Wunsch der Gräfin, in aller Stille beigesetzt zu werden, wurde nichts. Das ganze Dorf erschien auf dem kleinen Friedhof um der Verstorbenen die letzte Ehre zu erweisen.

Während der Trauerfeier fuhr plötzlich ein roter Sportwagen vor. Ein in edlem Schwarz gekleideter Mann stieg aus, ein Hut und eine dunkle Sonnenbrille verdeckten fast vollständig sein Gesicht.

Doch Lena wusste auch so, wer das war!

Edgar! Was wollte dieser miese Ekelbatzen hier! Schon mal sein Erbe begutachten?!

Empört wandte sich Lena wieder dem Begräbnis zu. Edgar bahnte sich einen Weg durch die Menge. Tiefe Trauer heuchelnd, stellte er sich vor den Sarg und legte eine rote Rose darauf.

Etwas enger an Lena heranrückend raunte er ihr ins Ohr:

„Sie können anschließend gleich ihre Koffer packen, meine Liebe. Mit samt dem Ungeziefer da!“

Und er bewegte sein Kinn in Richtung der zahlreichen Katzen und Hexe, die sich vor dem Zaun eingefunden hatten.

Lena sah ihn böse an. Bevor sie etwas erwidern konnte, legte David seinen Arm schützend um sie. Mit eiskaltem Blick musterte er Edgar. Dieser verstand und hielt vorsichtshalber den Mund.

Nach der Beerdigung bat Mathilde die engsten Vertrauten zu Kaffee und Kuchen. Fest umschlungen wanderten David und Lena den verschneiten kleinen Pfad hinüber zum Gutshaus. Viktor, Steffi, Matthis und der Pfarrer folgte Ihnen, ebenso der Hausarzt und seine Frau. Robert und Gitti, die es sich nicht hatten nehmen lassen extra anzureisen, schlossen sich an.

Man saß um den großen Esstisch im Wohnzimmer. Die Stimmung war gedrückt. Jedem brannte wohl eine Frage auf der Seele. Was würde mit Hohenstein geschehen?

Da platzte Edgar, um den sich niemand gekümmert hatte, plötzlich in die Gesellschaft.

„So, meine werten Damen und Herren, sie haben genug um meine Tante getrauert! Bitte verlassen sie jetzt mein Anwesen. Ich kann mich nicht erinnern, sie eingeladen zu haben!“

Entrüstet stemmte Mathilde die Hände in die Hüften. Wutschnaubend baute sie sich vor ihm auf.

„Siiiieeee!..... Was wollen Sie denn hier? Machen Sie sofort, dass sie hier raus kommen!“

„Irrtum, meine Liebe!“ Edgar lächelte süffisant. „Sie werden gehen. Als einziger, lebender Verwandter von Adele von Hohenstein bin ich ab sofort ihr Alleinerbe. Und sie befinden sich folglich auf meinem Grund und Boden, von dem ich Sie jederzeit vertreiben kann.“

Mathilde wurde blass. Auch alle anderen richteten ihre Blicke auf den selbstgefälligen Neffen Adeles.

David ergriff die Initiative, stand auf und ging langsam auf Edgar zu.

„Haben Sie nicht gehört?!“ David sprach seltsam leise, jede Silbe betonend. „Sie sind hier unerwünscht! Und ob Ihnen jemals auch nur ein Sandkorn von Hohenstein gehören wird, das wird sich erst noch herausstellen! Also verschwinden Sie augenblicklich oder ich vergesse meine gute Erziehung.“

Bei seinen letzten Worten war David Edgar gefährlich nahe gekommen, so dass dieser ängstlich Deckung suchte.

Nun waren auch Robert und Viktor aufgestanden um David zu helfen.

Edgar war noch nie ein Held gewesen und sah, dass er hier heute nichts ausrichten würde. Noch ein letztes

Mal versuchte er Eindruck zu schinden, doch David packte ihn am Revers und schob ihn zur Tür.

„Hör zu, Du albernes Würstchen! Hast Du mich nicht verstanden? Mach die Biege oder Du bekommst ein paar aufs Maul, kapiert!“

In diesem Moment öffnete sich die Türe und Max Wiesinger betrat den Raum. Er war verhindert gewesen und konnte erst jetzt zu der Trauerfeier erscheinen.

Er hatte schon auf dem Flur die lauten Stimmen vernommen und als er die Situation überblickte, zückte er kurzerhand seinen Ausweis.

„Wiesinger, Kripo Bad Reichenhall! Können Sie mir erklären, was hier vorgeht?“

Edgar machte sich von David los. Sichtlich nervös bei Max Anblick wollte er lieber abhauen. Mit der Polizei hatte er es nicht so.

Mit einem Seitenblick auf den Kommissar murmelte er nur etwas von „Alles in Ordnung! Ich gehe schon!“ und verließ fluchtartig den Raum.

Max wollte ihm noch nachrufen, doch David hielt ihn davon ab.

„Lass gut sein! Hauptsache er verschwindet!“

David verbrachte die Nächte bis zur Testamentseröffnung auf Lenas ausdrücklichen Wunsch hin auf Hohenstein. Sie hatte Angst, dass Edgar vielleicht wiederkommen würde.

Und außerdem war da ja noch immer dieser Fremde...!

Doch dafür hatte Lena momentan keine Zeit. Das Leben und der Reitbetrieb auf Hohenstein mussten weitergehen.

Der Tag, an dem Adeles letzter Wille verlesen werden sollte, war gekommen und David brachte Lena, Mathilde und Matthis in die Stadt.

In der Kanzlei machten sie eine überraschende Entdeckung.

Edgar Sinoda, Adeles Neffe war auch vorgeladen. Selbstgefällig betrat er den kleinen Konferenzraum des Anwalts. Wieder trug er Hut und eine dunkle Sonnenbrille, doch der Rechtsanwalt, ein seriös wirkender Mittfünfziger, bat ihn abzulegen.

Leicht irritiert nahm Edgar zunächst die Brille und letztendlich auch den Hut ab.

Lena stockte der Atem. Lange, striemenartige Narben zogen sich über Edgars kahlen Kopf bis hinunter zu den Augenbrauen.

Kratzerartige Male......wie von.....ja, wie von einer Katze! durchfuhr es Lena. Hatte Max nicht gesagt, die Spurensicherung fand damals in der Wollmütze von Attilas Mörder abgebrochene Krallen von einer Katze und schwarze Katzenhaare! Bastet!

Nun wurde Lena einiges bewusst.

Edgar war der Schütze. Doch er hatte gar nicht auf Attila gezielt, sondern auf die Gräfin! Er wollte damals schon an ihr Vermögen!

Der Anwalt begann mit der Testamentseröffnung.

„Nachfolgend verlese ich den letzten Willen von Adele, Gräfin von Hohenstein, die vor kurzem verschieden ist. Wie ich sehe, sind alle geladenen Personen erschienen! Gut, dann kann ich also beginnen."

Mein letzter Wille

Ich, Adele von Hohenstein, muss leider die traurige Mitteilung machen, dass ich mich nicht imstande sehe, irgendwelchen Personen etwas zu vermachen.

Gut Hohenstein mit all seinen Ländereien, Gebäuden und all den Tieren die darauf leben, habe ich bereits zu meinen Lebzeiten verkaufen müssen, um uns allen ein Überleben zu sichern.

Ich hoffe, ihr werdet meine Entscheidung verstehen, aber mir blieb nichts anderes übrig.

Auf das sich unsere Seelen in der Ewigkeit wiederfinden!

In Liebe

Adele von Hohenstein

Ein Raunen ging durch den Raum, als der Anwalt seine Worte schloss.

Edgar sprang erbost auf: „Das lass ich nicht mit mir machen! Das ist Betrug! An wen will denn die Alte Hohenstein schon verkauft haben? Und wo ist dann das Geld, das sie dafür bekommen hat!“

Mit ruhiger Stimme antwortete Dr. Klein: „Selbstverständlich können Sie erfahren, wer der neue Eigentümer von Gut Hohenstein ist!“

Neugierde machten sich bei den Anwesenden breit. Nur Mathilde grinste still vor sich hin.

„Na dann rücken sie schon raus mit der Sprache, “ begann Edgar ungeduldig. Er schwitzte. Felsenfest war er davon überzeugt gewesen, er wäre der Alleinerbe des Gutes. Der Termin mit dem reichen Investor für das Hotel war schon gemacht und nun das hier. Nervös lockerte er seine Krawatte.

Dr. Klein sah streng über den Rand seiner Brille. Geflissentlich übersah er die schlechten Manieren Edgars.

„Die neue Eigentümerin heißt Lena Hansen und dürfte jedem hier bekannt sein!“

Damit lächelte er zu Lena hin!

„Frau Hansen, meinen allerherzlichsten Glückwunsch!“

„Wie jetzt, ...wieso ich habe niemals...!“ Lena war verwirrt.

Der Anwalt unterbrach sie: „Hier damit es jeder noch mal sehen kann, die beglaubigten Unterschriften auf dem Kaufvertrag!“

Edgar gebärdete sich wie ein ungezogenes Kind. Schrie und stampfte mit den Füßen, knallte sogar mit der Faust auf den Tisch.

Mathilde und Matthis umarmten erst sich und dann eine völlig verdatterte Lena.

Das Schriftstück, das ihr Dr. Klein vor die Nase hielt, sah genauso aus wie der Vertrag, den ihr Adele damals wegen Moonis Besitzansprüchen unterschreiben ließ. Sie hatte ihr also gar nicht Moon geschenkt, sondern gleich ganz Hohenstein.....

Lena brachte kein Wort über ihre Lippen, so überwältigend waren ihre Gefühle.

Sie war die neue Gutsherrin auf Schloss Hohenstein! Ihr gehört nicht nur ein Pferd, sondern gleich ein ganzer Stall voll.......

Wie in Trance erhob sich Lena und verließ den Raum. Im Warteraum der Kanzlei saß David und sah sie fragend an.

Den Kopf schüttelnd breitete Lena die Arme aus und warf sich David um den Hals.

Im Hintergrund hörte man Edgar mit dem Anwalt streiten.

Er würde dieses Testament anfechten, niemand würde ihn um sein Erbe bringen...!

Er fluchte und schrie, doch der Anwalt zuckte nur mit den Schultern und drängte Edgar höflich aber bestimmt zur Tür: „Es steht ihnen natürlich frei, Herr Sinoda, dieses Testament anzuzweifeln, aber ich mache Ihnen da keine großen Hoffnungen! Wenden Sie sich aber bitte an Ihren Anwalt und dann sehen wir weiter!“

Und damit schloss er die Tür hinter Edgar.

Lena sah den Anwalt fragend an.

„Machen Sie sich keine Sorgen, meine liebe Frau Hansen! Ich habe Frau von Hohenstein dazu geraten, diesen Vertrag so zu formulieren. Und glauben Sie mir, in meiner langjährigen Erfahrung als Anwalt und Notar weiß ich, was vor dem Gesetz zu vertreten ist und was nicht. Hohenstein gehört nun Ihnen. Mit allen Vorzügen..., “ er machte eine kleine Pause,... „ aber auch mit allen Nachteilen. Hohenstein ist ziemlich heruntergekommen. Ihre Bemühungen, den Reitbetrieb auch mit Feriengästen wieder aufzunehmen, in allen Ehren. Aber Sie werden schon noch eine ganze Weile zu kämpfen haben, bis die finanzielle Lage des Gutes wieder in einem ordentlichen Zustand ist.“

„Aber ich will Ihnen hier keine Angst machen. Sie sind jung und tatkräftig und mit der Unterstützung von Ihren vielen helfenden Händen werden Sie es bestimmt schaffen!“

Freundlich nickte Dr. Klein in die umstehende Runde.

Mathilde beendete als erste die nachfolgende, betretene Stille.

„Also Mädel, mit mir und Matthis kannst Du auf jeden Fall rechnen. Wir werden Dir helfen, soviel wir können, gell Matthis?“

Dabei stieß die engagierte Haushälterin ihren wortkargen Bruder in die Rippen. Dieser brummelte nur ein paar unverständliche, aber zustimmende Worte vor sich hin.

Mathilde fuhr ungerührt fort:

„Hohenstein ist unser Zuhause. Wir kennen nichts anderes und wir werden mit Dir zusammen darum kämpfen, dass es nicht untergeht!“

Fragend blickte Mathilde in Lenas Augen. Leise fügte sei noch hinzu: „Natürlich nur, wenn Du uns willst!?“

Über Lenas Gesicht huschte ein Strahlen. Sie breitete die Arme aus und nahm Mathilde fest in die Arme.

„Aber selbstverständlich will ich! Wie konntest Du nur annehmen, dass ich Euch und Eure Hilfe nicht will! Ohne Euch würde ich das nie schaffen. Ihr gehört doch auf Hohenstein, viel mehr als ich selbst!“

Gelöst kamen sie alle wieder auf dem Gut an.

Schnell wurden auch Steffi und der hinzugekommene Viktor mit den Neuigkeiten bekannt gemacht. Mathilde organisierte aus dem Keller ein paar Flaschen Sekt und sie stießen zusammen auf Adele und ihren weisen letzten Willen an.

Spät am Abend ging Lena alleine durch die verwitterten Flure von Hohenstein. Sie wollte sich sammeln, die Tatsachen realisieren und auf sich wirken lassen.

Das alles gehörte nun ihr!

Sanft strich sie über das Holz eines geschnitzten Schränkchens. Dann fiel ihr Blick auf ein Gemälde an der Wand. Es zeigte die junge Adele mit einem kleinen Mädchen auf dem Arm und das Mädchen winkte dem Betrachter fröhlich zu.

Fasziniert nahm Lena jede Kleinigkeit auf dem Bildnis wahr.

Sie konnte sich nicht erinnern, das Bild zuvor schon einmal gesehen zu haben.

Doch ja, in ihren Gedanken hatte sie damals genau dieses Bild vor Augen gehabt. Aber hing es wirklich schon immer an dieser Stelle?

Fest entschlossen sah sie Adele und Theresa in die Augen.

„Hier und heute verspreche ich Euch, das Geheimnis von Hohenstein zu lüften und das Gut nach meinen besten Kräften wieder aufleben zu lassen!“

Aus einer dunklen Ecke kam zielstrebig ein kleines schwarzes Wesen auf sie zu und rieb beipflichtend ihren Kopf an Lenas Beinen. Mit ihren durchdringenden grünen Augen sah sie Lena an.

Die junge Frau bückte sich und nahm die Katze auf den Arm. Ein Gefühl der Verbundenheit durchströmte sie.

Sie sah sich selbst auf einem schmalen Pfad entlang laufen, einem strahlenden Licht entgegen, an ihren Seite begleitete sie Bastet.

Zuversichtlich drückte Lena ihr Gesicht in Bastets samtenem Pelz.

Kapitel 18

Das Frühjahr kam. Langsam erwachte die Natur aus ihrem Winterschlaf. Überall sprossen schon die ersten Knospen aus dem Boden und die Wärme der Sonnenstrahlen vermittelte allen Wesen ein gutes Gefühl.

Der Alltag war wieder eingekehrt auf Hohenstein. Lena schuftete wie eine Besessene um das Gut auf Vordermann zu bringen.

Die Reitstunden fanden nun zu ihrer aller Freude täglich statt. Die Gästezimmer waren jedes Wochenende voll belegt und endlich schrieb man wieder ein paar schwarze Zahlen.

Heimlich schlich sich Lena immer wieder mal nachts in die Höhlen um dem Geheimnis auf die Spur zu kommen. Doch irgendwie kam sie einfach nicht vorwärts.

Viel hatte sie bisher nicht ausrichten können. Oft übernachtete David bei ihr, so dass sie nicht losziehen konnte, oder sie war auch einfach nur zu müde um noch auf Abenteuerreise zu gehen.

Vergnügt lief Lena über den Hof. Drüben auf dem Reitplatz tummelte sich unter der Leitung der einfühlsamen und geduldigen Steffi eine Horde Kinder.

Dirk war unter ihnen. Fröhlich winkte er ihr zu.

„Hallo Lena!“ rief er aufgeregt. „Schau mal her, was ich kann!“

Lena kam interessiert näher. Konzentriert hielt sich Dirk am Sattel seines Jeronimos fest, lies ganz langsam die Füße aus den Steigbügeln gleiten und hievte ein Bein über den Sattel.

Mit aufgerissenen Augen sah ihm Lena zu wie er unbeschadet neben dem Pferd zum Stehen kam.

Etwas wackelig stand er da auf seinen schwachen Beinen und dabei strahlte er Lena aus tiefster Seele an.

„Mensch Dirk, das ist ja der absolute Wahnsinn!“

Lena war Dirk schnell zur Seite geeilt um ihn zu stützen. Denn so kräftig war er bei weitem noch nicht, dass seine unbemuskelten Beine das gesamte Körpergewicht so einfach wieder ganz trugen.

„Ich bin stolz auf mich!“ verkündete Dirk vergnügt. „Und auch auf Jeronimo! Ohne ihn hätte ich das nie geschafft!“

Er umarmte das sanfte Tier, das sich die ganze Zeit über keinen Millimeter vom Fleck bewegt hatte.

„Jeronimo, Du bist mein allerbester Freund!“

Doch dann spürte Dirk, wie seine Beine schwächer wurden und langsam aber sicher nachzugeben drohten. Lena konnte ihn gerade noch auffangen und mit Steffi, die hinzukam, zu seinem Rollstuhl zu tragen.

Aufmunternd klopften ihm die beiden Frauen auf die Schulter. Lena kniete sich zu Dirk hinunter und nahm seine Hand.

„Hey, Du! Das finde ich ganz super, was Du da geleistet hast. Noch ein bisschen mehr Muckis in den Beinen und wir können zu unserem Abenteuer starten."

Dirk starrte sie begeistert an.

„Wirklich? Ich darf ganz echt ausreiten? Mit Dir ganz alleine?"

Lena nickte zustimmend.

„Wir beide ganz alleine! Üb´ Du nur noch ein Weilchen, dann sind auch Wetter und Wege besser, dann machen wir unsere Tour!"

Wieder besiegelten sie ihre Abmachung mit einem Handschlag.

Am Ende des Hofes konnte Lena Bastet sitzen sehen. Sie verabschiedete sich von ihrem kleinen Freund und ging zu der Katze, die auf Lena zu warten schien.

„Hallo Bastet!" begrüßte die junge Frau das Tier. „Wo hast Du denn die ganze Zeit über gesteckt? Ich habe Dich schon ein paar Tage nicht mehr gesehen!"

Lautlos strich Bastet um Lenas Beine. Vorsichtig hob diese sie hoch und drückte sie liebevoll an sich.

„Na, bist wohl ein bisschen dicker geworden!?" neckte sie das Tier gutgelaunt.

Mit einer leichten Entrüstung schien Bastet sie anzusehen.

„Das war ein Scherz, meine Liebe!“ Lena konnte heute nichts aus der Ruhe bringen. David hatte ihr gestern Abend einen Vorschlag gemacht, der ihr sehr verlockend erschien.

Er hatte sie gefragt ob es ihr recht wäre, die Tierarztpraxis auf das Gut zu verlegen. Die Praxisräume von Viktor waren veraltet und müssten demnächst sowieso gründlich renoviert werden. David wollte etliche Neuerungen und Investitionen hineinstecken. Aber dann kam ihm eine viel bessere Idee.

Sie lagen gerade gemütlich eingekuschelt auf Lenas kleiner Couch. David strich ihr mit den Fingern ein paar vorwitzige Haarsträhnen aus dem Gesicht und liebevoll sah er Lena in die Augen.

Nachdem er eh schon mehr oder weniger - auf ihrem Wunsch hin - auf dem Gut lebte, begann er vorsichtig seine Gedanken auszusprechen.

„Was hältst Du davon, wenn ich zukünftig immer hier lebe?“

Gespannt wartete David auf Lenas Reaktion. Diese war so in ihre Gefühle vertieft, dass sie es erst gar nicht begriff, was David andeutete.

„ Aber Du lebst doch hier!“ antwortete Lena mit geschlossenen Augen.

„Ja schon, mehr oder weniger! Aber ich könnte schon noch mehr!“ zärtlich flüsterte er ihr diese Worte zu.

„Wie meinst Du denn das?“

„Na ja, man könnte ja vielleicht aus dem Sanitätstrakt eine richtige Praxis machen!“

Jetzt war es raus! Was würde Lena davon halten?

Mit einem Ruck setzte diese sich auf. Schweigend verharrte sie ein paar Minuten in dieser Position. David konnte ihr Gesicht in diesem Moment nicht sehen und so deutete er ihre Reaktion total falsch. Beschwichtigend wollte er einlenken, während Lena breit grinsend versuchte, ihre Glückseligkeit noch für einen Augenblick vor ihm zu verbergen. Ein bisschen sollte er schon zappeln!

„Ich meine natürlich nur, wenn Dir das auch passt. Ich kann auch genauso gut Viktors Praxis umbauen. Ich dachte nur...weil..na ja...Du könntest mir die Räume vermieten.....und, “ stammelte David verlegen.

Lena drehte sich mit einem Ruck um und noch bevor David ein weiteres Wort sagen konnte verschloss sie seine Lippen mit einem Kuss.

Dann strahlte sie ihn mit blitzenden Augen an.

„Du bist also nicht böse?“ fragte David vorsichtig mit einem unschuldigen Grinsen.

„Und wie ich Dir böse bin“, feixte Lena gespielt entrüstet, „böse, weil Du mir diesen Vorschlag nicht eher gemacht hast!“

Wieder fanden sich ihre Lippen zu einem Kuss und ihre Körper verschmolzen leidenschaftlich ineinander und wurden eins.

Davids Idee nahm schnell konkretere Formen an und auch Lena trug mit ihrem medizinischen Wissen zu der Realisierung eines genauen Planes bei.

Mit diesen Vorstellungen hatte sich David morgens aufgemacht, um in der Stadt bei einigen Banken vorzusprechen. Er wollte versuchen einen günstigen Kredit für seinen Umbau zu bekommen und würde nicht vor dem Abend zurückkommen.

Da ansonsten keine besonderen Arbeiten anstanden und Steffi auch gut alleine zurechtkam, beschloss Lena sich heute frei zu nehmen.

Sie traf auf Bastet und bat sie mit ins Haus zu kommen.

Schnell gab sie Steffi Bescheid, dass sie sich ein wenig hinlegen würde und verschwand in ihr Zimmer.

Aufgeregt schnappte sie sich den Plan und eine Taschenlampe und begab sich in Theresas Zimmer.

Wie immer überkam sie ein leichter Schauer wenn sie diesen Raum betrat. Nur zu gegenwärtig schien Theresas Anwesenheit. Doch Lena wollte keine Zeit verlieren. Schnell bewegte sie die kleine Figur und öffnete die Geheimtür.

Zielstrebig lief Bastet voraus in den kleinen Raum, wo Lena damals Theresas Tagebuch gefunden hatte. Lena entzündete die Öllampe um nicht dieser unheimlichen Finsternis ausgesetzt zu sein. Sie stellte sie auf den hölzernen Tisch und sah sich um.

Alles war nach wie vor so, wie sie es in Erinnerung hatte.

Wieder betrachtete sie den Plan und versuchte mit Hilfe der Übersetzung daraus schlau zu werden. Irgendwie ergab das alles keinen Sinn.

„Bastet! Kannst Du mir da weiterhelfen?“

Lenas Stimme war nur ein Flüstern. Sie sah die Katze flehend an. Diese verengte ihre Augen zu Schlitzen. Mit einem eleganten Satz sprang sie auf den Tisch. Ohne den Plan groß eines Blickes zu würdigen, fegte sie ihn mit der Pfote zu Boden.

„He, was soll denn das?“ missbilligend schüttelte Lena den Kopf und bückte sich, um den Plan wieder aufzuheben. Dabei hielt sie das Blatt verkehrt herum, mit der Rückseite nach oben. Durch den Schein der Lampe sah sie nun die Konturen der Zeichnung durch das Papier hindurch.

Lena stutzte. Sie rückte das Blatt näher ins Licht und verglich die vollkommen neue Ansicht der Höhlen mit der übersetzten Beschreibung.

„Ja....., so ergibt das Ganze endlich einen Sinn! Bastet, Du bist genial!“

Lena wollte dem Tier über den Kopf streicheln, doch lautlos, wie sie das immer zu tun pflegte, war Bastet schon zur Treppe gelaufen und wartete ungeduldig auf die Menschenfrau.

Lena folgte ihr schnell. Sie schaltete die Taschenlampe ein, schob sich den Plan in die Tasche und schon eilten sie die schmalen Stufen hinab.

Sie durchquerten die Gänge, immer wieder innehaltend, ob sie ein Geräusch vernehmen würden. Aber es blieb still. Schließlich gelangten sie zu der Stelle, wo Lena bisher immer wieder enttäuscht aufgegeben hatte, weil es nicht weiterging. Wieder nahm sie den Plan zur Hand und leuchtete mit der Lampe darauf.

Natürlich bin ich nicht weitergekommen! schoss es Lena in den Kopf. *Denn so wie ich den Plan gehalten habe, war da auch kein Weiterkommen mehr. Ich muss einen ganz anderen Gang nehmen.....*

Sie hielt den Lichtstrahl in einen weiteren Tunnel, wesentlich schmäler und niedriger als die bisherigen. Ein mulmiges Gefühl machte sich in Lena breit. Sie würde durch diesen Gang hindurch kriechen müssen. Doch Bastet ließ ihr keine Zeit zum Überlegen. Sie war schon die ersten Meter ins Unbekannte aufgebrochen.

Jetzt oder nie!

Lena nahm all ihren Mut zusammen und kroch auf allen Vieren hinter Bastet her. Nach etwa 10 Metern vergrößerte sich der Tunnel wieder, so dass Lena aufrecht weitergehen konnte. Bastet wurde immer aufgeregter. Sie lief eilig voraus. Ihr aufgestellter Schwanz begann nervös zu zucken und ihre Muskeln waren angespannt. Wenn Lena nicht schnell genug nachkam, kehrte sie um, um sie weiter zu lotsen.

Nach einer ganzen Weile, Lena konnte nicht mehr sagen, wie lange sie schon unterwegs waren, kamen sie in eine Art runden Saal von etwa 7 oder 8 Metern Durchmesser. Die Decke war gut doppelt so hoch wie Lena selbst. Endlich konnte sie wieder freier atmen. Die Enge der Tunnel verursachte schon eine leichte Beklemmung.

Lena sah sich um. Wieder zweigten etliche Wege ab.

Welchen würde sie wohl nehmen müssen?

Noch bevor sie den Plan zu Hilfe nehmen musste, war Bastet weiter gelaufen. Fordernd blickte sie sich noch mal zu Lena um, damit diese ihr auch sicher folgen würde. Dann verschwand sie in großen Sätzen in der unheimlichen Finsternis.

Lenas Herz begann laut zu klopfen. Sie spürte, wie nahe sie an der Lösung des Rätsel sein musste. Doch was würde sie dort erwarten?

Um Bastet nicht ganz aus den Augen zu verlieren rannte Lena hinter ihr her.

Nach einer 90Grad Biegung entdeckte sie im Lichtkegel der Taschenlampe die Katze wieder. Sie stand vor einer Wand und scharrte unaufhörlich mit den Pfoten, als ob sie die Steine zur Seite schieben wollte.

Langsam kam Lena näher. Sie leuchtete die komplette Wand ab. Diese war nicht, wie die anderen, aus dem Stein gehauen. Das hier war eine richtige Mauer aus Ziegelsteinen.

Lena hörte das Blut in ihren Ohren rauschen. Was mochte sich hinter dieser Wand verbergen. Fest sah sie Bastet in die Augen. Diese hatte das Scharren aufgegeben und saß nun, majestätisch wie immer vor der Frau.

In Lenas Kopf begannen wieder Bilder zu schwirren. Sie sah Theresa, Hand in Hand mit einer weiteren Gestalt, deren Gesicht sie nicht erkennen konnte. Die beiden Menschen liefen durch die Gänge, als würden sie von etwas gehetzt. Theresas Gesicht war angstverzerrt. Dann war die zweite Gestalt plötzlich verschwunden, Theresa war in Todesangst mit dem Rücken an die Mauer gepresst und sah sie flehend an. Dann wurde es dunkel.

Es dauerte einen Moment bis Lena wieder zu sich kam, so real erschienen ihr diese Bilder. Suchend sah sie sich um, ob sie etwas finden könnte, um die Mauer einzuschlagen. Doch da war nichts.

Also würde sie, so kurz vor dem Ziel wieder umkehren müssen. Denn nur mit bloßen Händen würde sie hier nichts ausrichten können.

Frustriert machte sich Lena auf den Rückweg.

Was war hier vor vielen Jahren passiert? Sie würde es bald herausfinden.

Wieder in ihrem Zimmer angekommen, sank Lena erschöpft auf ihr Sofa. Zum Glück hatte ihr Fortbleiben niemand bemerkt. Sie würde sich jetzt erst mal ein Bad einlassen, damit sie den Schmutz ihres Abenteuers gründlich entfernen konnte. Bald würde David zurückkommen. Und der sollte nichts merken. Noch immer konnte sie sich nicht überwinden, ihm ihr Geheimnis anzuvertrauen.

Es war, als ob sie eine unsichtbare Macht daran hindern würde.

Kapitel 19

Tage vergingen und Lena konnte ihr Vorhaben, die Mauer einzuschlagen, einfach nicht durchführen. David hatte den Kredit von der Bank bewilligt bekommen und so machte er sich mit Feuereifer daran, seine Pläne in die Tat umzusetzen. Was für Lena bedeutete, dass er ständig um sie herum scharwenzelte und sie keine freie Minute für sich hatte.

Der Frühling hatte das Land mit ganzer Macht für sich eingenommen. Der Schnee war geschmolzen, die Wiesen färbten sich wieder grün und eine kunterbunte Blütenschar vertrieb das triste Grau des langen Winters.

Auch die Tiere genossen das herrliche Wetter und tobten ausgelassen herum. Hexe und Rosie waren dicke Freunde geworden und man traf sie eigentlich immer zusammen an. Aus dem kleinen Mingo war ein stattlicher Kater mit mächtigem Bumsschädel und fantastisch langen, markanten Barthaaren geworden. Er überragte Brummi nun um eine ganze Kopflänge. Seine kindliche Albernheit wich langsam einer souveränen, gelassenen Art, die einen Kater von Format auszeichnet.

Mathilde war voll und ganz mit dem Frühjahrsputz beschäftigt und so versuchte Lena, wenigstens ihr zu helfen, wenn sie schon nicht in die Höhle konnte.

Sie befand sich im Büro und war dabei alte Aktenordner auszusortieren, damit endlich wieder Platz geschaffen wurde. Dabei fiel ihr Blick auf einen Ordner mit einem sehr alten, ziemlich zerschlissenen Umschlag.

Es war der Personalordner aus dem Jahr, in dem Theresa verschwand.

Neugierig zog sie ihn heraus, legte ihn auf den Schreibtisch und begann darin zu blättern. Sie sah Namen und Daten der verschiedenen Angestellten, welche Arbeiten sie verrichtet, was sie verdient hatten und wie lange sie beschäftigt gewesen waren. Eine der Akten machte sie stutzig. Die Einträge des Arbeiters, eines 19jährigen Stallburschen namens Tomas Brzwylla, endeten genau mit dem Datum des Verschwindens von Theresa.

Der 12. August 1991. Dahinter stand lediglich „fristlos entlassen".

Lena fand dies relativ seltsam. Schrieb Theresa in ihrem Tagebuch nicht etwas von einem „T"? „T" wie Tomas. Waren dieser Tomas und Theresa ein Liebespaar? Wieso verschwand er aus Hohenstein am selben Tag wie die Gutstochter?

Sie beschloss Mathilde darüber auszufragen. Vorsichtig schob sie den Ordner wieder zurück auf seinen Platz und begab sich auf die Suche nach der Haushälterin.

Unschwer konnte man ihren Aufenthalt im Flur des oberen Stockwerkes ausmachen. Mathilde sang laut fröhlich vor sich hin während sie die Fenster putzte.

Mehrere Stufen auf einmal nehmend rannte Lena die Treppe hinauf. Auf einer kleinen Leiter schwang Mathilde ihren Putzlappen. Ihr Gesicht verzog sich zu einem breiten Grinsen als sie Lena sah.

„Ach, grad a so a Lust hat ma auf Sauberkeit bei dem schönen Wetter. Bäum könnt ma ausreißn!" verkündete sie.

Lena nickte nur und sprach Mathilde unvermittelt auf diesen Tomas an.

„Ja, stimmt, da hammer amal einen Stallburschn gehabt, der so geheißen hat!" überlegte sie. „ Der hat der Theresa immer schöne Augen gmacht. Und ihr war er glaub ich auch net zwider! Aber der Herr Graf hat des gar net gern gesehen! Fuchsteufelswild isser geworden!"

Mathilde schüttelte den Kopf bevor sie fortfuhr.

„Der Herr Graf und sein Augenstern! Dabei war sie so ein anständiges Mädel. Und a bissel verliebt darf ma doch schließlich auch sein, wenn ma jung ist!"

„Und was ist aus diesem Tomas geworden?" wollte Lena wissen.

„Hm, des muss so etwa zur selben Zeit gewesen sein, als Theresa verschwunden ist. Da hat der Tomas gekündigt, weil er angeblich wieder nach Hause musste, nach Tschechien. Seine Mutter wäre angeblich schwer krank! Aber der ist bei Nacht und Nebel verschwunden, hat sich von keinem verabschiedet, dabei haben ihn alle gern gehabt! Nur mit dem Herrn Grafen hat er noch gesprochen vor seiner Abreise! War scho komisch damals! Aber nachdem die Theresa fort war hat sich keiner mehr drum gekümmert. Wen interessiert scho a einfacher Stallbursch........wenn die Tochter des Hauses auf so seltsame Art und Weise verschwindet!“

Lena rollte mit den Augen. Da verschwand mit Theresa gleichzeitig noch ein weiterer Mensch und keinen interessierte das. Was waren denn das für Zustände? Hätte man da vielleicht nicht auch mal in diese Richtung weitersuchen sollen?

Was ist, wenn Theresa noch lebte und damals mit Tomas durchgebrannt war?

Wieso war der Graf so seltsam, wo doch Theresa sein ein und alles war? Immer mysteriöser wurde die Geschichte und immer verzweifelter wurde Lena, die dieses Rätsel nun mehr denn je lösen wollte.

Heimlich war es Lena gelungen, einen massigen Hammer beiseite zu schaffen. Nun musste sie nur noch das schwere Teil unbemerkt zu der Mauer bringen.

Aber zunächst einmal war es an der Zeit ein anderes Versprechen einzulösen. Ihr Ausritt mit Dirk stand an. Der Junge hatte so tapfer und verbissen trainiert, dass er es zwischenzeitlich schaffte auf Krücken zu laufen, sehr zur Freude seiner Mutter und seines Onkels. Und natürlich auch zur Freude von Lena. Ganz alleine konnte er sich nun auf Hohenstein fortbewegen.

Wenn er zur Reitstunde kam übernahm er es bereits selbst, seinen Freund Jeronimo zu putzen und ihm das Zaumzeug anzulegen. Lediglich den Sattel konnte er mit den beiden Gehhilfen noch nicht tragen und beim Aufsteigen war ihm jemand behilflich.

Also hatte Lena mit ihm vereinbart an einem strahlenden Nachmittag ihren Ausflug zu machen. Voller Eifer machten sie sich daran, ihre Pferde auf Hochglanz zu bringen. Lena verstaute zwei Taschen mit Proviant an ihrer Moon, denn sie wollte Dirk unterwegs mit einem Picknick überraschen.

Und schließlich brachen sie auf.

Am Hofeingang kam ihnen Bastet entgegen. Mit festem Blick sah sie Lena an, als ob sie ihr etwas mitteilen wollte. In ihrem Inneren spürte Lena die drohende Gefahr, missachtete aber Bastets stumme Warnung. Sie schob die Zweifel beiseite und gab Dirk ein Zeichen, dass es losgehen konnte.

Ihr Weg führte sie hinauf in das hügelige Umland von Hohenstein. Lena wollte Dirk zu einem fantastischen Wasserfall führen, der über zackige Felsen hinweg mit tosendem Rauschen einen Berg hinunter stürzte.

Dirk war so selig, dass er vor lauter Aufregung kein Wort von sich gab und den ganzen Weg über nur vor sich hin strahlte.

Als sie nach etwa einer Stunde ihr Ziel erreichten, half Lena Dirk ein paar Schritte zu dem Wasserfall zu gehen. Staunend betrachteten sie eine Weile das lebendige Wasser, das sich mit den Sonnenstrahlen zu einem schillernden Regenbogen verband. Wenn es unten ankam, peitschte eisig kalte Gischt bis zu ihnen herüber, so dass sie es dann doch vorzogen, in angemessener Entfernung ihre Picknickdecke aufzuschlagen und die mitgebrachte Brotzeit zu verzehren.

Mathilde hatte ihnen leckere Wurst- und Käsebrote eingepackt. Dazu gab es Limonade und auch eine Tafel Schokolade.

Fröhlich verzehrten sie alles und alberten unbeschwert herum. Ausgelassen bewarfen sie sich mit Tannenzapfen. Keiner ahnte das drohende Unheils, dass auf sie zukommen sollte.

Nach wiederum einer guten Stunde der Rast brachen Lena und Dirk zu ihrem Heimritt auf. Dabei lenkte Lena die Pferde einen anderen Weg entlang, damit sie in einem Halbkreis um Hohenstein herum wieder nach Hause kommen würden. Schließlich sollte Dirk möglichst viel von der Gegend kennen lernen.

Sie ritten gerade durch einen kleinen Wald, als Lena auf der nahen Lichtung eine Gestalt ausmachte, die sich nach allen Seiten umsah und dann auf das angrenzende Gebüsch zu schlich.

Das konnte unmöglich ein normaler Wanderer sein.

Schnell ließ sie die Pferde anhalten und bat Dirk leise zu sein.

Die Gestalt war inzwischen in dem Gebüsch verschwunden, doch Lena wusste genau wohin der Fremde gegangen war.

Langsam stieg sie aus dem Sattel und führte die Tiere noch ein Stück näher an den Höhleneingang heran. Im Schutz der letzten Bäume band sie Moon an und verfuhr mit Jeronimo ebenso.

„Was ist los?“ wollte Dirk wissen.

„Psst, sei ganz leise!“ warnte Lena und hielt sich den Zeigefinger an die Lippen. „Du musst mir jetzt was versprechen! Ich muss schnell mal etwas nachschauen. Kann ich Dich kurz hier alleine lassen? Bin gleich wieder da!“

„Was machst Du denn?“ flüsterte Dirk und sah sie dabei mit großen Augen an.

„Ich werde da vorne in die Höhle gehen, um was abzuklären! Würdest Du hier auf die Pferde aufpassen? Ich bin in spätestens 10 Minuten wieder da!“

Lena machte eine Pause bevor sie fortfuhr.

„Aber du darfst zuhause niemandem davon erzählen, das ist unser Geheimnis! Versprochen!?“

„Versprochen!“

Geduckt schlich Lena zum Höhleneingang und verschwand.

Leise setzte sie einen Fuß vor den anderen. Gänsehaut kroch ihr über den Rücken. Als sie die Dunkelheit verschluckte, hielt sie kurz inne um Geräusche wahrzunehmen. In der Tiefe hörte sie dumpfe Schritte.

Allen Mut zusammen nehmend schaltete Lena ihre kleine Taschenlampe, die sie immer in ihrer Satteltasche mitführte, ein. Ihr Licht spendete gerade so viel Helligkeit, dass sie die Umrisse des Tunnels ausmachen konnte. Immer tiefer begab sich die junge Frau in die Höhle hinein, wieder und wieder innehaltend um sich an den anderen Schritten zu orientieren.

Irgendwann war es still. Lena wartete kurz ab bevor sie trotz eines unguten Gefühls weiterging. Sie spürte die unheilvolle Situation und doch konnte sie nicht zurück.

Vor ihren Augen erschienen wieder die Bilder von Theresa. Mit flehenden Augen starrte sie sie an. Wie in Trance ging Lena diesen Bildern nach. Sie hatte jeglichen Orientierungssinn verloren. Die Karte lag zuhause in ihrem Nachtkästchen und da sie heute aus einer anderen Richtung kam, war es ihr unmöglich, sich an irgendetwas Bekanntes zu erinnern.

Oh, Bastet, wenn Du nur hier wärst!

Flehte sie inständig, doch die Katze blieb verschwunden.

Der Gang, den Lena entlang geschlichen war, endete. Er mündete just in dieser saalähnlichen Höhle, in der Lena die Mauer entdeckt hatte.

Wieder lauschte sie nach Geräuschen, doch es blieb immer noch still. Vorsichtig lugte Lena in jede Tunnelöffnung, bis sie sich einbildete, aus einem den Hauch eines Lichtscheines zu vernehmen. Ihr Magen krampfte sich zusammen. Doch sie musste weitergehen.

Sie löschte das Licht ihrer Taschenlampe und tastete sich im Dunkeln an der kalten Steinwand entlang weiter. Der Lichtschein kam näher. Nun konnte sie auf dem Boden die Umrisse von Gegenständen wahrnehmen. Säcke und auch kleinere Kisten standen da herum. Weiter vorne erkannte sie schließlich ein paar Tische mit gläsernen Utensilien darauf.

Sie hielt wieder inne und versuchte im Halbdunkel die Person auszumachen, der sie gefolgt war. Doch die war nirgends zu entdecken.

Neugierig und die Nerven zum Zerreißen angespannt, wagte sich Lena noch ein Stückchen weiter vor. Nun erkannte sie auf den Tischen Gerätschaften wie man sie in einem Labor benutzte. An den Wänden sah sie mehrere Öllampen, von denen zwei entzündet waren und die Szenerie schwach beleuchteten.

Plötzlich hörte Lena ein Rascheln, gefolgt von einem Poltern. Die gesuchte Person war ins Licht getreten und hantierte hektisch an einer Kiste herum. Fluchend versuchte sie die verschlossene Truhe zu öffnen, was ihr schließlich auch gelang. Der dunkel gekleidete Mann beförderte ein paar Beutel zutage und legte sie auf den Tisch.

Lena erkannte dieses selbstherrliche arrogante Grinsen. Irgendwie war sie kein bisschen überrascht, ausgerechnet ihn hier zu finden.

Unbeabsichtigt stieß sie mit dem Schuh gegen eine Kiste. In der leeren Höhle verursachte dies ein laut krachendes Geräusch. Lenas Herz schien stehen zu bleiben. Der Unbekannte sah auf. Er nahm seine Taschenlampe und leuchtete in den Gang. Mit festen Schritten ging er auf die Frau zu, die verzweifelt versuchte, sich an die Wand zu drücken.

Im nächsten Moment sah sie auch schon Edgars grinsende Fratze vor sich auftauchen. Noch bevor sie fliehen konnte, sah sie wie er den Arm zu einem Schlag erhob. Sie spürte einen stechenden Schmerz an der Schläfe. Dann wurde es dunkel um sie herum.

Als sie wieder zu sich kam fühlte sie das Blut in ihrem Kopf rauschen. Eine Schwellung an ihrer Schläfe verursachte höllische Schmerzen.

Langsam versuchte sie, sich zurecht zu finden. Dabei blinzelte sie vorsichtig in das Licht. Sie saß auf einem Stuhl und war gefesselt, in ihrem Mund ein Knebel, der in ihr üblen Brechreiz aufkommen ließ.

Edgar kam auf sie zu: „Sieh an, wenn haben wir denn da? Die stolze Eigentümerin von Hohenstein!“ süffisant grinste er ihr ins Gesicht. Dann verdunkelte sich seine Miene und er fügte hinzu: „ Aber Hohenstein gehört mir und keinem anderen. Und wenn ich es nicht haben kann, dann soll es auch kein anderer haben. Ich habe außerdem hier etwas viel Besseres gefunden. Und das wird mich reich machen! Viel reicher, als ich es mit Hohenstein jemals hätte werden können! – Und Du, mein kleines Flittchen, wirst mich nicht daran hindern!“

Er strich mit seinen schmierigen Fingern über Lenas Gesicht. Sie versuchte ihm auszuweichen, schaffte es aber nicht. Hasserfüllt blickte sie ihm in die Augen, was ihm jedoch noch zu mehr ermutigte. Langsam ließ er die Finger weiter gleiten. Vom Hals über die sanften Rundungen von Lenas Brüsten hinunter zwischen ihre Beine. Lena erschauerte vor Ekel. Da nahm sie an Edgars Körper vorbei einen Schatten an der Wand war.

Ein wenig erleichtert atmete sie tief durch.

Bastet! Dich schickt der Himmel! Bitte hilf mir!

Lena sah in Bastets Augen und erkannte darin abgrundtiefen Hass. Ihre Schwanzspitze zuckte zornig, bevor sie lautlos zum Sprung ansetzte. Mit nie gesehener Kraft sprang sie in Edgars Nacken und vergrub ihre messerscharfen Krallen in seine Haut. Ein fast schon hysterischer Schrei entrang ihrer Kehle, bevor die dolchartigen Zähne mit einer solch immensen Wucht zubissen, dass der überrumpelte Edgar entsetzt und laut schreiend hochfuhr und sich mit beiden Händen an den Nacken fasste, um seinen Peiniger loszuwerden.

Der Kampf währte mehrere Minuten und verzweifelt versuchte Edgar, Bastet abzuschütteln. Schließlich bekam er sie zu greifen und riss sie von sich los. Dabei schleuderte er den kleinen Katzenkörper wie eine Puppe gegen den Fels, wo er leblos liegen blieb.

Lenas Brust entrang ein lautloser Schrei.

Bastet, nein, um Gottes Willen, was hat er getan? Bitte Bastet, steh wieder auf!!!!

Verzweifelt versuchte Lena, Bastet ihre Gedanken zu schicken. Tränen der Verzweiflung rannen über ihr Gesicht.

Edgar hatte inzwischen laut schreiend und vor sich hin fluchend nach etwas gesucht, um die stark blutende Wunde an seinem Kopf zu bedecken. Endlich fand er einen alten Lappen, den er sich mit schmerzverzerrtem Gesicht umband.

Dann suchte er nach einer Waffe, mit der er dieser Bestie endlich den Garaus machen konnte. Er schnappte sich einen herumliegenden Holzprügel und drehte sich um. Holte gerade zum tödlichen Schlag aus.....

Doch Bastet war verschwunden!

Selbst Lena, die Edgars Treiben mit Panik verfolgte, hatte sie nicht weggehen sehen. Suchend sah sie sich um.

Da entdeckte sie ein paar grüne Augen im Schutz der Dunkelheit eines angrenzenden Tunnels.

Gott sei Dank! Du lebst!

Lena schickte ein Stoßgebet zum Himmel. Wieder versuchte sie mit Bastet Kontakt aufzunehmen. Sie sah den Hass in den Augen der Katze. Die Gier danach, zu töten. Ihren Rachedurst endlich zu stillen...... Doch Lena wusste auch, dass Bastet es alleine nicht schaffen würde. Konzentriert versuchte sie ihre aufgewühlten Gefühle zu ordnen.

Bastet!

In Gedanken rief sie diesen Namen. Und die Katze schien sie gehört zu haben.

Bastet, Du musst Hilfe holen! Lauf zum Eingang der Höhle und geh zu Dirk! Mach ihm verständlich, dass er nach Hohenstein reiten soll, um Hilfe zu holen! Bitte! Beeil Dich!!

Noch einmal sah Bastet der Menschenfrau fest in die Augen. Sie sah ein, dass ihre Stunde jetzt noch nicht gekommen war. Erst musste sie Lena retten. Schließlich verschwand sie eilig in der Dunkelheit.

Edgar hatte von dem Ganzen nichts mitbekommen. Noch immer suchte er diese verfluchte Katze bis er sich dann doch wieder Lena zuwandte.

„Hat Deine kleine Freundin das Weite gesucht, ja?" Mit zusammen gebissenen Zähnen versuchte Edgar, seinen Schmerz vor Lena zu verbergen. „Die hat wohl versucht, Dir zu helfen, aber das wird Dir nichts nützen!"

Er packte Lena und zerrte sie unsanft von ihrem Stuhl hoch. Jetzt nahm sie auf den Tischen die Beutel wahr, die Edgar aus der Kiste geholt hatte. Ein weißes, undefinierbares Pulver befand sich darin. Aber Lena wusste auch so, dass es sich nur um Rauschgift handeln konnte.

Selbstgefällig deutete Edgar auf die Beutel: „Siehst Du das!? Das wird mich reich machen! Aber Du! Du bist mir jetzt im Weg! Was musstest Du auch so neugierig sein! Selbst schuld!“

Edgar warf sich Lena über die Schultern. Keuchend vor Anstrengung versuchte der unsportliche Mann, den leichten Körper wegzutragen. Vor Lenas Augen begann sich plötzlich alles zu drehen. Schwindel erfasste sie und ihr Kopf drohte zu platzen. Sie spürte wie ihre Sinne schwanden und dann wurde es wieder dunkel um sie herum.

Dirk trat von einem Bein auf das andere. Ihm wurde langsam kalt und ein bisschen Angst hatte auch. Lena war schon so lange weg. Die 10 Minuten waren längst schon verstrichen und doch kam sie nicht wieder.

Der Junge hatte auch bei den beiden Pferden eine gewisse Unruhe feststellen können. Moon trat nervös von einem Huf auf den anderen und legte immer wieder die Ohren an. Und auch der sonst so stoische Jeronimo blähte aufgeregt die Nüstern und schlug mit dem Kopf auf und ab.

Plötzlich hörte er ein leises Miauen und im nächsten Moment kam ihm auch schon Bastet entgegen. Ihr Schwanz peitschte wie wild hin und her, als ihre Augen seinen Blick suchten.

Unverwandt sah sie Dirk an.

„Was ist denn los?“, fragte er leise. „Wer bist Du?“

Aufgeregt strich Bastet um seine Beine. Dann wich sie wieder ein paar Schritte zurück und sah ihm erneut fest in die Augen.

Dirks Anspannung ließ instinktiv nach. Etwas in seinem Inneren sagte ihm, dass er dieser Katze vertrauen sollte. Sie wollte ihm etwas mitteilen. Mit der sanften Unschuld eines Kindes führten ihn seine Gedanken zu Bastets Herzen. Seine Gefühle verschmolzen mit den ihrigen und auch er konnte plötzlich ihre Sprache verstehen.

Reite nachhause und hol Hilfe! Schnell! Lena ist in großer Gefahr! Ich werde zu ihr zurückgehen und versuchen ihr zu helfen, soweit ich kann! Aber sie braucht auch noch die Hilfe von Menschen........

Dirk verstand. Wie in Trance band er die Pferde los. Mit ganzer Kraft versuchte er alleine in den Sattel zu kommen. Ihm schien als würde eine Ewigkeit vergehen, bis er es endlich geschafft hatte.

Er lenkte Jeronimo auf den Weg und trieb ihn zu einer schnelleren Gangart an. Ungeachtet dessen, dass er im Gelände absolut ungeübt war, ließ er seinen vierbeinigen Freund über die Landschaft frei dahin galoppieren. Moon war direkt neben ihnen. Sie spürte die große Gefahr, in der ihr Mensch schwebte, und das Bewusstsein ihm zu helfen, trieb sie zu Höchstleistungen an.

Dirk krallte sich in die Mähne Jeronimos und schloss die Augen.

Nur nicht herunterfallen!

Er musste es schaffen. Er allein konnte Lena vielleicht das Leben retten.

Steffi führte gerade die Reitgruppe nach ihrer Stunde über den Hof zu den Ställen, als sie von weitem die beiden Pferde angaloppieren sah.

Moon war reiterlos! Was war geschehen?

Entsetzt lief sie ihnen entgegen. Die nassgeschwitzte Stute hielt direkt auf sie zu und kam nur ein paar Meter vor der zierlichen Steffi abrupt zum Stehen. Jeronimo tat es ihr gleich. Ein total aufgelöster Dirk fiel in Steffis Arme. Tränen rannen über sein Gesicht.

„Schnell, Lena braucht Hilfe...sie ist in eine Höhle gegangen.....und kam nicht wieder raus...und da war dann die schwarze Katze, die hat gesagt, dass ich Hilfe holen soll....“, stammelte Dirk verzweifelt. „Du musst David holen...und die Polizei...und die Feuerwehr...irgendwas! Komm schnell mit!“

Der kleine Junge vergrub sein Gesicht an Steffis Schulter und weinte hemmungslos.

Das ganze Spektakel war natürlich nicht unbemerkt geblieben. Matthis rannte eilig über den Hof und sammelte Moon und Jeronimo ein. Laut rief er nach seiner Schwester und nach David, bevor er mit den nassen Pferden und der neugierigen Kinderreitgruppe samt ihren Pferden im Stall verschwand. Den beiden ältesten Kindern drückte er die Zügel seiner Schützlinge in die Hand und befahl ihnen, sich um sie zu kümmern.

Als David erfuhr was geschehen war, zögerte er keinen Moment. In Windeseile sattelte er seinen Kiro, ließ sich noch mal eine ungefähre Wegbeschreibung geben und pfiff sicherheitshalber nach Hexe und Rosie. Die beiden Hunde konnten ihm vielleicht bei der Suche nach Lena behilflich sein.

Am Hofeingang holte ihn Steffi auf ihrem Franz-Josef ein. Mathilde hatte ihr Dirk abgenommen und kümmerte sich nun um ihn. Außerdem versprach sie Max anzurufen.

„Ich komme selbstverständlich mit!" verkündete sie. „Zwei richten mehr aus als einer!"

David nickte ihr nur dankbar zu. Er war in tiefster Verzweiflung um seine geliebte Lena.

Was war nur passiert?

In schnellem Galopp brachen die Beiden auf, gefolgt von zwei laut bellenden Hunden.

Langsam erlangte Lena das Bewusstsein wieder. Um sie herum war es ziemlich düster. Sie lag auf dem Felsenboden an eine Wand gelehnt. Durch ein Loch drang ein leichter Lichtschein zu ihr. Sie erkannte die Mauer, die sie eigentlich hatte einschlagen wollen. Das Licht schien durch ein Loch in dieser Mauer!

Wo war sie hier?

Grausames Entsetzen machte sich in Lenas Kopf breit. Sie war auf der anderen Seite der Mauer. Edgar musste dieses Loch in den Wall geschlagen haben und er hatte sie hier deponiert.

Was hatte er vor?

Sie hörte Geräusche und kurz darauf erblickte sie ihren Peiniger. Mit einer kleinen Schaufel klatschte er eine Masse auf den Rand des Lochs und schlichtete wieder neue Steine darauf.

Lena schüttelte ungläubig den Kopf.

Er wollte sie hier einmauern!

Das Entsetzen wich einer stummen Hysterie. Verzweifelt versuchte Lena, ihre Fesseln zu lösen oder wenigstens den Knebel aus dem Mund zu bekommen. Vergeblich!

„Ei, das finde ich aber schön, dass Du noch mal zu Dir kommst damit ich mich von Dir verabschieden kann, mein Herzchen!“

Die blutverschmierte Fratze von Edgars Gesicht grinste durch die verbliebene, offene Spalte. „Nun bist Du da, wo Du hingehörst, Du Hexe! Sieh Dich doch mal um, solange Du noch etwas Licht zum Sehen hast! Du bist in bester Gesellschaft!“

Lena stockte der Atem. Sie sah zur Seite und nahm die Umrisse eines Körpers war. Panisch schrie sie in den Knebel hinein. Doch kein Laut entrang ihrer Kehle.

Im Schein der letzten Lichtstrahlen erkannte sie die sterblichen Überreste einer menschlichen Gestalt. Der Körper war eingefallen. Nur noch graue, pergamentartige Struktur umgab die Knochen, bedeckt von ein paar Fasern aufgelösten Stoffes.

Theresa! schoß es Lena durch den Kopf. Nun hatte sie also die verschwundene Gutstochter endlich gefunden, doch zu welchem Preis? Ihr stand nun das gleiche Schicksal bevor wie fast 15 Jahre zuvor dem armen Mädchen.

Immer noch wurde sie von Edgar beobachtet. Er war sich seiner Sache hundertprozentig sicher und so begann er mit zischender Stimme zu erzählen: „Ich habe sie begehrt! Sie war so schön. Mit ihren wundervollen grünen Augen, ihrer Figur. Ihre Jungmädchenbrüste waren so aufreizend. Ich musste sie einfach haben! Doch sie hat mich nur ausgelacht. Dann hat sie mit diesem dahergelaufenen Knecht rum getan. Das konnte ich ihr nicht erlauben, niemals! Sie sind immer in diesen Höhlen herumgeschlichen und haben sich hier heimlich getroffen. Aber ich bin ihnen bald auf die Schliche gekommen und ihnen gefolgt!"

Wie entrückt lachte Edgar irr in sich hinein bevor er fortfuhr:

„Als erstes habe ich diesen tschechischen Dreckskerl von Tomas erschlagen! Ich habe ihm von hinten aufgelauert und dann....peng....ist er einfach umgefallen. Die kleine Theresa hat geschrien wie am Spieß. Aber es hat ihr nichts genützt. Nun gehörte sie mir, für immer. Als sie da vor mir stand, so ängstlich, so schwach.....da wollte ich sie sofort haben!"

Edgars Augen begannen zu leuchten und in der Tonlage seiner Stimme bemerkte man einen Anflug von Wahnsinn.

„Dieser wundervolle Körper...ich musste ihn spüren, auf der Stelle. Doch das dumme Ding hat sich gewehrt......Ich habe sie festgehalten und geschüttelt...Doch sie ist einfach mit dem Kopf gegen einen Felsen geknallt.....Diese blöde Kuh! War einfach tot...!"

Langsam und genüsslich war Edgar wieder dazu übergegangen, Stein für Stein die Wand zuzumauern. Lena konnte nur noch ein paar letzte Lichtstrahlen wahrnehmen. Edgar erzählte seine Geschichte weiter.

„Als ich Theresas Körper so in den Armen gehalten habe, da sind plötzlich Menschen aufgetaucht. Ich habe mich versteckt und sie beobachtet. Es waren Fremde. Einer sprach deutsch, die anderen tschechisch. Und dann kam er! Mein lieber Onkel Erik.........! Ich habe die Leichen in einer Nische versteckt und bin erst mal verschwunden! Später dann habe ich meinem Onkel aufgelauert. Ich habe ihm alles erzählt und es hat mir überhaupt nichts ausgemacht. Wusste ich doch nun um Onkelchens Geheimnis. Und wenn ich das ausplaudern würde, wäre er ruiniert gewesen. Onkel Erik war schon immer ein Looser und ein Feigling. Er nahm es lieber billigend in

Kauf, dass seine geliebte Tochter tot war, als dass er sich die Blöße seines Versagens gegeben hätte. Und so erkaufte er sich mein Schweigen, indem er die Leichen verschwinden ließ und mir Hohenstein zusicherte."

Wieder machte Edgar eine Pause.

„Schließlich konnte ja keiner ahnen, dass der feige Trottel bereits nach drei Jahren seinem schäbigen Leben selbst ein Ende setzte. Er hatte es nicht mehr ertragen! Pah, dass ich nicht lache! Seine Feigheit vielleicht! --- Aber nun genug der Märchenstunde. Ich mach mich jetzt mal langsam vom Acker und lass Euch allein! Ihr habt Euch doch bestimmt viel zu erzählen, Du und Theresa?"

Wie im Wahn lachte Edgar über einen seiner Meinung nach fantastischen Witz. Er warf Lena noch schnell einen Kuss zu und setze den letzten Stein in die Öffnung. Sie hörte noch ein paar Minuten Gepolter, bevor sich eine unheimliche Stille ausbreitete.

Lena war allein. Sie würde hier in dieser Höhle sterben. Sterben neben der Frau, die ihr Schicksal herausgefordert hatte. Sie sah in die Richtung, in der Theresas Körper lag. Stumm fragte sie nach dem Sinn und Grund. Doch sie erhielt keine Antwort.

Kapitel 20

David und Steffi hatten inzwischen mit Hilfe der Hunde den Höhleneingang erreicht. Panisch flog David förmlich vom Pferd und band seinen Grauen an einen Baum. Steffi tat es ihm gleich.

Die beiden Hunde warteten bereits aufgeregt bellend im Tunnel.

Zum Glück bewaffnete sich David vor seinem Aufbruch noch mit einer Taschenlampe, die er im Stall fand, denn bereits nach wenigen Metern verschluckte sie die schaurige Schwärze der Höhle.

David befahl den Hunden leise zu sein und schlich mit Steffi im Schlepptau vorsichtig im Schein der Taschenlampe tiefer in den Berg hinein.

Hexe brauchte nicht lange, um Lenas Witterung aufzunehmen. Aufgeregt mit dem Schwanz wedelnd rannte sie los, die Nase immer tief auf dem Boden. Rosie begriff um was es ging und auch sie suchte intensiv den Boden ab.

Die beiden Menschen wussten, dass sie sich auf die Hunde verlassen konnten und folgten ihnen auf dem Fuß.

Nur kurze Zeit später, die David wie eine Ewigkeit vorkam, stand Hexe vor der Mauer, hinter der Edgar Theresa zurückgelassen hatte.

Sie presste ihre Nase fest in einen klitzekleinen Spalt und sog tief die Luft ein.

Diesen Geruch kannte sie, das war ihre Lena.....Sie musste zu ihr!!!

Sie drehte sich um und sprang David wild bellend an, um im nächsten Moment wieder zu der Mauer zu rennen und dort lautstark ihre Entdeckung kund zu tun.

„Ist gut mein Mädchen, hast Du fein gemacht!," beruhigte David die Hündin. Er trat näher und erkannte, dass die Mauer frisch war. Der Mörtel war noch feucht.

Schnell drückte er Steffi die Taschenlampe in die Hand und versuchte fieberhaft mit bloßen Händen, die Mauersteine zu entfernen während ihm Steffi leuchtete.

„David, das funktioniert so nicht, Du brauchst etwas um die Mauer aufzustemmen!" Steffi sah sich suchend nach etwas Brauchbarem um, konnte aber nichts entdecken.

Plötzlich lösten sich zwei grüne Augen von einer der Höhlenwände. Bastet hatte das Treiben der Menschen beobachtet. Nun schlich sie um Steffis Beine, um ihre Aufmerksamkeit auf sich zu ziehen.

„Bastet! Was tust Du hier?

Steffi erinnerte sich an Dirks Worte. Eine schwarze Katze hatte ihn losgeschickt um Hilfe zu holen. Nun war Steffi allem gegenüber aufgeschlossen, aber sollte tatsächlich eine Katze...?

Doch Bastet ließ Steffi keine Zeit zum Grübeln. Sie führte sie zu einem Weg und versicherte sich immer wieder, dass das Mädchen ihr auch folgte. Nur wenige Augenblicke später kamen sie zu der Nische. Suchend blickte sich Steffi um und entdeckte schließlich eine Eisenstange. Hastig nahm sie sie an sich und rannte zurück zu David, der sich immer noch verzweifelt abmühte, Steine locker zu bekommen.

„Hier!“ Steffi reichte ihm die Stange, „versuch‘s damit!“

„Danke! Geh ein wenig zur Seite, “ raunte ihr David zu. Dann holte er aus und rammte sein Behelfswerkzeug in die Fugen der Mauer. Immer und immer wieder schlug der harte Stahl gegen die Steine, bis sie langsam nachgaben.

In stummer Panik hoffte David, dass Lena nichts geschehen war, während er verbissen weiterarbeitete.

Lena hatte wieder das Bewusstsein verloren. Ihr Geist flog auf Attilas blankem Rücken über die Wiesen, leicht und unbeschwert. Sie trug nur ein weißes, langes Kleid und war barfuß, die Sonne schien und sie genoss ihr Leben. Dort am Waldrand sah sie Theresa stehen. Sie winkte ihr fröhlich zu. Neben ihr stand Tomas, den Arm ganz zärtlich um Theresa gelegt. Lena ritt auf die beiden zu, stieg von Attilas Rücken und gab die Zügel in Theresas Hände. Liebevoll sahen sich die beiden Frauen in die Augen und wussten um die Gleichheit ihrer Seelen.

Sanft strich Theresa über Lenas Wange, als ob sie sich bedanken wollte.

Dann sprang sie behände auf Attilas Rücken. Tomas tat es ihr gleich und während sie Lena noch einen letzten Blick zuwarfen, ritten die Beiden der untergehenden Sonne entgegen bis sie nur noch ein Punkt am Horizont waren.

Lenas Geist wanderte weiter. Sie sah David. Er kam auf sie zu und nahm sie fest in seinen Arm. Mit zittrigen Händen strich er ihr ein paar Haarsträhnen aus dem Gesicht und rief ihren Namen. Sie wollte antworten, aber ihre Stimme gehorchte ihr nicht.

David! Ich bin doch hier!

Das nächste, was Lena spürte, waren Hände, die heftig auf ihre Wangen klopften.

„Lena, wach auf! Kannst Du mich hören! Bitte mach die Augen auf!“ in Davids Stimme war ein verzweifeltes Bitten.

Nachdem er die Mauer endlich eingeschlagen hatte, fand er Lenas leblosen Körper. Doch ihr schwach pochender Puls versicherte ihm, dass seine geliebte Frau lebte.

Eilig entfernte er den Knebel aus dem Mund, um ihr das Atmen zu erleichtern und tätschelte nun ihre bleichen Wangen.

Lena fühlte die Wärme von Davids Körper, sie nahm seinen starken männlichen Geruch war und versuchte erneut die Augen zu öffnen. Schwer flackerten ihre Lider, als sie sein verschwitztes Gesicht wahrnahm, ihre schwachen Lippen formten sich zu einem lautlosen Wort, um gleich darauf von einem zärtlichen Kuss verschlossen zu werden.

„Gott sei Dank, mein kleiner Liebling, Du lebst!“ David schmiegte seine Wange an die ihre und umschlang ihren zerbrechlichen Körper um ihn zu behüten.

Steffi stand die ganze Zeit regungslos daneben und starrte erschrocken auf die Gestalt neben Lena. Im schwachen Schein der Taschenlampe hatte der mumifizierte Körper Theresas etwas Bizarres, Gespenstisches an sich.

Zwischen David und Lena drängte sich nun etwas Feuchtes. Eine nasse Zunge schnellte hervor und schlabberte liebevoll über Lenas Gesicht. Hexe wollte jetzt auch zu ihrem Recht kommen und ihr geliebtes Frauchen begrüßen. Schließlich hatte sie sie ja gefunden.

David tätschelte ihr den zotteligen Kopf.

„Ja, Du hast das ganz prima gemacht, meine Große! Du hast unser Frauchen wieder gefunden. Ich bin sehr, sehr stolz auf Dich!“

Lena lächelte schwach. Sie musste nichts sagen. Hexe wusste auch so, was sie ihr mitteilen wollte.

Schließlich versuchte Lena sich aufzurichten, doch David hinderte sie daran. Er erhob sich und nahm sie federleicht auf seine Arme, um dann in Richtung Ausgang zu gehen.

Kapitel 21

Die Tage waren vergangen.

Natürlich war die Polizei verständigt worden, die die komplette Höhle mit all ihren Tunnels untersuchte, aber von Edgar fehlte jede Spur. Eine bundesweite Fahndung wurde eingeleitet, bisher ohne Ergebnis.

Die Überreste der Körper von Theresa und Tomas wurden in die Pathologie gebracht. Anhand von Rückständen in der Höhlennische konnte man feststellen, dass es sich bei dem weißen Pulver, das Lena gesehen hatte, um Kokain handelte. Die Säcke selbst hatte Edgar mitgenommen.

Max informierte Lena und David über jedes Detail, das man bei der Untersuchung herausfand. So konnte er auch öfters tagsüber mal schnell nach Hohenstein fahren, um Steffi zu sehen. Die beiden waren total in einander verliebt und so kam es auch nicht selten vor, dass Max bei Steffi auf Hohenstein übernachtete.

Lena musste noch das Bett hüten. Der Vorfall hatte sie doch sehr mitgenommen, so dass sie dankbar darüber war von einer energischen Mathilde und einem unermüdlich schuftendem David unterstützt zu werden.

Sie kuschelte sich tief in ihr Bett hinein. Auf der Zudecke lagen Brummi und Mingo und verteidigten ihre Plätze gegen den einäugigen Kater und die kleine

Kätzin, die nur am Fußende ein Plätzchen ergattern konnten. Sobald sich die Beiden auch nur ein Stückchen weiter vor zu robben wagten, kamen blitzschnell zornige Krallenhiebe von den beiden unzertrennlichen Katern.

Amüsiert sah Lena dem Treiben zu, nicht ohne ab und zu ein mahnendes Wort zu sprechen.

Vor dem Bett bewachte Hexe ihre geliebte Herrin. Seit dem Tag, als Lena aus der Höhle geborgen wurde, wich sie keinen Schritt mehr von ihrer Seite.

Lenas Blick schweifte durch das Zimmer und blieb an einer Schachtel Pralinen hängen, die ihr Viktor geschenkt hatte. Sie schnappte sich die Schachtel und naschte von der süßen Pracht.

Irgendwie war ihr ein wenig langweilig.

David war unterwegs zu Hausbesuchen. Das konnte länger dauern, denn eine Kuh hatte beschlossen heute Nacht ihr Kälbchen zu bekommen, aber leider nicht auf normalem Wege. Und so würde David so bald nicht nach Hause kommen.

Da es schon bald auf 20 Uhr zuging hatten sich auch die Angestellten von Hohenstein zurückgezogen.

Ein wenig träumte die junge Frau noch vor sich hin, bis sie letztendlich die Pralinenschachtel wieder zur Seite legte und bald darauf einschlief.

Mitten in der Nacht wurde sie wach. Zuerst dachte sie, David sei nach Hause gekommen. Doch als sie versuchte sich in der Dunkelheit zu orientieren, sah sie plötzlich in zwei leuchtend grüne Katzenaugen.

„Bastet, Du!? Wie kommst Du hier herein?“

Lena richtete sich erschrocken auf. Ihre Zimmertür war verschlossen. Doch sie hatte sich abgewöhnt, Bastets Verhalten zu hinterfragen. Sie nahm es einfach hin. Aber Bastet kam nicht einfach so mal vorbei.

Unergründlich starrten sie die Augen der Katze an. Lena versuchte, sich zu konzentrieren. Die Bilder in ihrem Kopf überschlugen sich.

Was wollte Bastet ihr mitteilen?

Flammen!! Da waren überall Flammen! ...und Pferde.....!

„Oh mein Gott! Bastet, willst Du mir sagen, dass der Stall brennt?“

Mit einem Satz war Lena aus dem Bett und rannte zum Fenster. Sie konnte quer über den Hof zum Stall hinüber sehen. Im fahlen Schein des Mondlichts sah sie Rauchschwaden, die aus den hölzernen Wänden des Heubodens über dem Pferdestall quollen.

Panikartig warf sich Lena ihren Bademantel über und schlüpfte in ein Paar Schuhe während sie im gleichen Moment schon an der Tür war. Die Tür war verschlossen! Wieder und wieder rüttelte sie daran, doch sie ließ sich nicht öffnen.

Verzweifelt rief Lena um Hilfe, aber es konnte sie keiner hören. Sie rannte zurück zum Fenster, öffnete es und schrie in die Nacht hinaus, in der Hoffnung, irgendjemand würde sie bemerken.

Hexe bellte wie verrückt, doch auch sie konnte nichts ausrichten.

„Bastet! Du musst die Pferde retten! Hörst Du, lauf los und versuche sie irgendwie zu befreien!“

Lena wollte sich noch zu der schwarzen Katze wenden, während diese längst im Dunkel der Nacht verschwunden war.

Inzwischen züngelten bereits die ersten Flammen durch das Dach des Stalls. Ein lautstarkes Wiehern war zu hören. Die Pferde gerieten in Panik!

Mooni, meine geliebte Mooni! Und ihr anderen....Ihr seid dem Tode nahe und ich kann Euch nicht helfen!!

Tränen der Hilflosigkeit rannen Lena übers Gesicht. Wieder rief sie um Hilfe! Aber die Fenster der anderen bewohnten Zimmer auf Hohenstein waren nicht dem Hof zu gewandt.

Plötzlich ging wie von Geisterhand die Stalltür auf. Lena hielt den Atem an. Da sah sie, wie ein Pferd nach dem anderen heraus galoppierte und fluchtartig den Hof verließ.

Fassungslos sah Lena dem Treiben zu. Die Flammen waren inzwischen meterhoch geworden und der Stall glühte in der Dunkelheit.

Nachdem das letzte Pferd den Stall verlassen hatte, huschte eine kleine schwarze Gestalt hinterher. Ganz so, als ob sie die Pferde vor sich her treiben würde.

Bastet!

Stumm schickte Lena einen dankbaren Gruß an die mutige kleine Katze, die ihr einen stolzen Blick aus ihren unergründlichen Augen zuwarf. Wie auch immer sie es geschafft haben mochte, die Pferde aus den Boxen und aus dem Stall heraus zu lassen, sie waren frei und nur das zählte.

Da hörte Lena auch endlich Menschenstimmen. Matthis rannte über den Hof und versuchte noch etwas zu retten.

Durch den Lärm geweckt sah Lena nun auch Max und Steffi im Hof. Alle rannten wild durcheinander, Pferde, Katzen und Menschen. Niemandem schien aufzufallen, dass Lena nicht zugegen war.

Von Ferne tönte eine Feuerwehrsirene, ein kompletter Löschzug war auf dem Weg nach Hohenstein.

Es schien, als würde es Stunden dauern bis endlich das erste Feuerwehrauto in den Hof einbog und doch waren es nur wenige Augenblicke.

Tränen liefen über Lenas Wangen, ihr Lebenstraum schien sich in Rauch und Asche aufzulösen. Unfähig ein Wort über ihre Lippen zu bringen verfolgte sie das Treiben der Feuerwehrleute. Schon prasselten die ersten Wasserfontänen auf die gierigen, alles verschlingenden Flammen.

Zornig bäumten sie sich auf und versuchten dem Feind zu trotzen. Man hörte Balken krachend einstürzen und plötzlich, mit einem mächtigen Getöse fiel das Dach des Stalles in sich zusammen.

Verzweifelt mühten sich die Leute da unten im Hof ab, die Flammen daran zu hindern auch auf die anderen Gebäude überzugreifen.

Irgendwo in diesem Getümmel machte Lena nun auch David aus. Er sah sich hektisch um und suchte nach ihr, konnte sie aber nirgends entdecken. Ihre verzweifelten Rufe hörte er in dem Lärm nicht.

Hexe stupste Lena aufgeregt an. Lauschte noch mal in Richtung Türe, sträubte dann das Nackenfell und begann gefährlich zu knurren, um sofort ein aggressives Bellen anzustimmen.

Auch die Katzen schlichen um Lenas Beine und miauten lautstark. Die Frau blickte sich suchend um. Angestrengt konzentrierte sie sich auf Hexes Botschaft.

Edgar! Er war hier, im Haus!

Lena wurde leichenblass. Die Angst stand ihr ins Gesicht geschrieben.

Da war auch Brandgeruch! Der kam aber nicht durch das offene Fenster von den Ruinen des abgebrannten Stalles herüber!

Einer schlimmen Vorahnung folgend, wanderte Lenas Blick zur Tür. Der Geruch kam vom Flur. Panisch stürzte Lena zum Türgriff und versuchte erneut die Tür zu öffnen. Doch vergeblich. Die Tür blieb verschlossen. Nun bemerkte sie auch die Rauchschwaden, die sich langsam unter der Tür durchschoben. Die Hitze des Feuers war zu spüren.

Edgar wollte jetzt seine Rache! Er wollte sie! Und er wollte sie tot!

Erneut versuchte Lena durch das offene Fenster um Hilfe zu schreien.

Warum hörte sie denn keiner? David, bitte dreh Dich um und rette mich!

Doch der Krach der Feuerwehr und dem allgemeinen Trubel übertönte ihre Stimme.

Da kletterten beherzt vier schwarze Pfoten am Dachsims entlang und mit einem behänden Sprung landete Bastet auf dem Fensterbrett. Ihre giftgrünen Augen funkelten gefährlich aufgeregt.

Komm mit! signalisierten sie Lena und duldeten keinen Widerspruch. Mingo, Brummi und ihre beiden Artgenossen machten den Anfang. Für sie bedeutete es keine große Anstrengung, die Dachrinne entlang zu fliehen und sich mit einem kräftigen Sprung auf die mächtige Ulme vor dem Haus zu retten.

Doch was sollte Hexe tun? Für einen Hund war es unmöglich, einer Katze gleich auf einem Dach herum zu balancieren.

Lena drückte die treue Hündin an sich.

„Ohne Dich gehe ich hier nicht weg, meine geliebte Schneckemaus, niemals!“ versprach sie ihr.

Als Antwort leckte ihre eine liebevolle Zunge dankbar, aber ängstlich über das Gesicht. Lenas Blick fiel auf ein Pferdehalfter, das auf dem Tisch lag. Sie wollte vor kurzem etwas daran reparieren, war aber noch nicht dazu gekommen.

Jetzt musste es einen anderen Zweck erfüllen. Entschlossen stopfte Lena Hexes Füße durch die Schlaufen und zurrte die Lederriemen irgendwie auf dem Hunderücken fest. Dann schnappte sie sich noch einen Gürtel und band diesen als Haltegriff daran.

Mit größter Mühe hievte sie die verdutzt blickende Hündin auf das Fensterbrett und kletterte ihr hinterher, die Gürtelschlaufe fest in der Hand.

Noch ein sanfter Schubser und Hexe stand stocksteif mit allen Vieren in der schmalen Regenrinne. Keine Minute zu spät, denn schon züngelten die ersten Flammen durch die Zimmertür, um kurz darauf dieses Hindernis mit einem tosenden Gepolter einzurammen.

„Keine Angst, meine süße Maus,“ versuchte Lena die aufgeregte Hündin zu trösten, „ ich bin direkt hinter dir und halte dich. Du musst jetzt ganz vorsichtig loslaufen, ja? Tust Du das für mich? Das ist unsere einzige Chance! Wir müssen es schaffen!“

Bastet näherte sich der armen, immer noch starr stehenden Hündin. Für den Bruchteil einer Sekunde berührten sich ihre Nasenspitzen. Die geheimnisvolle Kätzin fuhr mit ihrer kleinen rosa Zunge liebevoll über Hexes Gesicht.

Langsam begann sie sich zu bewegen. Pfote für Pfote tappte sie die hundeunwegsame Rinne entlang, ihre Nase nicht von Bastets Schwanzspitze weichend, die ihr vorausging.

David war immer noch auf der Suche nach Lena, doch niemand hatte sie bisher gesehen. Einer Intuition folgend, ließ er seinen Blick nach oben schweifen. Mit weit aufgerissenen Augen entdeckte er die ersten Flammen, die aus Lenas Zimmerfenster schlugen.

„Oh mein Gott! Lenaaaaa!“ hysterisch schrie er ihren Namen in die Nacht hinaus. Die umstehenden Helfer hielten in ihrer Arbeit inne. Entsetzt sahen sie in Davids Blickrichtung.

Max und Steffi waren sofort an Davids Seite. Steffis Mund entrang ein Schrei.

„Da oben! Schaut doch!“

Ihr Arm deutete auf die kleine Gestalt, die sich mit samt einem Hund an die Schräge des Daches kauerte. „ Das sind Lena und Hexe! Ihr müsst ihnen helfen!“

Ungläubig starrten sie weiter auf das Dach. Die Feuerwehrleute, Herr dieser Situation, begannen sofort den Wagen mit der Drehleiter in Position zu bringen. Allerdings erschwerten die mächtigen Äste der Ulme dies enorm.

David schickte ein Stoßgebet zum Himmel und versuchte seinerseits dem Hilfstrupp zu dienen, in dem er mit einer Motorsäge dem sperrigen Baum zu Leibe rückte.

Bastet hatte Lena und Hexe zu einer kleinen Nische geführt, in der sie erst einmal vor den Flammen in Sicherheit waren.

Bleibt hier, signalisierte sie den Beiden. Sie werden Euch bald holen!

Dann sah sie Lena fest in die Augen. Tiefgründig, ein wenig wehmütig. Sie näherte sich dem Gesicht der jungen Frau, berührte ihre Nasenspitze und leckte ihr liebevoll eine Träne von der Wange bevor sie sich anschickte, zu gehen.

Leb wohl, Du tapfere, kleine Menschenfrau!

„Bastet, wo gehst Du hin? Bleib hier! Du darfst uns jetzt nicht alleine lassen!“

Aber Lena spürte, dass nun der Zeitpunkt gekommen war, der ihr Zusammenleben beenden sollte.

Nein, ich kann nicht bleiben! Ich muß noch etwas erledigen! Erst dann werde ich meinen Frieden finden!

Noch einmal rieb sie ihren Kopf sanft an Lenas Wange.

Danke, Blutsschwester, für Deinen Mut! Ohne Dich wäre das alles nicht möglich gewesen! Nimm nun mein Erbe an und führe es in meinem Sinne weiter! Ich weiß, dass Du es gut machen wirst. Dort, wo Du einst mein Tagebuch gefunden hast, wirst Du auch die Mittel finden, die es Dir ermöglichen Hohenstein wieder zu dem zu machen, was es einst war.

Bei dem letzten Satz zuckte Lena zusammen. Sie sah in diese giftgrünen Augen und erkannte in der Tiefe ein Menschengesicht. Es war das Gesicht von Theresa.

Wie in der ägyptischen Sage von Bastet, war auch sie als Katzengöttin zurückgekommen, um den heimtückischen Mord an sich und ihrem Geliebten aufzuklären und zu rächen.

Wie in Trance verfolgte Lenas Blick die kleine Katze, die flink zurücklief und in den Flammen verschwand.

Bastet! Nein!

Ein stummer Schrei entrang Lenas Lippen.

Die Drehleiter erreichte endlich nach vielen Mühen die kleine Nische. Ein Feuerwehrmann schnappte sich die Gürtelschlaufe und wuchtete eine verdutze Hexe über das Geländer des eisernen Rettungskorbes. Sein Kollege reichte der erschöpften Lena die Hand und ließ auch sie in den Korb klettern. Die Augen der jungen Frau wichen jedoch nicht von dem Fenster, in das die Göttin aller Katzen entschwunden war.

Erst David konnte sie aus ihrer Trance reißen. Dankbar schloss er die Liebe seines Lebens in die Arme und versank mit ihr in die Welt, die nur die wirklich Liebenden verstehen.

Hexe, erleichtert wieder Boden unter den Füßen zu spüren sprang freudig wedelnd um alle umher stehenden Menschen herum.

Kapitel 22

Am nächsten Morgen besahen sich die Bewohner von Hohenstein den Schaden.

In der Kühle des neuen Morgens schwelten noch immer Dampfwolken über den verkohlten Trümmern des Stalles, der komplett in sich zusammen gefallen war.

Zum Glück war keines der Pferde zu Schaden gekommen. Nach dem sie in der Nacht fluchtartig den Hof verlassen hatten, fand man sie bei Tagesanbruch friedlich grasend auf einer der Weiden.

David und Lena betraten das Gutshaus. Beißender Qualmgeruch kam ihnen entgegen. Aber scheinbar hatte das Feuer nur im ersten Stock gewütet. Bis auf eine dicke Rußschicht war das Erdgeschoss heil geblieben.

Langsam wagten sie sich Hand in Hand die Treppe hinauf. Das einst so prächtige Treppengeländer war zum Teil verbrannt. Matschige Pfützen aus Löschwasser und Ruß säumten den Flur, der wie ein großes schwarzes Loch die beiden Menschen empfing.

„Das ist alles hin!" stöhnte David. „ Das kannst Du alles abreißen lassen!"

Dort wo einst Lenas Zimmer war, gähnte ein bizarres Nichts in den sonnigen, blauen Himmel.

Lena erinnerte sich an Bastets Worte. Sie musste in Theresas Zimmer! Entschlossen packte sie David am Arm.

„Komm mit! Ich muss da noch einer Sache auf den Grund gehen!“

„Nicht schon wieder! Wo willst Du denn hin? Pass auf, das kann gefährlich sein. Die Wände sind so marode, dass sie leicht einstürzen könnten!“

David versuchte sie von ihrem Vorhaben abzuhalten. Doch Lena stand bereits vor Theresas Tür. Der Türgriff war verschmolzen und ein Eintreten schien unmöglich.

„Ich muss da hinein!“

Lena sah David bittend an.

Er schob sie zur Seite, prüfte kurz die Tür und schmiss sich dann kraftvoll dagegen, so dass sie mit einem mächtigen Gepolter einfiel.

Zaghaft kletterte Lena über die Reste der verkohlten Tür und sah sich im Zimmer um. Auch hier überzog eine Rußschicht das Mobiliar. Und noch etwas war anders als sonst. Die Tür zum Geheimgang stand offen.

Fragend sah David in Lenas Gesicht. Doch die zuckte nur stumm mit den Schultern und wie von einer unsichtbaren Hand geführt, betrat sie den Gang. Die Lampen an den Wänden brannten und so konnte sie ungehindert die Treppen hinuntersteigen. David folgte ihr natürlich auf dem Fuß.

Bedrückende Stille machte sich breit. Nur das Atmen zweier aufgeregter Menschen war zu hören.

Als sie den kleinen Raum betraten, in dem Lena Theresas Tagebuch gefunden hatte, bot sich ihnen ein Bild des Grauens. Eine blutüberströmte Person lag auf dem Boden.

Edgar! Sein Gesicht war mit tiefen Kratzspuren fast bis zu Unkenntlichkeit entstellt. Weit aufgerissen starrten seine Augen ungläubig ins Leere. Er war tot! An seiner Kehle prangte eine klaffende Bisswunde, durch die er verblutet war.

Für Lena gab es keinen Zweifel, wer dies angerichtet hatte. Stumm fiel ihr Blick weiter. Dann löste sie sich plötzlich von David und ihre Schritte lenkten sie zu einem kleinen schwarzen Bündel, das am Fuß der Wand seltsam verkrümmt am Boden lag.

Langsam beugte sie sich zu dem kleinen leblosen Wesen hinab. Vorsichtig nahm sie es in ihre Arme und presste es liebevoll an sich. Tränen des Schmerzes rannen ihr über das Gesicht.

Kleine Bastet, nun bist Du erlöst! Du hast mir und all den Tieren hier das Leben gerettet. Du hast den Mörder von Theresa zur Strecke gebracht! Und dafür hast Du Dein eigenes Leben ausgehaucht!

Lena führte ihre Nasenspitze zu dem starren Katzengesichtchen und rieb sie daran!

Danke Bastet! Danke Theresa! Ich werde mich bemühen, Dein Erbe in Deinem Sinne weiterzuführen. Vielleicht sehen wir uns eines Tages wieder in der Ewigkeit!

David war zu ihr getreten und legte tröstend den Arm um sie. Es bedarf keiner Worte zwischen den beiden Liebenden. Sie fühlten auch so die Gemeinsamkeit des Augenblicks.

Wieder erinnerte sich Lena an Bastets Worte. Sie legte den kleinen Katzenkörper für einen Moment zur Seite und schlug den Teppichrand zurück. Aufgeregt öffnete sie das Geheimversteck im Boden. Prüfend suchten ihre Finger in dem leeren Loch nach einem weiteren Hohlraum, bis sie plötzlich an einen kleinen Haken stieß. Als sie daran rüttelte öffnete sich der Boden und Lena traute ihren Augen nicht.

Unmengen an Schmuck, Silber und Goldgegenständen kam zum Vorschein.

„David sieh nur! Das darf nicht wahr sein! Das muss der verschollene Familienschatz der Hohensteins sein, den Adeles Vater vor dem Krieg versteckt hat!“

Ungläubig griff Lena nach einer mit blinkenden Steinen verzierten Kette und hielt sie David unter die Nase.

Davids Gesicht verzog sich zu einem Grinsen.

„Damit können wir Hohenstein wieder aufbauen, genauso, wie es einmal war, prächtig und schön!“

Vor Freude drehte sich Lena im Kreis und fiel lachend in Davids Arm.

„Dann bist Du ja jetzt reich und wirst so einen armen Schlucker, wie mich gar nicht mehr haben wollen!" witzelte er gekonnt bedrückt. Lena starrte ihn böse an.

„Wieso sollte ich Dich nicht mehr haben wollen?" entrüstete sie sich. „Ich liebe Dich!"

„Würdest Du dann mit mir den Rest Deines hoffentlich jetzt ruhigeren Lebens verbringen wollen?"

Nun strahlte die junge Frau selig: „ Das will ich gerne! - Aber ob es ruhiger wird, kann ich Dir jetzt noch nicht versprechen!"

Und die beiden Menschen trafen sich zu einem zärtlichen Kuss, der ihre unerschütterliche Liebe besiegelte.

Epilog

Lena stand vor den Gräbern auf dem kleinen Friedhof von Hohenstein. Es war inzwischen Herbst geworden. Die Blätter färbten sich rot. Rot wie das Dach des neu errichteten Stalles und des wieder aufgebauten Gutshausflügels.

Das Leben wurde wieder normal. Man hatte Theresa und ihren geliebten Tomas hier beerdigt. Theresa fand ihre letzte Ruhe neben Attila und zwischen die beiden legte man den zarten kleinen Körper von Bastet.

Eine kleine Katzenstatue stand neben einer sich stolz aufbäumenden Pferdefigur und erinnerten Lena an die unerschütterliche Treue und Verbundenheit, die einem in diesem Maße nur durch vierbeinige Gefährten zuteil wird.

Auf dem Grabstein stand folgender Spruch zu lesen:

Hier sind wir wieder vereint für die Ewigkeit!

Wir gehören zusammen, für immer!

Ohne einander wären wir nur Teile des Ganzen, also nichts.....

Die junge Frau stand noch lange am Grab. Der milde Herbstwind blies ihr sanft durch die langen braunen

Haare. Versonnen strich sie über den sich leicht wölbenden Bauch. Das Kind, Davids Kind, das in ihr heranwuchs bewegte sich zum ersten Mal.

Selig lächelnd blickte Lena in die Ferne. Am Horizont machte sie zwei giftgrüne Augen aus, die sie durchdringend ansahen. Aus den weißen Wolken formten sich Gestalten......ein lackschwarzes Pferd mit einem weißgekleideten Mädchen darauf flog der untergehenden Sonne entgegen, bis sie im aufsteigenden Nebel des beginnenden Abends verschwanden.

38124203R00228

Printed in Poland
by Amazon Fulfillment
Poland Sp. z o.o., Wrocław